Francos Schatten über den Kanaren

Francos Schatten über den Kanaren

– Politischer Roman –

VOLKER HIMMELSEHER

Bibliografische Information der Deutschen Nationalbibliothek
Die Deutsche Nationalbibliothek verzeichnet diese Publikation
in der Deutschen Nationalbibliografie; detaillierte bibliografische
Daten sind im Internet über http://dnb.d-nb.de abrufbar.

© 2014 Volker Himmelseher
Umschlagdesign, Satz, Herstellung und Verlag:
BoD - Books on Demand
ISBN 978-3-7322-6720-0

Inhalt

Vorbemerkung des Autors 8

Spanien, Februar 1936, Wahlsieg der Volksfront 9

Die Wahlsieger feiern auf Teneriffa 10

Ein Banañero rekapituliert sein Leben 12

Rattenspiele 16

Großgrundbesitzer 19

General Francisco Paulino Hermenegildo Teódulo
Franco y Bahamonde Salgado Pardo 24

Madrid, April 1936: Der Mord an José del Castillo 30

Teneriffa, Mai 1936: Die Unruhen greifen über 33

Madrid, 13. Juli 1936: Der Mord an José Calvo Sotelo 34

14. Juli 1936: Ein Militärputsch im Entstehen 40

Wehret den Anfängen! 41

Die Nacht auf den 14. Juli 1936 49

15. und 16. Juli 1936: General Franco
entscheidet sich für den Putsch 52

17. und 18. Juli 1936: General Franco setzt
sich nach Gran Canaria ab 57

18. und 19. Juli 1936: General Franco übernimmt das Afrikaheer 65

Aktionen führen zu Reaktionen! 68

Die Luftbrücke nimmt Fahrt auf 73

Der Putsch entwickelt sich zum Bürgerkrieg 75

Die neuen Herren kehrten mit eisernen Besen
und errichteten Konzentrationslager 79

Der Widerstand linker Guerilleros 91

Der Tod von Antonio Moya 93

Pepe, El Catalán und seine Gesinnungsgenossen werden gejagt 98

Don Miguel Navarro fordert von seinen
Banañeros den Treueschwur 100

Manolo Moya wird abgestraft 102

Exekution auf dem Teide 104

Pedro Moya nimmt Rache 107

Miguel Navarro sucht Vergeltung 109

Das leidvolle Weiterleben der Hinterbliebenen 113

Antonio Vidal Arabi verabschiedet sich von der Insel 116

Buenos días, Venezuela! 118

Rafael findet Trost und Sicherheit bei seinem Großvater 121

Pedro Moyas Flucht 126

El Cataláns Festnahme und Verurteilung 127

Großvaters Ableben bringt neue Einschnitte 133

Rafael Moya findet Lohn und Ausbildung 137

Das Ende El Cataláns 144

Die Schrecken auf der Insel nehmen kein Ende 147

Die Grausamkeiten des Bürgerkriegs in seiner Endphase   149

Teneriffa, die friedliche Insel   151

Die letzten Zuckungen des Bürgerkriegs   160

Die Entwicklung Teneriffas bis zum Anfang der 1950er-Jahre   162

Don Miguel Navarro sichert den Fortbestand seiner Sippe   164

Rafael Moya vergrößert seine klein gewordene Familie   169

Der Riemenschneider fällt den Häschern zum Opfer   172

1960 bis 1970: Die Zeit der wirtschaftlichen Erholung   175

Adiós Venezuela!   176

Der Mord an Antonio Gonzalez   180

General Francos Tod   181

Pedro Moyas endgültige Rückkehr   182

Versuch einer Vergangenheitsbewältigung   184

Francos Schatten wird immer schwächer   185

Personenverzeichnis   190

Vorbemerkung des Autors

Der nachfolgende Roman beschäftigt sich mit einer Zeitspanne Teneriffas, die ähnlich düster war wie die der Eroberung der Insel und der Unterwerfung seiner Ureinwohner durch die Spanier.

Anders als die Eroberung überzog der Spanische Bürgerkrieg jedoch ganz Spanien mit blutigen Auseinandersetzungen.

Die damaligen Geschehnisse sind bis zum heutigen Tag nicht zu Ende erforscht. Wichtige Quellen blieben bewusst der Forschung verschlossen. Sie befinden sich zum Beispiel im Besitz einer Franco-nahen Stiftung, die sie nicht für Forschungszwecke freigibt.

Bei mehreren Lesarten der Abläufe habe ich für den Roman, ohne Anspruch auf wissenschaftliche Korrektheit, die für mich plausibelste gewählt und ausgeschmückt.

Die Schicksale der Familien Navarro und Moya wurden wirklichen Begebenheiten nachempfunden und in die realen Ereignisse eingebettet, um diese lebensnah und anrührend auszufüllen.

Dr. Volker Himmelseher

Spanien, Februar 1936, Wahlsieg der Volksfront

Spanien hatte gewählt. Die linke Volksfront aus Republikanern, Kommunisten und Sozialisten siegte, wenn auch nur knapp, weil erstmals die Gewerkschaften Confederación Nacional del Trabajo, CNT und Federación Anarquista Ibérica (FAI) die Wahlen nicht boykottierten, sondern zur Unterstützung des Linksbündnisses aufgerufen hatten. Der galizische General Francisco Franco sorgte ungewollt für die Initialzündung zu diesem Sieg. 1934 ließ er von seinen Truppen in Asturien auf brutalste Weise einen Bergarbeiteraufstand niederschlagen. 13 000 Tote und 30 000 Gefangene versetzten ganz Spanien in einen Schockzustand.

Die Volksfront versprach in ihrem Wahlkampf, dafür Sorge zu tragen, dass, sollte sie siegen, die Gefangenen sofort freikämen. Dies fand die Zustimmung der Gewerkschaften.

Diego Abad de Santillán, Mitarbeiter der FAI und späterer Wirtschaftsminister, erklärte den darauffolgenden gewerkschaftlichen Unterstützungsaufruf so: „Wir gaben die Macht den Linksparteien in der Überzeugung, dass sie unter den gegebenen Umständen ein geringeres Übel darstellten." Santillán war ein besonnener Mann.

Unter der vorangegangenen konservativen Regierung hatte ein horrendes soziales Ungleichgewicht geherrscht. Der katholischen Kirche, den Grundbesitzern und der Armee standen Tausende Arbeiter, Tagelöhner und Bauern schlecht ausgebildet, schlecht ernährt und ausgebeutet gegenüber. Das war auch auf den Kanaren der Fall. Alle Volksfrontwähler hofften nun auf Besserung.

Trotzdem dachten in Spanien zu viele wie Cervantes' Figur Don Quichotte: immer noch rückwärtsgerichtet!

Die Wahlsieger feiern auf Teneriffa

Der niedrige Innenraum der Guachinche Isidoro, die unterhalb von Icod nahe La Rambla del Mar lag, war bis auf den letzten Platz mit Plantagenarbeitern gefüllt.

Genauso verhielt es sich andernorts im Tal. Die hart arbeitenden Männer feierten den Sieg über die rechten Herren. So mancher Kanarienvogel wurde zum Zeichen der Befreiung aus dem Käfig gelassen!

Das ganze Orotavatal bis runter nach Icod hatte links gewählt und träumte von einschneidenden Änderungen, die das harte Arbeiterleben endlich verbessern würden. Rotwein und Bier flossen in Strömen, und der Raum war mit Tabakrauch so vernebelt wie oft die Hänge vom Atlantik hinauf bis zum Teide.

Salud!, Prost!, waren an diesem Abend die Lieblingswörter. Mit zunehmendem Alkoholkonsum glänzten die Augen der Feiernden mehr, und ihre Stimmen überschlugen sich vor Eifer.

Draußen hörte man Böllerschüsse. In den reicheren Gemeinden um Orotava brannten sogar bunte Feuerwerkskörper ab. Raketen stiegen auf und teilten sich in Garben farbiger Lichtkugeln.

„Manuel Azaña wird schon dafür sorgen, dass das Geld besser verteilt wird und Gerechtigkeit einkehrt!", tönte Esteban Pado voll Zuversicht. Der neue Präsident war als Hoffnungsträger in aller Munde.

Einer der wenigen Kirchgänger am Tisch plapperte Worte nach, die er vom Pfarrer aufgeschnappt hatte: „Der heilige Augustinus hat gesagt: Nimm die Gerechtigkeit weg, was ist der Staat dann mehr als eine große Räuberbande, und das war unser Staat bisher wirklich!"

„Hört, hört!", mischte sich Manolo Moya ein. Er war ein mittelgroßer Mann mit strengem Stoppelhaarschnitt und einem guten, verlässlichen Gesicht. Solche Bemerkungen konnten ihn in Harnisch bringen. „Wie kann man es nur mit der verdammten Kirche halten!

Was die Pfaffen uns seit Hunderten von Jahren einreden, ist keine wirkliche Hilfe. Es ist nur Betrug und ein Mittel, um Macht über uns auszuüben. Gerechtigkeit, die aus dem Mund eines Kirchenmannes kommt, dient allein den Grundbesitzern und ist uns gegenüber nur ein Lügengespinst. Eine Lüge aber funktioniert wie ein Schneeball vom Teide: Je länger man ihn wälzt, desto größer wird er."

Die Runde an seinem Tisch dankte ihm den launigen Widerspruch mit großem Gelächter, und der Fromme machte sich ganz klein.

Enrique Salcedo trat Moya wortstark an die Seite: „Die Macht der Kirche muss gebrochen werden. In ihren Augen sind wir nur ‚Populacho', Pöbel. Wir haben nur den Beutel, und sie hat das Geld! Wir gehören nicht zusammen, merkt euch das. Wo sie noch Macht hat, gibt es keinen gerechten Staat! Bleibt die Bildung in ihren Händen, so werden unsere Kinder, genau wie wir, nicht mal lesen und schreiben lernen!"

„Auch die Leitung der Plantagen gehört in andere Hände! Ihre Besitzer arbeiten mit Peitsche und Kandare, dabei wäre Milde ein viel besserer Ansporn. Natürlich brauchen wir Gerechtigkeit und eine vernünftige Entlohnung. Von uns gewählte Räte sollten künftig das Sagen haben", träumte ein anderer die Gedanken weiter.

„Sachte, sachte", wiegelte ein Besonnener ab. „Mit mächtiger Leute Arsch ist nicht leicht durchs Feuer fahren. Vergiss nicht die Armee, die steckt doch mit Kirche und Grundbesitzern unter einer Decke. Wir würden in Teufels Küche kommen, wenn sie, wie so oft zuvor, wieder eingreift."

Viele nickten nachdenklich, denn der Einwand ließ sich nicht von der Hand weisen.

„Aber träumen wird man doch dürfen!", rief einer in die Runde und hellte die ernst gewordene Stimmung wieder auf.

So gab noch über längere Zeit ein Wort das andere, bis die ersten Vernünftigen an morgen dachten.

„Ahora saigo", ich geh jetzt, meinte Moya. „Morgen heißt es wieder früh aufstehen und auf der Plantage schuften."

„Meine Frau wird schon schimpfen, wenn ich so spät heimkomme!",
rief ein Zweiter dazwischen.

„Frauen kann man nicht verstehen, höchstens begreifen!", wusste
Esteban, ganz nach Machoart, und blieb sitzen.

Mit weinseligen Umarmungen und vielen „Hasta mañana" leerte
sich allmählich der Raum.

Ein Witzbold meinte: „Hasta después!", bis nachher!

Ein Bananero rekapituliert sein Leben

Es war eine laue, sternklare Nacht. Manolo Moya empfand es als wohl-
tuend, draußen in der frischen Luft wieder durchatmen zu können,
und machte sich bettschwer auf den Heimweg. Das Mondlicht ließ
kleine Schaumkronen auf dem Atlantik blitzen und zeigte ihm den
holprigen Weg.

Seine Gedanken gingen zu dem, was ihm wichtig war. Da war sein
geweißeltes Häuschen. Aus Bruchstein, mit einem Dach aus selbst
gebrannten Ziegeln und einem flachen Anbau, war es komfortabler
als viele andere Hütten der Plantagenarbeiter.

Er wohnte darin mit Frau Maria und den Söhnen Pedro, Antonio
und Rafael in drei kleinen Zimmern. An denen lief ein Korridor vorbei, der als Küche und Wohnraum genutzt wurde.

Die Fenster des Häuschens waren klein, damit es drinnen kühl blieb.
Sie waren auf frühe Dunkelheit bedacht, die nach der harten täglichen
Arbeit schnelle Erholung und frühen Schlaf garantierte.

Vor der Haustür stand ein Tisch mit grob gezimmerten Bänken.
Das Holz war nicht gestrichen und zeigte seine natürliche Maserung.
Hier pflegten die Familienmitglieder in den kühleren Morgen- und
Abendstunden das Zusammenleben.

Mit ihrem bescheidenen Besitz gehörten die Moyas zu den begüterten Bananenarbeitern, und Manolo war stolz darauf, was Maria und er zusammen erreicht hatten. Beharrlichkeit und Fleiß bis zu fünfzehn Stunden am Tag führten eben zum Ziel.

Die Familie war Manolo wichtig. Er liebte Maria, auch wenn sie oft unterschiedliche Meinungen hatten.

Obwohl er dagegen gewesen war, hatte Maria auf einem Zwischenbalken einen Hausaltar errichtet. Dort standen, stets von frischen Blumen umgeben, eine bemalte Gipsfigur der Heiligen Jungfrau von Candelaria und ein leidender Christus am Silberkreuz.

Als eingefleischter Sozialist hegte Manolo einen tiefen Widerwillen gegen das heuchlerische Christentum, das diese Figuren symbolisierten. Für ihn schlugen sich die Pfaffen immer auf die Seite der „Hacendados", der Großgrundbesitzer, und es gab keinen Gott, der dagegen einschritt.

Maria hatte ihm abgerungen, zwischen der Heiligen Dreifaltigkeit und deren weltlichen Kirchenvertretern einen Unterschied zu machen. Sie hatte ihm eingebläut, dass seine persönlichen Probleme viel zu gering waren, als dass Gott sich ihrer sofort annehmen musste, aber ganz überzeugt hatte sie ihn nicht.

Körperliche Liebe passte oft gar nicht mehr in seinen ermüdenden Tagesablauf, aber wenigstens hatte er als junger Mann drei gesunde Jungen erzeugt. Seine Kinder, siebzehn-, fünfzehn- und neunjährig, waren wohlgeraten und trugen schon zum Unterhalt der Familie bei. Sie waren ihren Eltern gute Söhne.

In einem hatte sich Manolo durchgesetzt: Er frühstückte allein, weil seine Frau Wert darauf legte, mit den Kindern beim Frühstück zu beten. Dabei wollte er nicht mitmachen. Auch der Satz von Marias Mutter: „Eine Familie, die zusammen betet, bringt niemand auseinander!", hatte ihn nicht vom Gegenteil überzeugt. Er hatte seine Schwiegermutter zwar zu ihren Lebzeiten verehrt, doch ihre Aufforderung zu beten war für ihn kein akzeptables Ritual geworden.

Inzwischen hatte Manolo das Haus erreicht und versuchte möglichst leise einzutreten. Maria arbeitete wie er hart und brauchte ihren Schlaf.

Er entledigte sich schon im Wohnraum seiner Kleidung. Dort hatte er vor dem Weggehen sein Nachthemd hingelegt. Dann schlich er sich leise in die Schlafkammer.

Von Maria war kein Tönchen zu hören. Er kroch unter die Bettdecke, drehte sich zu ihr hin und konnte sich nicht beherrschen, kurz nach ihr zu greifen.

Sie zeigte keinerlei Reaktion. Das tat sie nie, wenn er vom Trinken kam, dann waren seine Berührungen nicht willkommen.

Er seufzte einmal kurz auf, dann war er schon eingeschlafen. Er musste schließlich einige Stunden Schlaf nachholen ...

Maria war bereits aufgestanden und hatte das Frühstück aufgetischt. Es roch einladend nach Kaffee, als sie ihn weckte.

Nach einer kurzen Begutachtung seines Aussehens meinte sie spöttisch: „So sehen keine Sieger aus."

„Vielleicht doch, nach einer Siegesfeier." Er grinste und drückte sie an sich.

Er wusch sich, tauchte den Kopf einige Sekunden lang ins kalte Wasser und kleidete sich an. Dann ging er vor das Haus, wo die aufgehende Sonne noch mit der Dunkelheit kämpfte.

Er roch den Anis im Brot, bevor er sein Frühstück auf dem Holztisch sah. Er bekam jeden Morgen das Gleiche, denn er war ein Gewohnheitstier: Er aß weißes Brot mit Aniskörnern, dazu Tomaten aus eigenem Garten, Oliven und ein Stück fette Paprikawurst. Die Chorizo schnitt er mit seinem Taschenmesser sorgsam in dünne Scheiben, pickte sie auf und aß sie voll Freude zum Brot. Er liebte es morgens deftig, denn er brauchte viel Kraft für den langen Arbeitstag.

Manolo war stolz auf seinen Beruf, den auch schon sein Vater ausgeübt hatte.

Es dauerte etwa neun Monate, bis eine Staude von gut 200 Bananen herangereift war und um die 40 Kilo wog. Der Weg bis dorthin war sorgenreich. Die Pflege der jungen Pflanzen, das stetige Wässern, all das verlangte Sachverstand und Fleiß.

Wenn die Erntezeit kam, trugen „menschliche Lastesel" die mit der Machete abgeschlagenen Fruchtstände bis zur Packstation.

Man hatte diese Höllenarbeit zunächst durch Esel verrichten lassen, doch wenn die Tiere die Tonnenlast grüner Bananen durch die Plantage gezogen hatten, war allzu viel kaputtgegangen. Menschen gingen mit den weichen Früchten einfach behutsamer um.

Damit die zeitlichen Vorgaben eingehalten werden konnten, erwartete man von ihnen aber rasche Bewegung und Transport im Laufschritt.

Solche ganztägigen Strapazen hielten nur junge Männer durch. Manolos Sohn Pedro war dafür bald im richtigen Alter.

In eingespielten Vierergruppen schafften die jungen Kraftprotze pro Tag bis zu 200 Stauden.

Aus dem Alter war Manolo Moya schon lange heraus. Er zehrte mittlerweile von seiner Erfahrung und wurde für Spezialaufgaben eingesetzt. Er entfernte überzählige junge Triebe, kappte Blüten oder schnitt die männlichen Auswüchse am unteren Ende der Stauden ab, damit beim Reifen alle Kraft in die Früchte ging. Diese Arbeiten mussten exakt ausgeführt werden. Davon hing das Gedeihen der empfindlichen Pflanzen ab.

Auf der riesigen Fläche der Plantage befanden sich Bananen in allen Wachstumsphasen. Entsprechend unterschiedliche Arbeitsgänge waren in den einzelnen Sektionen zu verrichten. Die Arbeiter rollierten täglich und lernten so mit der Zeit, alle Tätigkeiten zu beherrschen.

Heute musste Manolo Tüten über die Fruchtstände stülpen, um die Früchte gegen Sonne und Ungeziefer zu schützen. Die Schutzhüllen wurden, zur Kennzeichnung des jeweiligen Reifegrades der Bananen, mit verschiedenfarbigen Bändern zugebunden. Es lag an ihm, die Reife der einzelnen Stauden richtig zu bestimmen. Diese Aufgabe forderte Akkuratesse, ging aber bei seiner Erfahrung relativ leicht von der Hand.

Maria hatte noch vieles im Haus zu tun und saß deshalb während des Frühstücks nicht bei ihm draußen. Vielleicht war ihre Abwesenheit aber auch ein stiller Vorwurf, weil er so stur das gemeinsame Beten boykottierte.

Maria kam nur einmal heraus und brachte ihm die Dose mit dem Essen und die Wasserflasche für die Siesta. Beides verstaute Manolo mit einem Wort des Dankes in seiner Leinentasche, dann brach er auf.

Die heutige Sektion war nicht weit entfernt. Er schritt für seine vierzig Jahre recht zügig aus. Er hatte das Bedürfnis, sich auszuarbeiten, um die Wirkungen des Alkohols aus dem Leib zu bekommen.

Sein leichtes Schuhwerk ließ ihn auf dem steinigen Weg jedes spitze Stückchen Lava spüren. Die Leinenschuhe hatte sein Vetter Pablo Cotarelo gefertigt. Er hatte den seltenen Beruf des Alpartageros, Leinenschuhmachers.

Manolo konnte die von ihm gefertigten Schuhe gegen Gemüse aus seinen Beeten eintauschen. Tauschgeschäfte hielten die wenigen Geldscheine, die ein Bananenarbeiter besaß, zusammen.

Rattenspiele

Rafael verließ kurz nach dem Vater das Haus.

Seine Mutter rief ihm nach: „Sei pünktlich, denk daran, dass mittags Pflichten auf dich warten!" Maria wusste, der Junge verlor beim Spielen leicht jedes Zeitgefühl.

„Ja, ja", schimpfte der vor sich hin, „Hühner- und Kaninchenställe säubern, Hühner füttern und für die Kaninchen Grünzeug sammeln ..."

Seine Mutter war schon wieder im Haus verschwunden und schüttelte aus einem der kleinen Fenster das Bettzeug aus.

Die Decken waren nicht sehr üppig. Dünne Baumwolldecken reichten für das milde heimische Klima. Sie hielten unerwünschte Bettgenossen fern. Flöhe, Wanzen und Milben fühlten sich in den dicken Bettenbergen der Reichen wohler als bei den Armen. Bei Moyas war zudem dank Maria alles sehr reinlich. Es kam selten vor, dass Flohstiche einem von ihnen eine rote Perlenkette um den Hals malten.

Für die Reinlichkeit arbeitete sie hart. Der Seewind blies ihr als täglichen Ansporn die Regel des heiligen Benedikt ins Haus – ora et labora, bete und arbeite. Das machte die Mühsal etwas leichter. Es war der tüchtigen Hausfrau, als würden die Schultern des Heiligen ihr tragen helfen.

Rafael hatte sich mit Fernando Navarro zur Rattenjagd verabredet. Fernando war der jüngste Sohn des Plantagenbesitzers.

Die Jungen trafen sich auf der Wegkreuzung vor der Plantage. Der gleichaltrige Luciano Salcedo stieß etwas weiter unten dazu; danach war ihre Bande komplett.

Rafael wusste, welches Segment zurzeit brach lag.

Dort waren die Pflanzen abgeerntet, und nur junge Triebe ragten kurz über dem Boden aus den verrotteten Blättern der Altpflanzen hervor. Die alten Blätter hielten die Feuchtigkeit, vergingen und gaben Nährstoffe in die Erde zurück.

Dort, abseits von den Banañeros, hielten sich die Ratten am liebsten auf. Hier sollte für heute ihr Jagdgebiet sein.

Die drei Jungen trugen ihre Schleudern lässig im Hosenbund. Luciano führte das Wort. Er erzählte eine Schauergeschichte, die sie immer aufs Neue zu ihren Jagden antrieb:

„Es ist noch keine sieben Jahre her, da geschah bei der Familie Teslino etwas Schreckliches. Die Eltern waren für den Abend ausgegangen. Señor Teslino sollte bei einer Taufe Pate stehen, und das Paar wollte auch noch an der Festlichkeit teilnehmen. Ihr achtjähriger Sohn und die zweijährige Tochter blieben allein im Haus zurück.

Im Traum kam es dem Jungen vor, als würde sein Schwesterchen weinen, doch er wurde nicht richtig wach und schlief weiter.

Das Weinen war Realität gewesen. Sechs Ratten waren futtersuchend in die Hütte eingedrungen. Sich stoßend und übereinanderspringend wühlten sie alles durch.

Auf dem Strohsack der Kleinen machten sie Halt.

Als die Teslinos nach Hause kamen, fanden sie den angefressenen Leichnam ihrer Tochter."

Die Gruselgeschichte ließ in den drei Jungen das Hassgefühl gegen die grauen Biester richtig anwachsen.

Rafael fasste ihre Wut in kernige Worte: „Auge um Auge, Zahn um Zahn, steht schon in der Bibel, und so wollen wir es heute mit den Grauen halten!"

„Mindestens sechs von ihnen sollen dran glauben", bekräftigte Fernando die Worte seines Freundes.

Als sie den Plantagenabschnitt erreicht hatten, nahmen sie im Dreieck zwischen den jungen Pflanzen Wartestellung ein. Die Schleudern waren schnell mit Steinkugeln geladen und in Schussposition.

Es dauerte eine halbe Stunde, bis es unter den Blättern zu rascheln begann. Der Kopf des Leittiers lugte vorsichtig heraus. Seine Barthaare zitterten nervös und die scharfen Zähnchen zeigten seine Wehrhaftigkeit.

Es witterte keine Gefahr und gab mit einem Pfeifton das Zeichen „Entwarnung". Bald wieselten ein halbes Dutzend Tiere über die Blätter.

Die eifrigen Jäger kannten diese Prozedur und warteten geduldig. Dann gaben sie sich mit den Augen das Zeichen zum Angriff.

Sorgfältig zielten sie und drei Kugeln fanden mit einem satten Plopp ihr Ziel.

Die Jungen waren durch langes Üben zu wahren Experten geworden. Ihre Steinkugeln ließen die Rattenschädel förmlich explodieren. Die Tiere starben auf der Stelle, und keines von ihnen schaffte die Flucht zurück unter die abgestorbenen Blätter. Nur die unverletzten Ratten verschwanden darunter.

Rafael quälte vor Jagdfieber und Aufregung ein Schluckauf, als sie zu den kleinen Kadavern hineilten.

„Hast nicht richtig aufgepasst, mein Lieber", sprach Luciano zu dem toten Leittier und grinste seine beiden Kumpane Beifall heischend an.

Es war Ehrensache, dass der Chefwächter der Grauen unter ihrer Beute war.

Diesen Vormittag wollte ihnen das Glück nicht weiter gewogen sein. Es blieb bei den drei erlegten Tieren. Nicht ganz zufrieden mit diesem Jagderfolg trollten sie sich nach Hause.

„Wir müssten eine Falle bauen, dann könnten die Viecher auch getötet werden, wenn wir nicht da sind", meinte Fernando.

„Aber das macht doch längst nicht so viel Spaß wie mit der Schleuder", wiegelte Luciano ab.

Großgrundbesitzer

Das Anwesen der Navarros war natürlich viel prächtiger als die kleine Finca der Moyas. Es lag auf einer leichten Anhöhe mitten in der Plantage mit freiem Ausblick in alle Richtungen. Wenn die Wetterlage es zuließ, konnte man den Teide sehen.

Miguel Navarro hatte das Haus von seinem Vater übernommen und nach seiner ersten Ehefrau „Casa Dolores" benannt. Es lag als farbenfroher Fleck im Grün seiner Bananenplantagen nahe La Rambla del Mar. Mit gelb getünchten Wänden und einem lasierten Dach leuchtete es über seinem Besitz wie die Sonne über der Welt.

Don Miguel war stolz, von seinem Vater geschichtsträchtigen Boden ererbt zu haben: Auf seinem Areal befand sich der Ort, an dem der Guanchenkönig Bentor den Freitod gesucht haben soll, um nicht die Demütigung zu erleiden, von den spanischen Eroberern versklavt zu werden.

Miguel Navarro hatte diese Geschichte immer wieder zu hören bekommen. „Mut und Ehre stehen vornan, das erwarte ich auch von dir, mein Junge", hatte sein Vater dazu gesagt.

Erst von Nahem offenbarte die Hazienda ihre ganze Großzügigkeit. Der Haupttrakt bot Platz für Wohn-, Arbeits- und Schlafräume. An einem Ende lagen die Versorgungsräume, die Küche, eine geräumige Vorratskammer und die Backstube. Am anderen Ende und in der Mitte befanden sich zwei wohl ausgestattete Badezimmer.

In einem Seitenflügel lagen Ställe, ein Raum für Fahrzeuge und Fuhrwerke, Vorratsräume, die Scheune sowie eine Werkstatt mit Brennofen für Dachziegel, Töpfe und Kannen.

Von den Wohnräumen ging eine große Terrasse ab, die mit bunten Kacheln geplattet war. Auf ihr standen in Kübeln, direkt vor der hüfthohen Umrandung, annähernd ein Dutzend Palmen. Ihre Kronen wiegten sich leicht im Wind, der ständig vom Atlantik hochwehte.

Don Miguel saß mit seiner Frau Laura beim Frühstück. Der Tisch war mit weißem Leinen und echtem Porzellan eingedeckt. Der erste Hahnenschrei war längst verklungen, denn die Navarros frühstückten weit später als ihre Arbeiter.

Mit der Kaffeetasse in der Hand fragte Don Miguel seine Frau: „Wo sind unsere Kinder?"

„Dolores ist noch nicht vom Kirchgang zurück. Deine Tochter macht übrigens große Fortschritte, sagt der Hauslehrer", hörte er Donna Lauras Stimme, und die war bei dieser Antwort ganz weich.

„Das ist mir ziemlich egal", erwiderte Don Miguel. „Sie ist nur ein Mädchen. Mir wäre viel lieber, Javier würde sich zum Besseren ändern, aber dagegen steht wohl sein ungutes Wesen", ergänzte er verdrießlich.

Donna Laura zuckte wie unter einem Peitschenhieb zusammen, dann fuhr sie mit unbeweglicher Miene fort: „Fernando ist schon auf der Plantage, er wollte Ratten jagen, glaube ich. **Dein** Sohn, Javier, hat wie gestern nicht zu Hause geschlafen."

Beim letzten Satz war ihre Stimme hart geworden. Don Miguel war nicht entgangen, dass sie bei Javier von seinem Sohn gesprochen hatte. Der Junge war aus seiner ersten Ehe.

Verärgert schlug er auf die Tischplatte. „Ich weiß wirklich nicht, von wem er seine Weibergeschichten hat!"

„Von dir sicher nicht", dachte Donna Laura, denn Miguel hatte seit mindestens zwei Monaten nicht mehr das Bett mit ihr geteilt.

Auch Don Miguel hatte zerknirscht weitergedacht: „Es lässt sich nun mal nicht verleugnen, dass es in jeder Familie einen Taugenichts gibt." Er dachte immer öfter daran, Javier zum Militärdienst zu schicken. Auf der Militärakademie würden sie ihm vielleicht Gehorsam und Ordnung beibringen. Aber im Grunde seines Herzens mochte Miguel das Militär nicht, er hatte Angst vor gleichgeschalteten Hirnen. Zu oft hatte diese Soldateska in der Vergangenheit allein entschieden, was vermeintlich richtig war. Außerdem musste Javier in naher Zukunft sein Nachfolger werden. Er musste dem Jungen wohl oder übel die Flausen selbst austreiben.

Bei dieser Erkenntnis wurde sein Blick durchdringend, seine Stirn krauste sich und seine Adlernase bebte leicht.

Dass Fernando mit den Arbeiterkindern spielte, passte ihm ebenfalls nicht. Doch es war nicht der rechte Zeitpunkt, sich darüber zu erregen. Die Zeiten waren nicht danach. Er verbiss sich einen Kommentar, stand auf, ging zur Balustrade und ließ seinen Blick über die Plantage wandern.

Die Zeichen der Zeit standen nicht günstig für ihn und seine Familie. Die früher so lukrativen Bananenexporte waren infolge des Börsenkrachs und der weltweiten Wirtschaftsflaute von 1929 in eine Krise gerutscht, die bis heute anhielt.

Wenn man eine befriedigende Rendite erzielen wollte, musste man Kosten senken. Der größte Kostenfaktor waren die Löhne. Aber die Arbeiter schufteten schon zwölf bis vierzehn Stunden am Tag, ohne dass er ihnen Überstundenzuschläge zahlte. An dieser Schraube konnte er schwerlich weiterdrehen.

Nun hatte das gesamte Tal auch noch links gewählt, das bedeutete zusätzlich Gegenwind von den Gewerkschaften.

Viele Begüterte waren direkt nach dem Wahlsieg der Volksfront ins Ausland gegangen und hatten ihr Vermögen mitgenommen. Das führte zu weiterem wirtschaftlichen Einbruch, Währungsabwertung, Teuerung und Streiks.

Don Miguel konnte da nicht mitziehen, denn eine Plantage war nicht einfach ins Ausland zu transferieren.

Aber er hatte die schlimmen Folgen der Fehlentwicklung vorhergesehen und seine Kumpanen davor gewarnt. Die meisten hatten nur abgewinkt und waren untätig geblieben.

„Die zu klug sind, sich zu engagieren, werden dadurch bestraft, dass sie von Dümmeren regiert werden", dachte er bitter.

Er hatte es geschäftlich gut mit den Engländern gekonnt, auch hier waren jedoch Änderungen eingetreten. Seit 1930 löste sich die englische Gemeinde mehr und mehr auf, und die von ihm weniger geschätzten Deutschen traten in den Vordergrund.

Er stimmte normalerweise niemals mit der Linken überein, aber in einem gab er dem CNT-Genossen Manuel Perez recht. Der hatte unlängst erst die Verhältnisse auf der Insel drastisch, aber richtig kommentiert: „Zurzeit gibt es unzweifelhafte Beweise, dass die Insel eine deutsche Insel wird. Es existiert in Santa Cruz nicht ein Hotel, nicht ein Touristenzentrum, das einem Spanier oder einem Inseleinwohner allein gehört. Alles ist bereits Eigentum oder wenigstens Miteigentum der Deutschen. Die Metallwerkstätten, die Transportunternehmen, die Schifffahrt, die Industrie, der Handel und das wirtschaftliche Leben sind ebenfalls unter der Kontrolle Deutschlands ..."

Don Miguel ärgerte am meisten, dass der deutsche Generalkonsul Jakob Ahlers inzwischen der mächtigste Grundbesitzer im gesamten Orotavatal war. Ahlers war in vielen Belangen, besonders aber in der gesellschaftlichen Präsenz, sein schärfster Konkurrent geworden.

Der Deutsche war schon vor Jahren wegen eines Lungenleidens auf die Insel gekommen. Er führte seit 1906 eine Compañía Consignataria de Buques im Hafen von Santa Cruz. Zu seinen Generalvertretungen für Produkte aus dem Deutschen Reich gehörten Agenturen für Bankdienstleistungen, für Reifen und für die Linienschifffahrt.

In Ahlers erweitertem Hinterhof in der Hauptstadt hatte die Compañía Española de Petróleos, CEPSA, zwischen April und November 1930 eine Ölraffinerie erbaut.

Sie raffinierte mittlerweile 5000 Barrel am Tag und war zu einem wichtigen Wirtschaftsfaktor der Insel geworden. Diversifikation zahlte sich eben aus.

Seit der Machtübernahme Hitlers im Januar 1933 in Deutschland waren die Firmen des Konsuls auf Teneriffa wie das Woermann-Haus auf Gran Canaria zu Zentralen von Nazioperationen geworden.

Inzwischen liefen regelmäßig acht deutsche Schifffahrtslinien die Inseln an. Deutsche Ingenieure und Marineexperten kontrollierten den Bau der neuen Hafenmolen. Deutsche waren überall präsent.

Don Miguel hatte beschlossen, zunächst Kreide zu fressen und abzuwarten, bis irgendwo der erste Fehler passierte. Sein gesamter Heimatort schien ihm auf einmal nur noch aus linken Dreckskerlen zu bestehen, vom Bürgermeister, dem Lehrer bis hin zum Feuerwehrmann und Briefträger waren alle rot.

Er würde nicht über die Dummheit der anderen lachen, ihre Dummheit konnte für ihn vielmehr zur Chance werden. Nicht ohne Grund erklärten ihn seine Widersacher für zäh wie Leder und besitzergreifend wie Efeu.

Er lächelte bei diesem Vergleich. Sollte Fernando also ruhig mit den Arbeiterjungen spielen.

Der Großgrundbesitzer machte sich grußlos zu einem Kontrollritt über die Plantage auf.

Seine Frau war ihm inzwischen eher zur Last geworden. „Sie ist kalt und hart", dachte er auf dem Ritt. „Sie wird nur ein wenig weich und zeigt Gefühle, wenn sie in Muße mit einem ihrer verflixten Liebesromane für sich ist. Dann kann man Lauras halb geschlossenen Augen sehen, verhaltene Seufzer hören oder gar erleben, dass sie das Buch voll Inbrunst mit beiden Händen an ihren Busen drückt, als wolle sie damit die mir vorenthaltenen Zärtlichkeiten wenigstens sich selbst gönnen." Er fühlte sich von ihr wirklich nicht verwöhnt.

General Francisco Paulino Hermenegildo Teódulo Franco y Bahamonde Salgado Pardo

Der Militärgouverneur der Kanarischen Inseln, General Francisco Franco, saß in Santa Cruz, Rambla Pulido, an seinem übergroßen Schreibtisch und dachte nach.

Auf der Tischplatte stand in Silber gerahmt ein Bild von ihm. Eine Offiziersmütze mit drei Sternen auf dem Kopf, neben sich mehrere besiegte Rifkabylen, blickte er mit seiner Beute wie ein zufriedener Jäger in die Kamera.

Den Marokkanern waren die Hände auf den Rücken gebunden. In ausgelassener Laune, die selten bei ihm aufkam, erzählte der General, dass er die Gefangenen kurz darauf hatte liquidieren lassen.

Ein helles Klingen traf sein Ohr. Sein Blick strich vor seinem Fenster über den Platz und erfasste an dessen anderem Ende einen Schmied seiner Truppe, der mit schwingendem Hammer ein Pferd beschlug.

Bild und Ton wollten nicht zusammenpassen. Der Klang des Eisens erreichte sein Ohr immer etwas später als der herabsausende Hammer sein Auge.

Dieser Umstand zeitlicher Verzögerung gab dem Ganzen etwas Unwirkliches.

Schnell verlor der General das Interesse daran und konzentrierte sich wieder auf seine Gedanken.

Ihm blieb dafür nur wenig Zeit, denn es klopfte bald an der Tür. Mit einem scharfen „Herein!" forderte er zum Eintreten auf.

Sein Adjutant öffnete die Tür, salutierte und vermeldete mit schneidiger Stimme: „Ihre Tagestermine, mein General!"

Franco nickte gnädig und schaute ihn abwartend an. Der Untergebene begann die Termine zu verlesen: „Neun Uhr dreißig Treffen mit dem Zivilgouverneur im Rathaus, zehn Uhr dreißig Leutnant Gonzales Campos zur Aussprache hier im Hause."

„Die Aussprache ist bei beiden dringend nötig", dachte der General. „Das sind unsichere Kantonisten, die muss ich auf Linie bringen!"

„Elf Uhr dreißig Aussprache mit Pressevertretern", fuhr der Adjutant mit gleichmäßiger Stimme fort. „Bis dreizehn Uhr Mittagessen mit den Herrschaften, danach bis sechzehn Uhr Fahrt mit jungen Offizieren in den Esperanza-Wald."

„Gut, gut, das reicht", fiel ihm der General ungnädig ins Wort. „Manche meinen, ein ausgefüllter Terminplan bedeute ein ausgefülltes Leben."

Er winkte dem Adjutanten mit der rechten Hand lässig zu und befahl ihm abzutreten.

Der Offizier wurde steif wie ein Besenstiel, salutierte und verließ ohne weitere Regung den Raum. Erst draußen grub sich Ärger in sein Gesicht. Er verabscheute die Arroganz des Generals, musste sie aber täglich erdulden.

Drinnen schaute General Franco auf seine Uhr.

Er war früh aufgestanden, und so blieb ihm bis zum ersten Treffen noch eine Stunde für sich.

Er begann über seine Situation nachzudenken. Sein Leben war bisher ein stetiger Aufstieg gewesen. Als zweites von fünf Kindern war er sorglos in der Familie eines Marineoffiziers aufgewachsen. Seine Mutter Maria, eine weitläufige Verwandte der galizischen Schriftstellerin Emilia Pardo Bazán, machte ihn neben den militärischen Anleitungen des Vaters auch mit musischen Freuden des Lebens bekannt.

Im Alter von fünfzehn Jahren trat er in die Infanterieakademie von Toledo ein. Schon drei Jahre später wurde er nach Spanisch-Marokko versetzt und kämpfte fünfzehn Jahre im dort wütenden Kolonialkrieg.

Mit einundzwanzig Jahren ernannte ihn König Alfonso XIII. wegen seiner Tapferkeit zum jüngsten Major der spanischen Armee. Die Karriereleiter ging weiter bergauf, kein Ende schien abzusehen: 1922 wurde er Kommandant der Fremdenlegion und 1926 der jüngste General einer europäischen Armee überhaupt.

Als er 1923 Carmen Polo y Martinez-Valdés heiratete, zeichnete ihn der König erneut aus und gab ihm als Trauzeuge die Ehre. Danach wurde er an verschiedenen Orten Militärgouverneur.

Nachdem er im Oktober 1934 in Asturien einen Aufstand von Bergleuten niedergeschlagen hatte, ernannte man ihn zum Oberbefehlshaber der spanischen Armee.

Nun aber war ein Karriereknick eingetreten. Im Februar, nach dem Linksruck, war er als Oberbefehlshaber der Streitkräfte abgesetzt und als Militärgouverneur der Kanarischen Inseln weit vom Machtzentrum Madrid nach Santa Cruz de Tenerife versetzt worden.

Bevor er ins kanarische Exil ging, hatte er eine letzte Unterredung mit dem Ministerpräsidenten Manuel Azaña gehabt. Eindrücklich hatte er ihn beschworen: „Es ist falsch, mich wegzuschicken. In der Hauptstadt könnte ich der Republik viel besser dienen."

Azaña ließ sich nicht überzeugen und erwiderte: „Ich fürchte mich nicht vor einem Putsch der Generäle. Ich wusste auch vom Putsch Sanjurjos und hätte ihn verhindern können, aber ich ließ ihn lieber scheitern. Geben Sie also acht, was sie tun!"

Den Akt des neuen Regierungschefs empfand der General als Degradierung. Eine Herabsetzung war es auch, denn die Linksregierung hielt ihn, trotz seiner Beteuerung, für einen latent gefährlichen Putschisten. „Sie betrachtete mich so misstrauisch wie einen Trojaner im Lager der Griechen", dachte der General grimmig.

Für ihn stand fest, dass diese Inseln mitten im Atlantik, fern vom Festland und fast schon in Afrika, für ihn keine Endstation werden durften. Daran wollte er arbeiten!

Seine heutigen Verabredungen waren dazu bestimmt, die Zeiten zum Besseren zu wenden. Er musste auf den Inseln ein persönliches Netzwerk aufbauen.

Der General blieb auch nach den morgendlichen Gesprächen unzufrieden. Er hatte nicht das Gefühl gewonnen, seine Kritiker wirklich überzeugt zu haben. Die beiden aufmüpfigen Herren mussten auch weiter in enger Überwachung bleiben.

Auch das Zusammentreffen mit den Vertretern der Presse war nicht in seinem Sinne verlaufen. Ihre Unterstützungszusagen waren nur sehr zögerlich gekommen. Vorbehalte gegenüber einem Inselfremden und seinen Thesen waren ihm deutlich entgegengeschlagen. Er war eben ein Festlandspanier und keiner von ihnen!

Das gemeinsame Mittagessen brachte den passenden negativen Abschluss des Vormittags. Seine Gäste boten ihm nur oberflächliche Unterhaltung, und Papas arrugadas mit Mojosoße waren nichts für seine verwöhnte Zunge. Da gab es im Restaurant Horcher in Madrid filigranere Beilagen zu den delikaten Gerichten der Speisekarte!

Nun musste ein erfolgreicher Nachmittag den Tag herausreißen. Das Einschwören der jungen Offiziere auf seine Sache war das Richtige dafür. Im Umgang mit Soldaten fühlte er sich sowieso am wohlsten.

Die Liebe zu allem Militärischen hatte ihm sein Vater in die Wiege gelegt, und in seinem bisherigen Leben hatte sich immer bestätigt, dass die Armee gerade in kritischen Zeiten zum Zünglein an der Waage wurde. Das Wirgefühl fügte Soldaten zusammen, wie sich die zwei Balken zum Kreuz Jesu Christi fügten.

Heute galt es, sechzig neue Soldaten zu vereidigen. Sie würden gemeinsam an die Gedächtnisstelle im Esperanza-Wald fahren. „Wald der Hoffnung" hatte er ihn getauft, und er wollte zum Hoffnungsträger der jungen Soldaten werden.

Gegen 13:30 Uhr fuhren sie los. Der Fahrer seines Militärjeeps setzte den Wagen vor die zwei betagten Armeebusse, in denen die „Frischlinge" aufgeregt miteinander schwatzten.

27

Mit dem General im Jeep fuhren sein Adjutant und der Militärgeistliche, der bei der Veranstaltung für den göttlichen Segen zuständig war. So hatte ihn General Franco wenigstens jovial begrüßt.

Während der Fahrt besprachen sie nochmals die Regie, obwohl die immer nach gleichem Schema ablief. „Dann wollen wir mal versuchen, aus den jungen Leuten richtige „camisas nuevas", neue Hemden, zu machen, so nannten sich die Blauhemden der Falange.

„Unser heldenhafter Kampf ist notwendig, um das Vaterland aus dem kommunistischen, separatistischen Sumpf zu retten."

Kurz vor dem Flughafen Los Rodeos bog die Kolonne links ab und fuhr auf einer Serpentinenstraße den Berg hinauf, der sich rund fünfzig Kilometer bis zu den Cañadas del Teide hinzog.

Zunächst säumten Wacholderbüsche die staubige Straße, dann ging die Vegetation in Lorbeerwald über, der bald meterhoher Baumheide und dem Gagelbaum wich. Kurz darauf sah man nur noch mächtige Kiefern. Hier begann der wirkliche „Bosque de la Esperanza", der Esperanza-Wald. Er profitierte von seiner Lage in feuchter Passatregion. Das bewiesen seine üppige Ausdehnung und die dicken Stämme seiner Bäume.

Vor den Kiefern stand eine frisch angepflanzte Allee von Eukalyptusbäumen. Sie war erst vor kurzer Zeit gesetzt worden, um auftretende Malariasümpfe trockenzulegen, denn sie brauchten viel Wasser.

Auf dem Gebirgskamm Cumbre Dorsal, der sich nordöstlich an den Riesenkrater Las Cañadas anschloss, hielten sie an. Die Gedächtnisstelle Los Raices lag auf einem Plateau, das im Norden zur Hochfläche von La Laguna abbrach und Sicht auf die Stadt bot.

General Franco war von kleiner Statur, deshalb war der Platz, von dem aus er die einleitenden Worte sprechen wollte, deutlich erhöht. Ein Franco stand schließlich über den Dingen!

Die jungen Offiziere hatten sich in genau gezirkelten Trupps aufgestellt und warteten in Habtachtstellung auf den Beginn der Einschwörung.

Der befehlende Teniente-General trat vor und meldete dem Militärgouverneur die Truppenstärke.

General Franco erhob sich zu einer kurzen Rede und begann zackig mit dem Wort „Männer!". Es folgten die üblichen Ausführungen, sie hätten Gott, Vaterland, der Armee und den Vorgesetzten stets treu zu dienen.

Er benutzte zum Ansporn Worte, die sein Generalkollege Emilio Mola bereits verwendet hatte: „Man muss Angst und Schrecken verbreiten; man muss das Gefühl der Herrschaftsgewalt zurücklassen, die ohne Skrupel und Schranken alle jene eliminiert, die nicht so denken wie wir!"

Dann initiierte er einen erprobten Sprechgesang. Er rief aus: „Spanien!"

Die Soldaten antworteten mit: „Einig!"

„Spanien!", wiederholte er.

„Groß!", brüllten seine Untergebenen zurück.

„Spanien!", schrie er ein weiteres Mal beschwörend.

„Frei!", tönte es aus den Männerkehlen.

Bevor sich Franco setzte, schaute er ins Rund und war mit der Wirkung seiner Worte zufrieden. Er hatte die Männer an der richtigen Stelle gepackt. Man sah ihnen an, sie waren beeindruckt.

Nun lag es an dem Feldgeistlichen, die Lobhudelei zu Francos Person fortzusetzen. Er tat das mit Bravour und fand zum Abschluss einprägsame Worte:

„Ihr müsst schon die ganze Bibel durchlesen, um die Eigenschaften zu finden, die euren General richtig beschreiben. Euer Vorgesetzter hat die Weisheit Salomons, den Mut des Löwen von Juda und den Langmut Hiobs. Verschreibt euch seiner Führung mit ganzem Herzen!"

„Prägt euch das in eure verdammten Schädel ein!", unterbrach der Teniente-General mit schneidender Stimme die Worte des Geistlichen.

„Wer nun den Eid sprechen will, trete einen Schritt vor."

Es gab keinen unter ihnen, der diesem Aufruf nicht Folge leistete. Ihr Atem flog, als sie zum Schluss „Cara al sol", das Kampflied der

Falange, anstimmten. „Gesicht zur Sonne" war erst kürzlich intoniert worden. Sein Text stammte vom Parteigründer José Antonio Primo de Rivera, die Musik komponierte Juan de Telleria. Mit diesem Lied war endlich dem linken Kampflied „A las barricadas", „Auf die Barrikaden", eine rechte Duftmarke entgegengesetzt worden!

Die erfolgreiche Vereidigung versöhnte den General mit dem Tag, der so mäßig begonnen hatte. Die jungen Leute waren auf die richtige Bahn gebracht worden. Er war fürs Erste zufrieden, doch dann holte ihn wieder die Ungewissheit ein, wie es weitergehen würde.

In den nächsten Wochen suchte er gesellschaftlichen Kontakt zu Gleichgesinnten, verbesserte sein Englisch und spielte auf dem königlichen Platz in Guamasa Golf.

Madrid, April 1936: Der Mord an José del Castillo

José del Castillo stand vor dem Spiegel in seinem Schlafzimmer und kleidete sich sorgfältig an. Seinem heutigen Einsatz war er das schuldig. Er war von zierlicher Statur, hatte schütteres Haupthaar und trug ein dünnes Oberlippenbärtchen sowie eine Brille mit runden Gläsern.

Als er fertig war, musterte er sich kritisch. Die Uniform der Guardia de Asalto, der Sturmgardisten, machte etwas her und einen ganzen Mann aus ihm.

Die Guardia war 1931 als Sonderpolizei zum Schutz der Republik ins Leben gerufen worden. Sie bestand ausschließlich aus linientreuen Republikanern. Dazuzugehören machte ihn stolz.

Er hatte heute mit seiner zweiten Kompanie die Sicherheit einer Demonstration zum fünften Jahrestag der Republik zu gewährleisten, also eine wichtige Aufgabe zu erfüllen.

Zur gleichen Zeit fand die Bestattung des Anastasio de los Reyes, Leutnant der Guardia Civil, statt, was Unruhen befürchten ließ. Del Castillo musste darauf ein Auge halten.

Nach dem Wahlsieg der Volksfront waren militante Streitereien zwischen Rechten und Linken zur Regel geworden, und bei solchen Anlässen hatte man mit dem Schlimmsten zu rechnen.

Er war eingefleischter Antifaschist, und die Trauerfeierlichkeiten zu Ehren eines Faschisten waren ihm zuwider.

Er und seine Männer sammelten sich in den Pontejos-Kasernen an der Plaza de Pontejos und machten sich in einem Lastwagen auf den Weg zu ihrem Einsatzort.

Am Friedhof ging der Demonstrationszug vorbei. Zunächst konnten sich seine Männer im Hintergrund halten. Doch dann peitschten einige Agitatoren den Zug der Demonstranten so auf, dass es zu Handgreiflichkeiten mit den Trauernden kam.

Der Disput wurde bald eine Zurschaustellung rechter Stärke. Die Faschisten gingen zum Angriff über, und die Ausschreitungen dehnten sich zeitlich und örtlich immer mehr aus. Del Castillo musste mit Brachialgewalt einschreiten lassen.

Zu spät wehrten sie den Anfängen. Knüppel wurden bereits geschwungen und Schüsse fielen. Bald lagen die ersten Verwundeten am Boden.

Einer von Castillos Männern erschoss im Gedränge den Marquis Andres Saenz de Heredia, den Cousin José Antonio Primo de Riveras, des Gründers der Falange.

Der Teniente selbst verletzte den Schüler und Carlisten José Llaguno Acha, und mehrere Demonstranten versuchten ihn daraufhin zu lynchen.

Männer seiner Einheit retteten ihn vor ihrem Zorn. Sie brachten ihn zur Dirección General de Seguridad. Dort nahm man seine Aussage auf und ließ ihn hernach mit Belobigung gehen.

Mit seinem harten Eingreifen hatte er den rechten Tumult niedergeschlagen.

Del Castillos Uniform, die er am Morgen noch so bewundert hatte, war am Ende des Tages schmutzig und eingerissen. Verärgert und erschöpft ließ er sich nach Hause fahren.

Sein heftiges Vorgehen gegen die Rechten sollte Folgen haben. Von Stund an stand er auf deren Todesliste!

Seine Vorgesetzten rechneten mit Gefahr für ihn und wollten ihn aus Madrid abziehen und nach Barcelona versetzen. Del Castillo hatte sich aber in der Hauptstadt gut eingelebt und weigerte sich, sie zu verlassen.

Selbst zwei erfolglose Attentate stimmten ihn nicht um. So ließen ihn seine Freunde wenigstens durch Milizen der sozialistischen Jugend beschatten. Sie organisierten täglichen Begleitschutz auf seinem Weg zwischen Wohnung und Arbeitsstätte. Del Castillo bemerkte es nicht einmal.

Doch das Schicksal nahm seinen Lauf. Seine Feinde ließen ihm nicht viel Zeit. Er hatte erst am 20. Mai geheiratet und sollte seine junge Ehe nur kurz genießen.

Dass seine Frau einen anonymen Brief erhielt, in dem sie gefragt wurde, warum sie einen Mann genommen habe, der bald eine Leiche sein würde, beunruhigte nur sie und rang ihm selbst nur ein müdes Lächeln ab.

Am 12. Juli besuchte der Teniente einen Stierkampf in der Arena von Las Ventas. Dort warnte ihn sein Parteifreund Leonor Menendez, am Abend sei ein Attentat auf ihn geplant.

Del Castillo ließ sich davon nicht beeindrucken. Er verhielt sich wie immer, machte mit seiner Frau noch einen Spaziergang, bevor er nochmals auf seine Dienststelle fuhr.

Als gegen 22 Uhr sein Arbeitstag endgültig endete und er zurück nach Hause fuhr, lauerten ihm vier faschistische Schützen vor seiner Haustür auf.

Seine Wohnung lag an der Einsiedelei, Ermita del Humilladero, Ecke Calle Fuencarral und Augusto Figueroa. Er sah die Männer und wusste sofort Bescheid. Als Erstes dachte er an die Sicherheit seiner

Frau: „Nehmt nur mich, meine Frau hat sich von mir getrennt", waren seine letzten Worte, dann traf ihn eine Revolverkugel.

Seine Frau, die schwanger war, lag schon im Bett und bemerkte nichts. Der Journalist Juan de Dios Fernández Cruz, der kurz nach dem Anschlag am Ort des Mordes vorbeikam, versuchte Erste Hilfe zu leisten, doch del Castillo starb auf dem Weg zur Klinik.

Die Falange wurde für alles verantwortlich gemacht. Castillos Kollegen und Freunde schrien nach Rache. Sein Freund Fernando Condés, der ebenfalls Mitglied der Garde war, setzte sich unter Tränen an die Spitze der Rächer.

Die Rache sollte nicht lange auf sich warten lassen. Der Stein, der ins Wasser geworfen worden war, zog nun immer schnellere und größere Kreise.

Teneriffa, Mai 1936: Die Unruhen greifen über

Auch auf Teneriffa entlud sich der Unwillen breiter Bevölkerungsschichten in öffentlichen Unruhen.

General Franco stand zum ersten Mal seit seiner Ankunft auf der Insel vor einer Bewährungsprobe. Bei den Demonstrationen zum 1. Mai in La Laguna und Puerto de la Cruz weitete sich der Marsch der Arbeiter zu handgreiflichen Protesten aus. Die Unzufriedenheit über die wirtschaftlichen Verhältnisse brach heraus.

General Francos Anweisungen für die Truppen vor Ort kamen prompt: „Handeln Sie schnell und zweckdienlich, ziehen Sie die Samthandschuhe aus!"

In den betroffenen Städten errichteten Soldaten Straßensperren und besetzten kritische Punkte der Innenstädte. Es ging bei diesen Militäreinsätzen nicht ohne Verletzte ab. Das Militär zeigte erneut, wie rigoros es mit Widerständlern umging.

Danach kam es selbst im Hinterland zu Protesten. Die linke Hochburg Icod gehörte zu den Hauptbeschwerdeführern. Der Bürgermeister von Buenavista forderte sogar den Rücktritt des Generals.

Der ließ diese Forderung und alle weitere Kritik an sich abperlen. Mehr Politiker als Soldat, saß er sie aus. Der Unmut auf der Insel hörte nicht auf zu brodeln, aber die Menschen kuschten noch.

Madrid, 13. Juli 1936: Der Mord an José Calvo Sotelo

Am Nachmittag des 12. Juli kam in Madrid der Monarchistenführer José Calvo Sotelo von einer vorgenommenen Ehrung in seine Wohnung in die Calle de Velásquez 89 zurück.

Er erklärte dem Fahrer des Eskortenwagens, er könne sich zurückziehen, da er das Haus vor 14 Uhr des nächsten Tags nicht zu verlassen gedenke.

Der Eskortenchef nahm das Angebot eines frühen Feierabends dankend an, obwohl er strikten Befehl hatte, vor der Tür des gefährdeten Politikers auszuharren.

Señor José Calvo Sotelo war eine der bedeutendsten Persönlichkeiten der spanischen Rechten.

Einst Abgeordneter und Minister, musste er zu Zeiten der Zweiten Republik ins Exil und spielte nun nach dem Sieg der Volksfront wieder eine führende Rolle in der Protestbewegung, die sich mit Stillhalten nicht zufriedengeben wollte.

Am 17. Februar hatte er noch den Staatspräsidenten und den amtierenden Premierminister gedrängt, den Sieg der Volksfrontvertreter für ungültig zu erklären.

Gegen drei Uhr morgens des nächsten Tages fuhr der Streifenwagen Nr. 17 der Bereitschaftspolizei von den Pontejos-Kasernen

ab. Die Fahrt ging über die Calle Diego de León in die Calle Velázquez.

Vor dem Wohnhaus Sotelos hielt der Wagen mit quietschenden Bremsen. Neun Männer, unter ihnen die Hauptleute Fernando Condés, José del Rey und Victoriano Cuenca, sprangen heraus und eilten auf die Haustür zu, die nicht verschlossen war. Der Nachtwächter war nicht an seinem Platz.

Das Treppenhaus blieb dunkel, als die Männer die Treppenstufen hinaufstürmten. Ihre schweren Lederstiefel krachten auf den alten Holzstiegen und signalisierten Gefahr.

Alle Eingangstüren auf ihrem Weg zur Wohnung Sotelos blieben geschlossen. Die Angst der Mitbewohner siegte über ihre Neugierde.

Vom Treppenabsatz der Wohnung Sotelos aus staute sich der Trupp fast eine halbe Etage die Treppe hinab.

Der Einsatzleiter der Gardisten war Condés; hier schloss sich der Kreis und gebar die geschworene Rache für den Tod José del Castillos.

Condés, ganz vorn in der Reihe, klopfte mit seiner Rechten im Lederhandschuh an die Tür und läutete gleichzeitig noch.

Nach einigen Sekunden wurde die Tür einen Spaltbreit geöffnet, ein junges Frauengesicht schaute ängstlich heraus und fragte, was man wolle.

Condés vermutete zu Recht in der Frau das Hausmädchen und fuhr es mit schneidender Stimme an: „Ist der Hausherr zu Hause? Wir haben Befehl, die Wohnung zu durchsuchen."

Das Dienstmädchen bekam vor lauter Angst kein Wort heraus und nickte nur.

Condés hielt ihr zur Bekräftigung seines Auftrags ganz kurz den Ausweis vor die Nase: „Guardia de Asalto! Holt Señor Sotelo her, wir müssen ihn sprechen."

Die Kleine war froh, von den bedrohlichen Männern fortzukommen, ließ die Tür angelehnt und verschwand in der Wohnung.

Zunächst blieb es still, denn die Herrschaften hatten sich schon zur Ruhe begeben und mussten geweckt werden.

Schließlich wurden Stimmen laut, und selbstsichere Männerschritte näherten sich der Eingangstür.

Señor Sotelo öffnete sie ganz und schaute den Miliztrupp fragend an. Er war mittlerweile korrekt gekleidet, trug einen hellgrauen Anzug, ein weißes Hemd mit violetter Krawatte, braune Schuhe und graue Socken.

Eine schwere Uhrkette schimmerte im dritten Knopfloch seiner Jacke. Die Uhr selbst war in der Tasche verborgen. Der Politiker machte auf seine ungebetenen Besucher durchaus Eindruck.

Der Kapitän ergriff das Wort: „Sind Sie Calvo Sotelo?"

„Ja, der bin ich", kam es bestimmt zurück.

„Dann habe ich einen Haftbefehl des Polizeipräsidiums gegen Sie sowie einen zur Hausdurchsuchung." Hauptmann Condés hielt dem Politiker ein amtliches Schreiben hin und drängte in die Diele.

Sotelo war wie vom Blitz getroffen, doch er fing sich schnell und überflog die beiden Verfügungen, dann antwortete er: „Als Abgeordneter der Cortes genieße ich Immunität und kann nur festgenommen werden, wenn ich bei einem Verbrechen in flagranti gefasst werde. Dies ist aber augenscheinlich nicht der Fall!"

Die Eindringlinge gingen auf seinen Protest nicht ein, und Sotelo musste sie resignierend passieren lassen.

Die Milizionäre verteilten sich in geschulter Weise auf die einzelnen Räume und machten sich daran, sie zu untersuchen.

Zwei von ihnen blieben bei dem Verhafteten. Sie hinderten ihn nicht, in den Wohnraum zurückzugehen, sondern folgten ihm nur. Dort trafen sie auf Ehefrau und Tochter, die mit schreckgeweiteten Augen das Treiben der Eindringlinge verfolgten.

Der Hausherr versuchte sie zu beruhigen: „Das muss ein Missverständnis sein. Ich werde gleich die Dirección de Seguridad anrufen, dann ist der Spuk sofort vorbei."

Er ging zum Telefongerät, das auf dem schweren Sideboard stand.

Als er den Hörer aufnehmen wollte, schlug einer seiner Bewacher seine Hand weg und riss das Telefonkabel aus der Wand. „Nichts da,

Sie sind verhaftet und haben hier keine Rechte mehr!", schallte es ihm aufgebracht entgegen.

Sotelos Ehefrau schrie verzweifelt auf.

Das junge Dienstmädchen zeigte in diesem Augenblick viel Mut. Es wollte die Wohnung verlassen und Hilfe holen, doch es wurde zurückgehalten.

Sotelo protestierte ohne Unterlass gegen die unrechtmäßige Behandlung.

Hauptmann Condés gab ihm entnervt sein Ehrenwort, ihn binnen fünf Minuten auf das Präsidium zu bringen, und fügte hinzu: „Dort steht es Ihnen frei, sich zu beschweren und jede Art von Erklärung abzugeben."

Der Abgeordnete willigte endlich ein, ohne Widerstand mitzugehen.

Seine Frau packte eine Tasche mit dem Nötigsten – Waschzeug, Papier und Schreibzeug.

Sotelo küsste sie und die Kinder. Seine älteste Tochter Conchita weinte und versuchte ihn zurückzuhalten. Er beruhigte sie und versprach, sogleich vom Präsidium anzurufen.

Als die Gardisten die Wohnung mit ihm verließen, war dort nichts mehr wie vorher. Alles war zerwühlt, wenn auch keiner wusste, was genau gesucht worden war.

Aus dem, was die Männer in ihren Ledertaschen mitnahmen, machten sie ein großes Geheimnis.

Den Kongressabgeordneten nahmen sie zwischen sich. Ihm hatte man Handschellen angelegt. Total verängstigte Angehörige blieben in der Wohnung zurück.

Sotelo glaubte immer weniger an eine schnelle und glimpfliche Beendigung des Vorfalls. Eine Schweißspur der Angst rann ihm die Wirbelsäule hinab und hatte bereits sein blütenweißes Hemd durchnässt. Er fühlte die Feuchtigkeit beim Gehen kalt in der Zugluft.

An der Haustür bat er den nun anwesenden Nachtwächter im Vorbeigehen, seine Brüder zu verständigen, keinesfalls aber seine Eltern.

Er winkte ein letztes Mal seiner Familie, die am offenen Fenster stand.

Am Straßenrand schoben sie ihn in den Wagen und platzierten ihn in der dritten Bankreihe auf den vierten Sitz. Hauptmann Cuenca nahm unmittelbar hinter ihm Platz. Die Mannschaft verteilte sich auf die restlichen Plätze. Condés und del Rey saßen neben dem Fahrer.

Der Wagen fuhr in großem Tempo los und erreichte nach kurzer Fahrt die Kreuzung Calle Ayala/Calle Velázquez. Dort zog Cuenca seine Pistole und schoss Sotelo aus nächster Nähe zweimal in den Nacken. Der Abgeordnete war sofort tot und sank in den Zwischenraum zweier Sitzreihen.

Mit hoher Geschwindigkeit lenkte der Fahrer den Wagen weiter bis vor das Tor des Ostfriedhofs.

Der Friedhofswärter öffnete auf Befehl del Reys das Tor. Die Gardisten fuhren auf das Friedhofsgelände und warfen den Leichnam in der Nähe des Leichenschauhauses aus dem Lastwagen.

Leichenbestatter, die nicht einmal wussten, um wen es sich handelte, trugen den Toten in das Schauhaus.

Der Wagen war bereits wieder abgefahren.

Am Tor schrie del Rey dem Wärter zu: „Wer darüber auch nur einen Ton verlauten lässt, ist ein toter Mann! Sag das ja deinen Leuten!"

Cuenca fuhr danach zur Geschäftsstelle der Zeitung El Socialista und berichtete stolz, was geschehen war.

Señora Sotelo wurde immer unruhiger, als sie von ihrem Ehemann nichts zu hören bekam. Sie beschloss, aus einer Nachbarwohnung bei der Dirección de Seguridad anzurufen.

Als man dort von nichts wusste, war ihr klar, dass ihr Mann einem Anschlag politischer Gegner zum Opfer gefallen war. Sie rief bei der nächsten Polizeistation an.

Um vier Uhr begann die polizeiliche Suchaktion nach dem Verschollenen.

In den frühen Morgenstunden wurde sein Leichnam am Ostfriedhof gefunden.

Bei der Leichenschau waren die Gesichtszüge durch Blutaustritt nahezu unkenntlich. Eine Kugel war durch das rechte Auge ausgetreten, eine weitere hatte die Nase zertrümmert.

Erst die Papiere in der Anzugtasche des Toten brachten Gewissheit über seine Identität.

Señor Aparicio, der zuständige Kommissar, rügte den Leichenbestatter, weil er bei der „Entgegennahme" des Leichnams nicht die üblichen amtlichen Formalitäten eingehalten hatte; das war schon alles an amtlichen Folgen.

Die Zeitungsmeldung des nächsten Tages ließ bei den Vertretern der Rechten das Fass endgültig überlaufen. Man sann nun ernsthaft auf Umsturz.

Sotelo und del Castillo wurden am 14. Juli bestattet. Die Beerdigung des Abgeordneten fand bei Weitem das größere Interesse. Mehrere Hundert Trauergäste begleiteten ihn auf seinem letzten Weg. Dunkle, gepflegte Kleidung überwog. Unzählige rechte Arme reckten sich trotzig zum letzten Gruß.

Sotelo sollte später von General Franco den Ehrennamen „Protomártir", erster Märtyrer, erhalten. Nach ihm wurden zahlreiche Straßen benannt.

Seit 1960 sorgte auf der Plaza de Castilla eine große Statue des Bildhauers Carlos Ferreira dafür, dass er in der Erinnerung präsent blieb.

Del Castillo wurde ohne große Ehrenzeichen bestattet. Man erkannte ihm später sogar seinen Leutnantsrang ab.

Seine Witwe musste 47 Jahre um eine Pension kämpfen, erst dann gab der Oberste Gerichtshof ihrer Klage statt.

Am 14. Juli 1936 blieb es nicht bei friedlicher Anteilnahme an den beiden Begräbnissen. Es kam um den Hauptfriedhof von Madrid zu schweren Kämpfen zwischen faschistischen Milizen und der Guardia de Asalto.

Die Aufschriften auf den Kranzschleifen für Calvo Sotelo hatten die Wut linker Demonstranten entfacht. Darauf wurde Sotelo zum Märtyrer, der den Heldentod für Gott und Vaterland starb, hochstilisiert.

Die Zeit für eine entscheidende Auseinandersetzung war reif.

14. Juli 1936: Ein Militärputsch im Entstehen

Eine Junta, die aus vier Generälen bestand, schwang sich auf, den Militärputsch einzuleiten: General José Sanjurjo y Sacanell war als Vorsitzender vorgesehen. Er hatte bereits 1932 einen erfolglosen Staatsstreich gegen die damalige Linksregierung angezettelt, wurde zum Tode verurteilt, dann begnadigt und schließlich nach Portugal ins Exil ausgewiesen.

General Miguel Cabanellas Ferrer hatte seine Karriere bei der Kavallerie begonnen. 1936 nach dem Sieg der Volksfront wurde er als Chef der fünften Division Orgánica von Madrid nach Zaragoza weggelobt. Seine Befehlsgewalt umfasste nun die Provinzen Huesca, Zaragoza, Teruel und Soria.

General Emilio Mola Vidal war der linken Opposition bereits 1930 in seinem Amt als Sicherheitsdirektor mit radikal konservativen Ansichten unangenehm aufgestoßen. Mit dem Sieg der Volksfront wurde er zum Militärgouverneur von Pamplona ernannt und in die Provinz Navarra abgeschoben. Unter dem Decknamen „Direktor" sollte er bei der Vorbereitung des Putsches für die Organisation der Instruktionen verantwortlich werden, die zwischen den putschenden Einheiten ausgetauscht werden mussten.

Als Letzter im Bund sollte General Francisco Franco hinzustoßen. Allen vier Generälen war gemein, dass die Linksregierung ihnen stark misstraute und sie deshalb in der Provinz kaltgestellt hatte.

Wehret den Anfängen!

Bald wurde die Regierung in Madrid vor General Francos möglicher Mitwirkung an einem Umsturz gewarnt. Der Verteidigungsminister verbot ihm vorsichtshalber, die Insel Teneriffa zu verlassen. Der Premierminister hingegen vertraute Franco und untersagte dem Zivilgouverneur der Insel, der vor Franco gewarnt hatte, ausdrücklich, dessen Loyalität anzuzweifeln.

General Franco selbst war zwei Wochen vor Putschbeginn noch zögerlich, ob er überhaupt dabei sein wollte, denn er wollte hernach auf keinen Fall auf der Seite der Verlierer stehen.

In Putschistenkreisen sprach man deshalb mit Spott über die zaudernde „Señorita Franco", die sich so zierte. Einige seiner Offiziere dachten daran, ihn vor dem Losschlagen erschießen zu lassen, weil sie befürchteten, er bliebe gegenüber der verhassten Regierung zu guter Letzt doch noch loyal.

In den ersten Tagen des Julis kam Franco zu der Überzeugung, dass der Putsch auf jeden Fall stattfinden würde. Deshalb entschied er sich mitzumachen.

Es gab auch auf Teneriffa genügend Personen, die, anders als der Premierminister, General Franco durchaus für einen kommenden Putschisten hielten.

Genossen der CNT und der FAI mutmaßten frühzeitig, dass sich der General an einem Umsturz beteiligen wolle.

Aktivisten der beiden Gewerkschaften vereinbarten deshalb für den dreizehnten abends ein konspiratives Treffen ihrer Bundesausschüsse. Auf dem sollte beraten werden, wie Francisco Franco ausgeschaltet werden könnte.

Es war noch immer sehr warm, als sich die Männer und Frauen in aller Vorsicht zum Versammlungsort aufmachten. Die Hitze war bis in den Saal gedrungen. Die Luft darin war rauchgeschwängert, Zigaretten glimmten nicht nur in den Aschenbechern vor sich hin. Keiner der Teilnehmer trug noch seine Jacke. Die Männer hatten der Hitze wegen sogar die Kragen an den Hemden weit geöffnet. Selbst durch den starken Tabakdunst roch es durchdringend nach Schweiß.

Trotz der lähmenden Hitze war die Debattierfreudigkeit der Anwesenden groß.

Es dauerte fast eine Stunde, bis sie sich auf einen Versammlungsleiter geeinigt hatten.

Am Schluss war es plötzlich ganz einfach: Man wählte mit überwältigender Mehrheit den intellektuellen Anarchisten Antonio Vidal Arabi. Er war zwar kein Einheimischer, aber bereits 1923 aus Barcelona zugezogen.

Weil er sich als überzeugter Aktivist des Comité de Defensa Confederal de Canarias bewährt hatte, akzeptierte man ihn und gab ihm das Vertrauen.

Antonio Vidal Arabis Blick ging wach und flink über die Versammelten. Schon nachdem er die ersten Worte gesprochen hatte, war klar, dass er für die Aufgabe der Richtige war. Drastisch malte er die Gefahren eines rechten Putsches an die Wand, dann schlug er genauso deutlich einen Bogen zu dem, was geschehen musste:

„Francisco Franco ist der höchste Vertreter dieser Pestgeschwüre auf unserer Insel! Er muss weg, denn wir wollen die Regierung der Volksfront behalten."

Eine breite Welle der Zustimmung schlug ihm entgegen. Die nutzte er geschickt aus, denn er wollte alle Anwesenden zusammenschweißen.

„Ich habe zwar schon eine Idee, wie wir vorgehen sollten, aber die ist nicht unumstößlich. Ich bitte euch, Genossen, sagt frei von der Leber weg, was ihr mit General Franco im Sinn habt."

Zuerst wurde nur in den einzelnen Reihen debattiert, keiner wollte sich laut vor dem Podium äußern und sich womöglich in Gegensatz zum frisch gewählten Anführer setzen.

„Lasst mich wissen, was euch bewegt, Genossen", ermunterte Vidal Arabi sie daraufhin.

Damit brach er endlich das Eis, und einer aus der letzten Reihe meldete sich zu Wort:

„Für mich steht außer Zweifel, dass wir Franco töten müssen. Wenn ihr dem zustimmt, muss das Attentat ein Fanal unserer Gegenwehr werden. Es muss die rechten Schweine wie ein Hammerschlag treffen, öffentlich und nicht versteckt."

Er machte eine Pause, um zu sehen, ob sich Gegenstimmen regten, aber alle im Saal fühlten, dass er noch nicht zum Ende gekommen war, und warteten auf die Fortsetzung seines Redebeitrags.

Dann kam der FAI-Genosse mit dem heraus, was er im Schilde führte: „Der General geht mit seinen Offizieren oft in den Esperanza-Wald. Sie versammeln sich an einem festen Gedächtnisort, singen Kampflieder und schwören sich auf die Falange und ihre Führer ein. Diesen Platz könnten wir mit Sprengstoff präparieren. Ich kann mindestens fünfzig Bomben, etwa siebzig Zinkrohrbomben und eine ganze Menge Dynamit besorgen", sagte er stolz. „Wir könnten auf diese Weise noch eine Menge anderer Offiziere mit in den Tod schicken."

Sein Vorschlag fand Gefallen. Einige der Zuhörer klopften zustimmend auf die Tische, andere lachten, und weitere brachten ihre Begeisterung mit Worten zum Ausdruck: „Ja, das sollten wir tun!" – „Da gibt es kaum eine bessere Idee!" – „Hauptsache, der Kerl geht vor die Hunde!", kam einer auf den wichtigsten Punkt zurück.

Vidal Arabi überlegte kurz, ob er auf diesen Vorschlag sofort eingehen oder lieber weitere abwarten sollte.

Er entschloss sich, mit einer behutsamen Meinungsäußerung schon jetzt den Entscheid in die Richtung zu lenken, die ihm richtig erschien: „Auch ich war auf den ersten Blick von dem Vorschlag begeistert, doch bei nochmaligem Überlegen kommen mir erhebliche Bedenken. Wir sind uns einig, den General töten zu wollen. Ein Bombenattentat dieser Art kann das aber nicht garantieren. Wenn der Teufel es will, kommt der General mit dem Leben davon, und das rechtfertigen nicht einmal die vielen toten Offiziere, die es statt seiner gäbe. Das sind im Übrigen nur junge Kerle, die dort auf ihn vereidigt werden, und keinesfalls Führungsoffiziere! Wir müssen Franco gezielt töten, mit einem Schuss oder einem Stich, nur dann haben wir Sicherheit. General Francos Tod wird der Beginn eines Bürgerkriegs werden. Die Rechten werden diese Tat nicht ohne Revanche hinnehmen. Deshalb brauchen wir die Waffen, die du erwähntest, später noch viel nötiger für unsere Gegenwehr", wandte er sich an seinen Vorredner. „Ich plädiere dafür, dass wir aus unseren Reihen geeignete Männer wählen, die die blutige Tat mit Gewehr, Pistole oder Dolch erledigen."

Seine Argumente überzeugten.

„Wir sollten uns den Kerl auf dem Golfplatz schnappen, dann sieht wenigstens jeder, dass er nicht einmal arbeitet", schlug ein Genosse nun vor.

Er hatte die Lacher auf seiner Seite, aber auch hier wiegelte Vidal Arabi vorsichtig ab: „Genossen, uns läuft die Zeit davon, es heißt, der Putsch steht vor der Tür. Ich meine, wir müssen nächste Nacht bereits losschlagen. Wir können nicht warten, bis der General irgendwann einmal wieder auf den Goldplatz geht. Außerdem müssten wir ihn dafür ganztägig überwachen und könnten entdeckt werden."

„Was schlägst du vor?", fragte ein Teilnehmer schon etwas genervt.

Die 42-jährige Katalanin María Culi Palou kam Vidal Arabi mit einer Antwort zuvor und trat ihm als Verbündete zur Seite: „Ihr müsst richtig zuhören, meine Freunde, Genosse Vidal hat doch schon alles gesagt. Das Attentat soll in der nächsten Nacht stattfinden, nachts also, wenn alle Katzen grau sind und auch unsere Männer nicht auffallen. Pistole, Gewehr oder Messer brauchen wir, hat er gesagt, damit man den General sicher töten kann. Nur die richtigen Männer müssen wir noch auswählen. Es sollten bis zu drei Mutigen sein, damit auch dann noch einer den General töten kann, wenn den anderen etwas zustößt. Nachts bedeutet in meinen Augen, dass wir Franco in seiner Residenz erledigen müssen. Dort wird er schließlich die Nacht verbringen. Dabei kann ich euch behilflich sein, denn mein Lokal liegt in der gleichen Straße, direkt neben seiner Wohnung."

Antonio Vidal Arabi war von der Logik ihrer Worte beeindruckt. Er mochte Disziplin und saubere Analyse für Problemlösungen.

Er kannte die energische Frau von verschiedenen Sitzungen der Gewerkschaft und nannte sie in seiner Antwort „Maruca". So wurde sie von ihren Freunden gerufen.

„Maruca, du hast mir aus der Seele gesprochen! Wenn wir für diesen Plan eine Mehrheit haben, dann sollten wir nun die drei Genossen auswählen, die für die Tat infrage kommen."

Sein vorspringender Adamsapfel tanzte beim Sprechen auf und ab.

„Wir sollten die Ausarbeitung der Details einigen wenigen überlassen. Dann können unsere Feinde nur wenigen von uns die Würmer aus der Nase ziehen, wenn der Anschlag schiefgehen sollte. Maruca, du bist dabei unentbehrlich. Deine Kenntnisse sind wertvoll, die brauchen wir."

María Culi Palou lächelte geschmeichelt, und ihre dunklen Augen blitzten erregt auf.

Aus der Runde gab es keinen Widerspruch, und so fragte Antonio Vidal Arabi nach Namen.

Diverse Namen wurden genannt, letztendlich fanden zwei bewährte Männer die Zustimmung.

Der eine war Martín Serasols Treserras, genannt El Catalán. Er war Mitglied der FAI und des Comité de Defensa Confederal de Canarias und berühmt für erfolgreiche Sabotage.

Er strahlte über das ganze Gesicht, als man ihn vorschlug, und meinte launig: „Ich komme mir vor wie ein Gladiator und werde für unsere Sache siegen!" Der Zweite war Antonio Tejera Alonso, genannt Antoñé, und hatte einen gleich guten Ruf. Auch er war freudig bereit.

Den beiden Männern räumte die Versammlung das Recht ein, sich nach eigenem Gusto durch weitere Helfer zu verstärken.

Sie und Maruca sollten nun gemeinsam mit Antonio Vidal Arabi den Detailplan erarbeiten.

Draußen war es inzwischen stockdunkel, als die restlichen Verschwörer einzeln oder in kleinen Grüppchen in der Nacht untertauchten. Sie wurden so wenig beachtet wie bei ihrer Ankunft.

Es war immer noch warm, aber sie hatten nun ihre Jacken übergezogen, um mit ihren hellen Hemden nicht aufzufallen. Schatten gleich verschwanden sie vom Versammlungsort. Sie waren zufrieden und zuversichtlich, dass alles genügend beraten war und am nächsten Tag wohl gelingen würde.

Die vier Übriggebliebenen setzten sich zusammen, und bald rauchten ihre Köpfe vom Debattieren.

Maruca erklärte ihnen zunächst die örtlichen Gegebenheiten: „Mein Restaurant heißt Odeón und liegt in der Rambla Pulido. In der Straße befindet sich auch eine Kaserne, und viele der Soldaten benutzen mein Lokal als Kantine. Sie nennen es sogar „Cantina de Maruca". Ich genieße ihr Vertrauen, und das ist gut für unsere Pläne. Keiner wird euch für Attentäter halten und überprüfen, wenn ihr erst in meinem Lokal seid.

„Teniente General Francisco Franco Salgado Araujo, der Chef der stationierten Soldaten, ist mir besonders gut gesonnen. Ich glaube, er hat sogar ein Auge auf mich geworfen", sagte sie und errötete leicht.

Die drei Männer hörten ihr fasziniert zu, alles schien auf einmal so einfach.

„General Francos Residenz in der Kommandantur schließt an mein Lokal an. Es hat eine weitere Front zur Plaza Weyler hinaus", fuhr sie fort. „Wir haben übrigens einen gemeinsamen Schornsteinfeger", meinte sie grinsend. „Deshalb weiß ich, dass meine Ofenklappe auf die Dachverbindung zwischen beiden Häusern führt. Es ist warm, und es wird zurzeit nicht geheizt. Man kann also problemlos durch die Klappe klettern, und schon ist man auf dem gemeinsamen Dach!"

„Hört, hört!", freuten sich El Catalán und Antoñé.

„Der Schacht ist groß genug, um Waffen mit durchzunehmen. Aber an welche denkt ihr überhaupt?", wandte sich Maruca nun direkt an die beiden.

El Catalán meldete sich zu Wort: „Wir haben zwei Remington-Gewehre und jeder zwei Pistolen."

„Und Messer haben wir natürlich auch", fügte Antoñé hinzu.

„Haltet euer Waffenarsenal möglichst klein, damit es nicht auffällt, wenn ihr ins Lokal kommt", gab Vidal Arabi zu bedenken. Die beiden Männer nickten einsichtig.

„Ich kann noch weitere Informationen beisteuern", kam von Maruca. „General Franco geht spät schlafen, das weiß ich vom Chef der Kaserne. Ich habe mein Lokal bis ein Uhr geöffnet und werde morgen bis zum Schluss da sein. Ihr habt also nach hinten raus Zeit genug."

„Das ist prima, aber weißt du auch, wie es auf dem Dach weitergehen kann?", wollte Antoñé wissen.

„Natürlich, schließlich lebe ich schon viele Jahre dort. Das Dach ist ein Flachdach, ihr könnt selbst im Dunkeln problemlos darauf gehen. Haltet euch nach rechts, dann kommt ihr direkt auf das Dach der Militärkommandantur. Vom Dach aus geht eine Tür ab, und dahinter führt eine Stiege bis zum Korridor hinunter, der erst an General Francos Räumen endet.

Wie mir einer der Wachsoldaten anvertraute, lässt der General nachts die Tür zum Korridor hin offen. Auf diese Weise schafft es der kühle Wind der Nacht bis in sein Schlafzimmer; das müsst ihr doch wohl auch schaffen!" Sie grinste.

Die Männer lachten und hatten keine Fragen mehr. Alles war bestens geklärt, und so fiel der Abschied nicht schwer.

Antoñé und El Catalán gingen zusammen fort. Sie unterhielten sich leise und brauchten nicht lange, um sich auf einen dritten Kumpan zu verständigen.

Auch Uhrzeit und Treffpunkt legten sie fest.

„So, mein Guter, dann lass uns nach Hause verschwinden. Zwei Männer zu dieser Stunde auf der Straße gelten schnell als verdächtig, und ich sehne mich nicht nach einem Verhörraum."

Antoñé umarmte seinen Freund, und dann gingen sie in unterschiedliche Richtungen davon.

Irgendwo begann eine Kirchenglocke zu läuten. Die beiden waren zu sehr in ihre Gedanken vertieft und hörten sie nicht einmal.

Der beste Plan ist gefährdet, wenn es irgendwo eine undichte Stelle gibt, die ihn vor der Ausführung verrät.

So geschah es auch dieses Mal: Am nächsten Vormittag erfolgte ein Anruf beim Generalleutnant, der für die Wache vor General Francos Wohnungen zuständig war. Der Anrufer wollte seinen Namen nicht nennen, und deshalb zögerte die Sekretärin, ihn überhaupt durchzustellen. Erst als der Mann beteuerte, die Meldung sei äußerst wichtig für ihren Chef, stellte die Sekretärin widerwillig durch.

Der Generalleutnant brummte ein unwilliges „Hallo" in den Hörer und wartete ungeduldig auf die vermeintlich wichtige Meldung.

„Diese Nacht wird man versuchen, ein Attentat auf General Franco auszuführen", hörte der Offizier durch die Leitung und war auf einmal hellwach. Da war das Gespräch bereits wieder beendet. Einer der Teilnehmer der Versammlung war mit fatalen Folgen zum Verräter geworden!

Der Generalleutnant überlegte aufgeregt, was er tun sollte. Musste er General Franco beunruhigen? Die Sache erschien ihm zu wichtig, um eine Benachrichtigung zu unterlassen. Er setzte eine offizielle Meldung auf und brachte sie auf den Weg.

Als Worte der Beruhigung fügte er an, dass die Wachen über die gesamte Nacht verdreifacht würden. Dafür gab er die notwendigen Befehle.

Er war auch nach nochmaligem Überdenken mit seinen Entscheidungen zufrieden. Sollten sie dem General nicht genügen, so konnte er ja noch selbst eingreifen.

Das geschah nicht. Francisco Franco entschloss sich lediglich, über die Nacht sämtliche Fenster und Türen zu verschließen. Das schien ihm neben den bereits getroffenen Maßnahmen genug an

Vorkehrung, um einige wild gewordene Pistoleros von ihrem Plan abzuhalten.

Die Nacht auf den 14. Juli 1936

Maruca hatte ihr Restaurant wie immer geöffnet und wartete mit ihren Mitarbeitern auf die ersten Kunden des Abends. Die Chefin war etwas nervös, denn sie rechnete jeden Moment mit dem Erscheinen der Attentäter. Sie versuchte ihre Anspannung hinter einem gewinnenden Lächeln zu verbergen und schenkte es allen Neuankömmlingen gleichermaßen. Bei bekannten Gesichtern fand sie noch einige persönliche Worte der Begrüßung dazu.

Martín Serasols Treserras betrat als Erster den Raum. Ihm folgten Antoñé und ein weiterer Mann, den Maruca nicht kannte. Er war lang und dürr und hatte ein Geiergesicht, zu dem seine starren Augen gut passten. Die beiden hatten also Verstärkung gefunden!

Alle drei sahen so aus, als kämen sie von der Arbeit, denn sie trugen schmale Leinensäcke mit sich. Die Säcke wirkten wie Schutzhüllen um irgendwelches Gerät.

Maruca bemerkte, dass einige Blicke die Ankömmlinge kritisch trafen, aber die drei wurden, zu ihrer Erleichterung, akzeptiert und das Interesse an ihnen schwand schnell wieder.

Antoñé steuerte einen Tisch in der hintersten Ecke des Saales an, und die anderen Männer folgten ihm.

Maruca bediente sie selbst, sie bestellten drei Gläser Rotwein. „Hauswein" präzisierte El Catalán mit einem Augenzwinkern.

Maruca lächelte und tat, als würde sie auf seine Worte eingehen. Sie nickte bestätigend, dann sagte sie leise: „Ihr habt euch gut platziert. Ich hätte es nicht besser empfehlen können. Nehmt den Gang, der neben euch abgeht. Ganz hinten findet ihr die Ofenklappe, von da ab wisst ihr ja Bescheid. Ich habe im Gang das Licht ausgelassen, euch kann also aus dem Schankraum niemand sehen, wenn ihr in die Klappe einsteigt. Geht einzeln nach hinten, und beeilt euch."

Sie nickte nochmals und eilte fort, um den Rotwein zu holen.

Als sie den Wein an den Tisch brachte, zeigten die drei Männer keinerlei Eile, ihren Plan auszuführen. Sie tranken sich gemächlich zu, bestellten nach und schwatzten miteinander. Bald waren sie eins mit den anderen Gästen.

Martín Serasols Treserras gab nach knapp einer Stunde das Zeichen zum Aufbruch. Er schickte Antoñé als Ersten vor. Der erhob sich ruhig, nahm seinen Sack und verschwand in dem dunklen Gang, als wäre das ganz selbstverständlich. Die beiden anderen ließen ihm einige Minuten, dann wurde der Neue auf den Weg geschickt. Martín Serasols Treserras wollte die Nachhut bilden. Alles lief wie am Schnürchen. Zwischenfälle traten nicht ein, die hatte der Zufall erst für später aufgehoben.

Sie fanden sich wohlbehalten auf dem Dach wieder und gingen, wie von Maruca angewiesen, nach rechts. Es war so dunkel, dass sie die Bäume und Büsche unten im Garten nicht sehen konnten. Sie hörten nur das Rascheln ihrer Blätter in der Nachtluft und rochen das Laub.

Antoñé konnte sich einen frechen Spruch nicht verkneifen: „Bei dem Lüftchen lohnt es sich für den General, Fenster und Türen aufzulassen, aber er wird dafür mit mehr bezahlen, als ihm lieb ist!"

Die Wachsoldaten hatten sich unten im Park postiert und verhielten sich mucksmäuschenstill. Auch sie konnten die Männer oben auf dem Flachdach nicht sehen, es war einfach zu dunkel. Die drei bewegten sich auch noch so lautlos, dass nicht einmal ein Geräusch nach unten drang. Selbst Antoñés spöttische Worte waren dafür zu leise gewesen.

Die Attentäter erreichten unbemerkt die Tür zum Korridor. Dort ereignete sich das erste Missgeschick: Die Tür war verschlossen! Hatte der General etwas geahnt?

„Es bleibt uns nichts anderes übrig, als die Tür mit Gewalt zu öffnen", flüsterte El Catalán und dachte ängstlich an den damit verbundenen

Krach. Er gerierte sich mit seinen Befehlen als Anführer. Antoñé ließ ihn lächelnd gewähren.

Ihre Bemühungen, den Eingang zu öffnen, verursachten wirklich Lärm, und der löste unten im Park Reaktionen aus. Die Wachen wurden aufmerksam, und wenn sie auch nichts sahen, so schossen sie nun blindlings in Richtung der Geräusche.

Bald wurde das Dach von Scheinwerfern erfasst, und es wurde brenzlig für die drei.

Zur gleichen Zeit kam Leben in die Wohnung des Generals. Der hatte noch nicht geschlafen und den Lärm ebenfalls gehört. Vorgewarnt, traf er die richtigen Schlussfolgerungen. Er schrie Zeter und Mordio: „Zu Hilfe! Pistoleros wollen in meine Wohnung eindringen!"

Die drei auf dem Dach waren vor Aufregung schweißgebadet. Ihnen blieb nur die Flucht, und so gaben sie Fersengeld und entkamen, obwohl ihnen Gewehrkugeln nur so um die Ohren spritzten.

Sie rannten nun in entgegengesetzter Richtung durch den Korridor, stürmten die Treppe hinab, aus der Haustür hinaus ins Freie.

Vor dem Portal standen zwar zwei Wachen, doch die waren so durch die Schüsse im Garten abgelenkt, dass es den drei Flüchtenden gelang, ungesehen in der Dunkelheit zu verschwinden.

Hätten sie nur einen Moment gewartet, so wären sie mit ihrem Plan doch noch erfolgreich gewesen:

Der General kam mit Frau und Tochter ebenfalls aus dem Ausgang auf die Plaza Weyler gestürmt und ließ sich aus dem Gefahrenbereich chauffieren.

Immerhin hatte das Trio durch seine gelungene Flucht dafür gesorgt, dass es bei dem misslungenen Attentat keine Märtyrer gab. Der Verräter hatte keine Namen genannt, sie waren nicht gefasst worden, und verwertbare Spuren gab es nicht.

Mit einer gehörigen Schimpfkanonade bemängelte General Franco am nächsten Tag vor seinen Offizieren, dass sie, trotz Vorwarnung, der Täter nicht habhaft geworden waren.

Generalleutnant Francisco Franco Saldago-Araujo nahm die Kritik widerspruchslos hin, aber es ärgerte ihn maßlos, General Franco die Gefahr des Attentats überhaupt offenbart zu haben. Den Undank dafür musste er nun ertragen!

Der deutsche Konsul Jakob Ahlers machte sich in diesen Tagen im Sinne des Deutschen Reichs auf General Francos Seite diskret, aber hilfreich bemerkbar. Er sorgte für Hilfestellungen beim Bau einer Munitionsfabrik. Die Pläne des galizischen Generals gingen also schon viel weiter! Auf der politischen Weltbühne täuschte Deutschland gegenüber Spanien immer noch Neutralität vor.

15. und 16. Juli 1936: General Franco entscheidet sich für den Putsch

General Francos Zögern hatte mehrere Ursachen, die noch aus dem Weg geräumt werden mussten.

Zum Ersten war ihm ja absolutes Reiseverbot verordnet.

Zum Zweiten war er sich bis zur Stunde nicht sicher, ob das gesamte Militär der Kanarischen Inseln auf der Linie der Putschisten „marschierte".

General Amado Balmes, der Kommandeur der Insel Gran Canaria, und mehrere seiner Offiziere galten als unsichere Kantonisten.

Zum Dritten war Franco nicht bereit, seine Frau Carmen und seine Tochter allein auf Teneriffa zurückzulassen. Er wollte sie zu Putschbeginn in Sicherheit wissen.

Die Pläne für den Putsch waren aber schon fertig ausgearbeitet: Ausgangspunkt sollte Marokko sein. Dort waren die fähigsten spanischen Truppen stationiert.

Francos erstes Etappenziel, um dort hinzugelangen, sollte die

Hauptstadt von Gran Canaria sein. Er wollte sich selbst ein Bild über die dortigen politischen Verhältnisse machen und sie gegebenenfalls in seinem Sinne verändern.

Er beschloss mit dem Postschiff dorthin zu reisen. Von dort aus beabsichtigte er später, mit einem Flugzeug die Küste von Spanisch-Marokko zu erreichen. Die Strecke Las Palmas–Marokko schien ihm für eine Schiffsfahrt zu lang, denn er hatte Angst vor einem Attentat oder einer Konfrontation mit den überwiegend regierungstreuen Marinetruppen.

Der General brauchte für seine Pläne ein geeignetes Flugzeug. Das musste tunlichst aus dem Ausland kommen, damit es nicht zu früh entdeckt wurde. Er dachte sofort an den Bankier Juan March, der in Rom im Exil lebte und ihm schon mehrfach seine Hilfe angeboten und gedrängt hatte, einen Putsch anzuzetteln.

Der General nahm diskret Kontakt zu ihm auf, und dessen „Ich stehe zu Ihrer Verfügung!" klang gut in seinen Ohren. Señor March sollte der bedeutendste Finanzier des Umsturzes werden und nahezu 600 Millionen Peseten für dessen Erfolg bereitstellen.

Wegen eines Flugzeugs wandte sich March an Marquis Luca de Tena, den Direktor der ABC-Zeitung in London.

De Tena überließ die Detailvorbereitungen seinem Mitarbeiter Louis Antonio Bolin, einem Korrespondenten der Zeitung. Der Journalist hatte beste Kontakte zur konservativen britischen Regierung und ihren Geheimdiensten. Englands Regierung wollte sich bei den innerspanischen Streitigkeiten zwar neutral verhalten, hatte aber, konservativ, wie sie war, bei Weitem größere Sympathien für die rechten Putschisten als für die linke Volksfront.

Die Bereitstellung des Fliegers wurde generalstabsmäßig geplant. Eingeschaltet waren Offiziere des Geheimdienstes MI6.

Bei einem Mittagessen in „Simpsons in the Strand" traf Louis Bolin mit Douglas Jerrold, Geheimdienstoffizier und Herausgeber der rechtsgerichteten Zeitung „Catholic English Review" zusammen.

Die beiden Männer mussten feststellen, dass weder in England noch in Deutschland oder Italien ein geeignetes Flugzeug aufzutreiben war. Alle Maschinen befanden sich entweder in militärischem Einsatz oder gehörten großen Wirtschaftsunternehmen.

Sie wandten sich Hilfe suchend an den Erfinder Juan de la Cierva. Der stellte ihnen Hauptmann Olley vor, den Inhaber der gleichnamigen Firma „Olley Air Services". Das Unternehmen hatte erfahrene Piloten und verfügte über einige Flugzeuge.

Man entschied sich für eine zweimotorige De Havilland Dragon Rapide. Sie war in Wales stationiert, wurde aber sofort nach Croydon überführt.

Sie beschlossen den Flug nach Gran Canaria als Touristenreise einiger Engländer zu tarnen.

Der englische Schriftsteller und Spanienliebhaber Douglas Jerrold war ihnen dabei behilflich. Er brachte seinen Freund Major Hugh Pollard, der in der Grafschaft Sussex wohnte, ins Gespräch und empfahl ihn für wichtige Aufgaben: „Der hat eine umfassende Allgemeinbildung und ein Auftreten wie ein deutscher Kronprinz", schwärmte er. Auch war dessen Vorliebe für faschistische Ideen allgemein bekannt.

La Cierva und Bolin besuchten Pollard in seinem Landhaus. Der braun gebrannte, breitschultrige Major war gleich Feuer und Flamme.

Bei einer guten Flasche Jerez wurde sein Mitwirken feierlich besiegelt. „Sie können mit mir rechnen", sagte er und trank sein Glas auf einen Zug aus.

Als weitere Fluggäste sahen sie Pollards Tochter Diana und deren abenteuerlustige Freundin Dorothy Watson vor. Die beiden platinblonden Frauen sollten den Anschein eines Vergnügungsflugs untermauern.

Ins Logbuch schrieb man die Kanarischen Inseln als Flugziel. Der Trick funktionierte. Die spanisch-republikanischen Geheimdienste schenkten dem Flug keinerlei Aufmerksamkeit.

An dem schönen Sommermorgen des 11. Juli hob das Flugzeug gegen 7:15 Uhr vom Flughafen Croydon ab. Pilot war Captain Cecil

Bebb. Major Hugh Pollard komplettierte die Besatzung zusammen mit einem Mechaniker als Navigator.

Die erste Zwischenlandung erfolgte in Bordeaux. Dort wurde die Maschine von Marquis Luca de Tena und einigen Gesinnungsgenossen ungeduldig erwartet.

Die Reisegesellschaft startete wieder, doch der Flug war nur kurz. Ungünstige Wetterverhältnisse machten eine Umkehr und Landung in Biarritz notwendig. Die Maschine wurde aufgetankt und flog nun ohne weitere Schwierigkeiten bis zum Flughafen Espinho in der Nähe von Oporto.

Am nächsten Morgen ging es weiter nach Alverca, nahe Lissabon, wo Louis Bolin General Sanjurjo über die Pläne unterrichtete.

Das nächste Etappenziel Casablanca erreichten sie nach circa 20 Stunden Flugzeit morgens um acht Uhr. Während dieser Etappe schimmerte Bolin auch den Piloten etwas in die wahren Absichten ein, verschwieg aber, wer ihr späterer Fluggast sein würde.

In Casablanca kam ihnen der Mord an Calvo Sotelo zu Ohren. Sie sahen darin keinen Grund zur Sorge.

Eine Reparatur am Motor brachte eine Verzögerung von zwei Tagen. Sie suchten ein Hotel auf, um sich von den Reisestrapazen auszuruhen.

Am fünfzehnten ging es weiter nach Kap Juby an der südlichen Küste Marokkos. Auf dem verlassenen Stützpunkt löste ihr Erscheinen und die nicht autorisierte Landung eine Sensation aus. Die Mitreise der Mädchen machte sich bezahlt: Man nahm ihnen die Vergnügungsreise ohne jegliches Misstrauen ab. Musik wurde herbeigeschafft, und bald erklang Gelächter und Gesang. Es wurde ein richtiges Fest für die „Touristen" ausgerichtet.

Die örtliche Behörde tat alles für eine bevorzugte Behandlung. Die Maschine erhielt vom Kriegsministerium höchstpersönlich die Weiterfluggenehmigung und flog planmäßig zum vorläufigen Endpunkt der Reise nach Gando, nahe Las Palmas auf Gran Canaria.

Dort traten allerdings unerwartete Schwierigkeiten ein. Die militärischen Behörden der Insel erhielten vom Kriegsministerium in

Madrid überraschend die Weisung, die Maschine festzuhalten, bis der Grund für die nicht angemeldete Zwischenlandung in Kap Juby geklärt war.

Der zuständige General hielt sich strikt an diesen Befehl und erwies General Franco damit einen großen Gefallen: Die Dragon war damit am gewünschten Ort für ihn sichergestellt. Nichts konnte das besser gewährleisten als der Befehl aus Madrid.

Für das Problem „General Balmes" und sein Ausreiseverbot hatte sich in General Francos Kopf ebenfalls längst eine Lösung abgezeichnet.

Balmes musste sterben, aber es musste wie ein Unfall aussehen. Dessen Tod würde gleich zwei Fliegen mit einer Klappe schlagen: Der gewichtigste politische Gegner auf den Kanaren wäre außer Gefecht gesetzt, und Franco durfte fest damit rechnen, als höchster militärischer Vertreter des Archipels eine Sondererlaubnis zu erhalten, am Begräbnis teilzunehmen. Eine Ausreise nach Gran Canaria wäre damit möglich.

Der Mord an Balmes wurde am 16. Juli von einem loyalen Untergebenen General Francos durchgeführt. General Balmes starb von seiner Hand ohne Zeugen in der alten Kaserne La Isleta.

Die offizielle Lesart der Todesursache war ein Unfall: „Der Kommandeur der Insel starb durch einen Bauchschuss aus seiner Pistole, als er sie reinigen wollte."

Trotzdem verbreiteten sich sofort Gerüchte, dass alles ganz anders abgelaufen sei. Diejenigen, die Gerüchte streuten, blieben jedoch die Beweise schuldig.

Die Regierung in Madrid glaubte der offiziellen Meldung und ließ sich nicht beunruhigen.

Noch am Abend des Mordes erhielt General Franco eine Aufforderung aus dem Kriegsministerium, am Begräbnis des Ermordeten teilzunehmen.

17. und 18. Juli 1936: General Franco setzt sich nach Gran Canaria ab

In diesen Julitagen herrschte auf den Kanaren ein heftiger „Calima". Feiner Sand machte das Atmen schwer und die glühend heißen Saharawinde, die über die Inseln hinwegfegten, lähmten die Insulaner beim Denken und Arbeiten. Für den kleinen stämmigen General aus Galizien wurde der Aufenthalt auf der Insel zur Hölle. Er lechzte danach, aufzubrechen, er wollte endlich etwas bewegen.

Mit einigen hohen Militärs fand er sich am 17. Juli morgens im Hafen von Santa Cruz ein und bestieg das Postdampfschiff Vierra y Clavijo. Seine Frau Carmen Polo und seine Tochter gingen mit an Bord. Sie sollten von Las Palmas aus ins Ausland reisen, um zu Beginn des Putsches aus dem Krisengebiet zu sein.

Die kurze Seefahrt verlief ohne Zwischenfälle. Auf Gran Canaria angekommen, checkte der General in seinem Lieblingshotel „Madrid" an der Plazoleta Cairasco ein. Von hier aus machte er sich auf den Weg zur Beerdigung. Er nahm sich nicht einmal die Zeit, Frau und Tochter zur Weiterreise an den Hafen zu begleiten. Die beiden bestiegen den deutschen Dampfer Wadi nach Le Havre.

Fast 20 000 Menschen kamen zu dem Begräbnis von General Balmes. Während der Trauerfeier rügte Franco den Zivilgouverneur Antonio Boix und den Bürgermeister der Stadt, Luis Fajardo Ferrer, weil sie die vielen unschönen Graffiti gegen ihn an den Häusermauern nicht entfernen lassen hatten. Für ihn stand spätestens damit fest, dass die beiden nicht auf seiner Seite standen.

Am Nachmittag traf Franco in einer Finca in Tafira mit hohen Militärs zusammen, um sich ihrer Loyalität zu versichern. Danach fuhr er ins Hotel zurück, um zu schlafen. Doch sein Schlaf wurde immer wieder gestört, denn die Aktionen der anderen Putschgeneräle nahmen zwischenzeitlich Formen an.

In Marokko hatten die Verschwörer den Aufstand verfrüht beginnen müssen. Ein eigener Mann hatte sie verraten.

Schon am 17. Juli erschienen deshalb Polizisten vor dem geografischen Institut der Armee in Melilla und wollten eine Hausdurchsuchung durchführen.

Der Direktor widersetzte sich: „Ich möchte mich vorher mit dem kommandierenden General in Verbindung setzen!"

Den General erreichte er nicht. Erst mit einem Anruf beim Standort der Fremdenlegion hatte er Erfolg. Da er in seinem Arbeitszimmer allein war, konnte er frei reden: „Die Polizei ist hier und will alles durchsuchen. Wenn sie unsere Dokumente finden, ist alles verloren. Wir haben den gesamten Plan für den Aufstand hier."

„Ihr werdet es zu verhindern wissen, wir kommen euch sofort zu Hilfe", tönte es mit harter Stimme zurück.

Der Institutsleiter ließ die Polizisten festsetzen. Schon bald fuhren Truppen vor. Es kam zu einem kurzen Kampf, und es gab neun Tote und einige Verletzte.

Dann hatte das Militär die Stadt in der Hand ...

In den frühen Morgenstunden auf den 18. Juli brachte man Franco ein Telegramm aus Marokko. Es war schon etwas älter, denn es war zunächst nach Teneriffa gegangen und musste nach Las Palmas weitergeleitet werden:

„Generalkommandantur von Melilla an General Francisco Franco, kommandierender General der Kanarischen Inseln: Unsere Soldaten wurden zu den Waffen gerufen und haben am späten Nachmittag die Kontrolle über das gesamte Gebiet Marokkos übernommen.

Alles ist ruhig. Es lebe Spanien!

Colonel Solanas."

Der Aufstand hatte neben Melilla auf die anderen großen Städte Tetuan und Ceuta übergegriffen.

General Franco ließ sofort ein Telegramm zurücksenden:

„Der kommandierende General der Kanaren an den kommandierenden General des Bezirks Melilla:

Ruhm über das heldenhafte Heer Afrikas sowie über ganz Spanien! Empfangen Sie die Grüße unserer Garnisonen, die sich Ihnen in diesem historischen Moment im Glauben an den Sieg anschließen.

Spanien ein Vivat in Ehre!"

Um seinen Schulterschluss deutlich zu machen, schickte der General jeweils eine Kopie des Telegramms an die acht Divisionen der Generalkommandantur Orgánica, den General der Balearen, an den Kommandanten der Kavalleriedivision, den von Ceuta und Larache, den von Marokko sowie die Befehlshaber der Marinebasen von El Ferrol, Cádiz und Cartagena.

Ohne dass er es bemerkte, wurde er die gesamte Nacht von Agenten überwacht.

Gegen drei Uhr in der Früh erhielt er aus Afrika eine drängende Aufforderung, alle Truppen auf den Kanaren auf seine Seite zu bringen. Offenbar waren die politischen Schwierigkeiten auf Gran Canaria bis nach Marokko gedrungen.

Gegen fünf Uhr veranlasste Francisco Franco in diesem Sinne einen Aufruf über Radio Club Las Palmas:

„Spanier!

An diejenigen, welche die Liebe für Spanien verspüren,

an diejenigen, die sich in den Reihen der Armee und der Marine verpflichtet haben, dem Vaterland zu dienen,

an diejenigen, die geschworen haben, es bis zum eigenen Tode gegen seine Feinde zu verteidigen,

die Nation ruft euch zu ihrer Verteidigung!

Die Situation in Spanien wird immer kritischer.

Anarchie herrscht in ländlichen Gebieten und Städten;

die meisten gewählten Amtsträger sind für diesen Zustand verantwortlich.

Pistolenschüsse und Maschinengewehrsalven machen den Unterschied zwischen Bürgern und denen aus, die perfide töten. Die Regierung schafft dabei weder Frieden noch Gerechtigkeit ...

Können Sie dieses beschämende Schauspiel, das wir der gesamten Welt bieten, einen Tag länger ertragen?
Können wir ohne Kampf und Widerstand erdulden, dass Feinde in unser Vaterland eindringen?
Nein, das können wir nicht!

Wir wollen Gleichheit und Gerechtigkeit vor dem Gesetz, Friede und Liebe unter den Spaniern,
Freiheit und Brüderlichkeit.
Sieg über die Tyrannei,
Arbeit für alle,
soziale Gerechtigkeit ohne Groll und Gewalt,
eine gerechte und fortschrittliche Verteilung des Reichtums, ohne ihn zu zerstören und ohne Gefährdung der spanischen Wirtschaft ...

In diesem Moment erhebt sich Spanien als Ganzes und ruft nach Frieden, Brüderlichkeit und Gerechtigkeit. Armee, Marine und Ordnungskräfte erheben sich, um das Vaterland zu verteidigen.
Das Aufrechterhalten der Ordnung wird im gleichen Verhältnis wachsen wie unser Widerstand ...

Die Reinheit unserer Absichten wird zu sozialen und politischen Verbesserungen führen.
Hass und Rache haben keinen Platz in unserer Brust. Auch wenn einige Versuche Schiffbruch erleiden werden, wollen wir so viel als möglich von innerem Frieden und der Größe Spaniens wieder entstehen lassen.
Zum ersten Mal in dieser Reihenfolge werden drei Werte ausgerufen: Brüderlichkeit, Freiheit, Gleichheit!

Es lebe Spanien!

Es lebe das spanische Volk, und verflucht seien diejenigen, die ihre angestammten Pflichten gegenüber dem Vaterland vernachlässigen!

Mit diesem „Manifest von Las Palmas" ließ General Franco um 5:15 Uhr seinen aufwühlenden Aufruf an alle Spanier über den Äther gehen. Er rief ohne Wenn und Aber zum Umsturz auf. Den Text hatte er mehrfach überarbeitet, bis ihm sein „Kommando-Marsch-Befehl" endlich gefiel.

Seine Worte erschienen drei Tage später in voller Länge auch in den Zeitungen Teneriffas.

„Alle diese Anstrengungen sind die Ketten einer neuen, aber besseren Zeit", stöhnte der General, und sein Adjutant nickte begeistert. Sie konnten sich nicht vorstellen, in welchen schrecklichen Mahlstrom sie hineinsteuerten.

Staatspräsident Azaña traf nun endlich Gegenmaßnahmen. Er berief Diego Martinez Barrio zum Ministerpräsidenten und stachelte ihn auf, General Mola aus der Quadriga der Putschisten „herauszukaufen". Barrio bot Mola in seinem Kabinett das Amt des Verteidigungsministers an, aber der General lehnte ab: „Ya es tarde", es ist zu spät, antwortete er kurz angebunden. Noch am gleichen Tag wurde Martinez Barrio von Azaña abgestraft und José Giral Pereira folgte ihm als Ministerpräsident nach.

Der Pilot der De Haviland, Cecil Bebb, schreckte in den Morgenstunden in seinem Hotelzimmer auf. Er war schon wach gewesen, hatte aber auf seinem Bett gelegen und in Gedanken versunken vor sich hin geträumt, als es an der Tür klopfte. „Come in", sagte er in seiner Muttersprache.

Die Zimmertür wurde geöffnet und drei Offiziere traten ein. „Was ist los?", wollte er unwillig wissen.

Eine unwirsche Antwort folgte auf dem Fuße: „Machen Sie sich sofort fertig! Wir müssen hier weg."

Bebb war es gewohnt, ranghöheren Personen zu gehorchen. In Windeseile zog er sich an und packte seine Sachen. Die Offiziere hielten nur kurz an der Rezeption an und erklärten, man habe den Engländer bei einem Verbrechen ertappt, und er müsse mitkommen.

Der Portier nickte nur ängstlich.

Vor dem Hotel stand ein Militärwagen und sie stiegen ein. Mit quietschenden Reifen fuhren sie zur Militärkommandantur. Dort befahlen sie Bebb, in einem Zimmer zu warten, und entfernten sich.

Bis gegen Mittag passierte nichts. Nur manchmal wurde die Tür kurz geöffnet und jemand sah nach, ob der Pilot noch da war. Kurz vor zwölf Uhr wurde er endlich abgeholt. Draußen fiel alle Anspannung von ihm ab, denn er traf auf bekannte Gesichter. Dort warteten General Orgaz und sein Mechaniker.

Wiederum mit einem Militärfahrzeug machten sie sich zum Flughafen Gando auf, eskortiert von zwei bewaffneten Motorradfahrern.

„Es ist Ihre verdammte Pflicht, die Dragon schnell startklar zu machen!", bellte ihn einer der Offiziere an.

„Nichts mache ich lieber als das", antwortete Bebb freudig und ging mit seinem Mechaniker zur Maschine. Er untersuchte den Propeller und das Innere des Motors, dann überprüfte er die Tankfüllung. Der Tank war voll. „Alles ist okay", wandte er sich an den Offizier, „jetzt müssen wir nur noch auf die Passagiere warten."

Premierminister Casares Quiroga hatte vor der Arbeiterbewegung mehr Angst als vor dem Militär gehabt, doch jetzt war er durch die Ereignisse endlich wachgerüttelt. Er ließ Zivilgouverneur Antonio Boix und Emilio Baraibár, Oberstleutnant der Guardia Civil, informieren, dass General Franco dem Putsch beigetreten sei.

Auch den Umsturz in Melilla kommentierte er. Er ließ allerdings verlautbaren, der sei niedergeschlagen. Für das weitere Vorgehen ordnete er an, man solle Franco tot oder lebendig ausschalten!

Der Geheimagent Nicolás Ballester und der Chef der Hauptstadtpolizei Alberto Hernández eilten mit einer Gruppe Sturmgardisten zum Hotel Madrid, um den General zu liquidieren, doch der war schon ausgeflogen! Er hatte sich von seinen Männern mit den Worten verabschiedet: „Glaube, Glaube, Glaube; Disziplin, Disziplin, Disziplin!" Er wollte schnell nach Marokko. Da spielte die Musik! Er sollte von Gando abfliegen. Dort stand der zweimotorige Doppeldecker De Havilland für ihn bereit.

Weil er sich Sorgen machte, dass demonstrierende Linke die Straße zum Flughafen blockieren könnten, beschloss er, bis dorthin mit einem Schlepper zu schippern, auch wenn das Stunden kostete.

Er fuhr mit dem Wagen an die Anlegestelle von San Telmo.

Zur selben Zeit beratschlagten Antonio Boix und Emilio Baraibár mit Gewerkschaftsführern und linken Gardisten ihr weiteres Vorgehen. Sie waren sich einig, dem Putsch keinesfalls beizutreten. Selbst Drohungen ließen sie nicht umdenken.

Dann sahen sie den Schlepper España II mit Franco an Bord vor der Fensterfront des Verwaltungsgebäudes vorbeidampfen. Auf dem Deck standen schwer bewaffnete Soldaten.

Dass Franco auf dem Schiff war, bestätigten ihnen ihre Agenten. Die hatten ihn ausgemacht, als er mit einem Militärfahrzeug auf die andere Seite des Parks gebracht worden war und bei San Telmo die España II bestiegen hatte.

Das Schiff glitt in geringer Entfernung an den Versammelten vorbei. Einige im Raum forderten, das Feuer auf den Schlepper zu eröffnen, um ihn zu zerstören oder zu versenken.

Schüsse fielen aber nicht; Boix und Baraibár weigerten sich, den Befehl zu geben. Die treuen Staatsdiener ahnten zwar, dass hier die letzte Möglichkeit bestand, Franco zu stoppen oder zu töten, aber die Gesamtlage für eine solche Entscheidung war ihnen zu verwirrend: War der Putsch von Melilla erfolgreich gewesen oder gescheitert? Wie stand es in den anderen Teilen des Landes? Fragen über Fragen!

Aus eigener Anschauung wussten sie, dass Franco-treues Militär in der Stadt zumindest die strategisch wichtigen Plätze besetzt hatte. Sie entschlossen sich, wenigstens den Generalstreik ausrufen zu lassen.

Auf der España II wurde General Franco gegen 10:20 Uhr eine weitere Nachricht überreicht.

„Colonel Sáenz de Buruaga, Chef der Afrikaarmee, an General Franco, höchste Eile geboten:

Wir sind überall in Marokko Herr der Lage und erwarten Ihre Ankunft und Befehle. Sie können in Tetuan oder Larache bedenkenlos landen. Teilen Sie uns Ihre Abflugzeit mit, hier erwarten Sie gute Neuigkeiten!

Es lebe Spanien!"

Franco setzte erst später aus dem Flugzeug eine Antwort an ihn ab und gratulierte zu dem Erfolg.

Als der General am Militärflughafen ankam, wurde er Cecil Bepp und Navigator Pollard vorgestellt.

Der Pilot fühlte sich getäuscht, man hatte ihm gesagt, er solle einen kabylischen Rebellen fliegen. Das war eine besonders delikate Lüge gewesen, denn Franco hatte sich im Marokkokrieg erfolgreich an der Niederschlagung des Aufstands der im Rifatlas lebenden Berberstämme beteiligt.

Zu Bepp sagte nun einer der Offiziere beschwichtigend: „Seien Sie vorsichtig mit Ihrer Fracht, Sie nehmen den künftigen Caudillo, den nächsten Führer Spaniens, an Bord."

General Franco besichtigte den Flieger. Er war brandneu, hatte sieben Sitze, Registrierung G-Acyr und Gipsy-Wright-Motoren. Er hatte genug Platz für seine Begleitung, Adjutant Franco y Salgado sowie den Militärflieger Villabos. Der General zeigte sich äußerst zufrieden.

An Bord legte er seine Militäruniform ab, zog einen Zivilanzug an und ließ sich den Schnurrbart abrasieren. Eine Sonnenbrille und falsche Papiere verwandelten ihn in einen einfachen Diplomaten. So konnte er Kontrollen bei den Zwischenlandungen in Agadir und Casablanca gelassen entgegensehen, sollten dort wider Erwarten noch regierungstreue Kräfte stehen.

18. und 19. Juli 1936: General Franco übernimmt das Afrikaheer

In der Luft wandte sich Franco an den Piloten: „Wie lange dauert unser Flug nach Casablanca?"
In Bebbs Kopf setzte ein Rechenvorgang ein: Die Dragon machte 300 Kilometer in der Stunde. „Circa neun Stunden", antwortete er nach einem Augenblick.

Um 17 Uhr schwebten sie bereits über afrikanischem Boden und landeten kurz darauf in Agadir.

Von dort aus ging es nach Casablanca, wo sie gegen 21 Uhr eintrafen.

Vom Hotel aus unterhielt sich der General bis zwei Uhr morgens mit Juan March. Er gestand ihm ein, dass man sich nicht der Illusion hingeben dürfe, es gäbe einen schnellen Sieg über die Volksfrontregierung. Besonders in den größeren Städten wie Madrid, Barcelona, Valencia und Bilbao hatten die Linken zu viele Anhänger.

Der General zeigte auch eine gewisse Skepsis hinsichtlich des Verhaltens der Marineeinheiten. Zunächst hatte er geplant, alle Truppenteile von Afrika mit Schiffen auf das spanische Festland zu bringen. Aber die Angst vor mangelnder Loyalität der Marine ließ ihn nun an Lufttransporte denken.

„Eine solche Luftbrücke wäre die erste dieser Art in der Militärgeschichte", erklärte er March, und bald sprachen sie darüber, wie man die richtigen Transportflugzeuge dafür bekäme.

In ihrem Gespräch kristallisierte sich eine Möglichkeit heraus. Doch March wollte, bevor er eine Entscheidung traf, eine alles bedeutende Frage beantwortet wissen: „Können die Generäle überhaupt siegen?"

Franco antwortete im Brustton der Überzeugung: „Der Feind kann uns jedenfalls nicht besiegen. Nur wir haben Glaube, Ideale und Disziplin. Weil große Teile der Marine zur Republik stehen, wird sich die Überführung der ‚Africanistas' auf die Iberische Halbinsel erschweren und wahrscheinlich verzögern. Der Krieg wird länger dauern, als viele noch denken, aber am Ende werden wir siegen!"

Nach dieser Festlegung stellte ihm der Bankier für die ersten Transportflugzeuge verbindlich bis zu eine Million englische Pfund in Aussicht.

Franco war überglücklich mit diesem Ergebnis. Nach den skeptischen Fragen des Bankiers hatte er kaum mehr mit einem positiven Entscheid gerechnet. Jetzt konnte er die Initiative ergreifen und kam nicht mit leeren Händen nach Marokko!

Für den Kauf der Flugzeuge wandte er sich sofort über Mittler an Nazideutschland.

Admiral Wilhelm Canaris unterstützte ihn an vorderster Front bei den Verhandlungen. Er sollte bereits am 25. und 26. Juli in intensiven Gesprächen mit Hitler den Durchbruch erreichen: Zwanzig Ju 52 der Lufthansa wurden für die Aktion nach Tetuan entsandt!

Am Sonntag, dem 19. Juli, verließ Franco noch vor Tagesanbruch Casablanca. Gegen sechs Uhr machte Captain Cecil Bebb den General darauf aufmerksam, dass sie gerade die Grenze zwischen den beiden Protektoraten Melilla und Tetuan überflogen. Gegen sieben Uhr kreisten sie über Sania Ramel, dem Flughafen von Tetuan.

Die beeindruckenden Rifberge, welche die Stadt umgeben, waren von oben gut zu sehen. Cecil Bebb landete mit einer langen Linksschleife gewohnt sicher.

Das für marokkanische Verhältnisse regenreiche Tetuan, auch „Die weiße Taube" genannt, lag auf einem Plateau, das zum Djebel

Dersa gehörte, und empfing sie mit leichtem Nieselregen. Ein fahler Regenbogen über den Bergen zeigte jedoch schon an, dass sich die Sonne bald wieder durchsetzen würde. Das nahm der General als gutes Omen.

Von den fünf Militärs, die ihn erwarteten, erkannte er als ersten Oberst Eduardo Saenz de Burga, den Chef der Afrikaarmee.

Franco zeigte sich voll Tatendrang und fragte sofort nach Militärkarten und neuen Informationen.

„Das ist ein Dauerarbeiter. Der denkt mit der Uhr in der Hand", dachte Saenz de Burga für sich.

Franco wurde zunächst mit einer unliebsamen Neuigkeit konfrontiert: Sein Vetter, Major Lapuente, hatte noch am Vortag gegen die Putschisten Widerstand geleistet!

In den nächsten Wochen sollten noch viele Spanier feststellen, dass sich nahe Verwandte plötzlich im feindlichen Lager befanden.

Die zweimotorige De Havilland schickte der General schon am Nachmittag mit einer Nachricht zu seinem Kollegen Sanjurjo nach Lissabon. Es ging nochmals um den Kauf der Transportflugzeuge. Franco wollte Sanjurjos Zustimmung zu seinen Transportplänen.

Wie angekündigt, hielt das Empfangskomitee positive Informationen für Franco bereit: „General Miguel Cabanellas Ferrer in Zaragoza hat heute offiziell seine Unterstützung für unsere Sache erklärt", berichtete de Burga mit strahlendem Lächeln. „Auch General Mola hat nach unserem erfolgreichen Umsturz in Melilla von Navarra aus für seine Divisionen den Aufstand bestätigt."

Damit waren die letzten zwei Generäle der Junta mit ihrem wahren Gesicht an die Öffentlichkeit getreten. Ihre Strafversetzung ins Hinterland hatte die Republik vor ihren aufrührerischen Gedanken nicht schützen können!

Später vertrat sich Franco noch in der weitläufigen Altstadt mit ihrem engen Nebeneinander von Wohnen, Handwerk und Handel ein wenig die Beine. Er war mit dem Empfang durch seine Waffenbrüder mehr als zufrieden.

Seine Kollegen hatten ihm noch auf der Flugpiste das Kommando über das gesamte Afrikaheer angetragen und er hatte eingewilligt.

Er befehligte damit die besten spanischen Truppen, die harten marokkanischen Söldner und die skrupellosen Fremdenlegionäre!

Der schwierige Transfer dieser Truppen auf das spanische Festland musste nun schnell beginnen. Schnelligkeit konnte kriegsentscheidend werden.

Beim gemeinsamen Abendessen schweiften seine Gedanken schon wieder zu den Transportflugzeugen hin. Das Geplauder bei Tisch war ihm zu unergiebig. Er beschloss, nicht nach Teneriffa zurückzukehren. Er wollte bei seinen Truppen bleiben.

Aktionen führen zu Reaktionen!

Francos beschwörender Aufruf hatte nicht nur auf Sympathisanten getroffen: Auf dem gesamten kanarischen Archipel setzten Streikmaßnahmen ein. Dabei tat sich die CNT hervor. Andere Gruppierungen, die den Faschismus ablehnten, schlossen sich an und waren zuversichtlich, die Falangisten schnell niederzuknüppeln.

Selbst tief katholische Intellektuelle, die in Klosterschulen erzogen worden waren, bekannten sich plötzlich zur republikanischen Sache. Sie befürchteten, die Faschisten würden als reaktionäre Kraft die gerade in der Wahl erkämpfte Freiheit, die zarten Anzeichen einer neuen Kultur, zunichtemachen. Auch sie riefen zum Widerstand auf, schrien Arbeiter von den Baugerüsten herunter und forderten sie auf, zu streiken.

Die unterschiedlichen Lager des Widerstands mussten sich aber der Not gehorchend erst zusammenraufen. Zunächst standen sie sich misstrauisch im Weg.

Die Anarchisten beharrten darauf, apolitisch zu sein; die Bolschewisten verlangten absolute Moskautreue, und die Gewerkschaften waren wiederum vielen Republikanern zu radikal in ihren Aufrufen und Handlungen. Sie wurden schnell handgreiflich, wenn eigentlich Gleichgesinnte ihren Anweisungen nicht sofort Folge leisteten.

Nur schwer besann man sich wieder auf die Maxime des Wahlbündnisses. Man hatte den Sieg zwar gerade erst gemeinsam erkämpft, sah in den Falangisten böswilliges Ungeziefer gegen das spanische Recht, die Freiheit und den Humanismus, aber der Teufel eines effektiven Miteinanders lag im Detail.

Trotz dieser Schwierigkeiten war man sich sicher, dass der Putsch niedergeschlagen würde, wie seinerzeit 1932 der von General Sanjurjo.

Das Bekenntnis zu der einen oder anderen Seite ging quer durch Familien, Freundeskreise und Altersschichten. Männer, die als Faulenzer und Tunichtgute missachtet gewesen waren, wurden nun zu Blockwarten aufseiten der Putschisten und spielten sich mächtig auf. Sie bedrohten selbst ihre Familienangehörigen mit Sätzen wie: „Warte nur, ich werde dafür sorgen, dass das Militär bald an deine Tür klopft!"

Das Solidarisieren mit einer Seite machte auch vor den Jüngeren nicht Halt. Mitglieder der Jugend sozialistischer Republikaner plünderten mit Feuereifer ihre Vereinskasse, um das Geld für Waffen gegen die Putschisten zu spenden.

Alleinstehende Bürger waren oft mutiger als Familienväter. Letztere hielten sich im Hinblick auf Frau und Kinder zurück. „Das wird ein brutaler Kampf, und ich liebe meine Familie, darum werde ich mich am Widerstand nicht beteiligen. Ich bitte auch dich, misch dich nicht ein!", waren häufige Worte der Entschuldigung.

Auch die Älteren waren ängstlicher und besonnener als die Jungen; sie ermahnten ihre Kinder zur Vorsicht und versuchten sie von Unbedachtem abzuhalten.

Dass die Putschisten militärisch organisiert waren, zeigte sich schnell. Überall in den Straßen waren Soldaten mit Gewehren und Maschinenpistolen unterwegs. „Radio Club Tenerife" beschallte als ihr Sender ganze Straßenzüge. Immer härtere Drohungen gingen über den Äther: „Nehmt eure Arbeit umgehend wieder auf! Ansonsten werdet ihr alle entlassen und eure Anführer werden erschossen." Letzteres galt insbesondere für die Gewerkschaftssekretäre.

Die gegnerischen Sender wurden unterdrückt.

Der republikanische Widerstand blieb nicht ohne blutige Spuren, die Putschisten erwiderten ihn mit äußerster Härte. Bald stand man sich hinter Barrikaden gegenüber. Schützen verschanzten sich mit Gewehren und Maschinenpistolen hinter Gebäudeerkern, Sandsäcken und anderen Schutzwällen. Gewehrläufe ragten bedrohlich hervor und blinkten in der Sonne.

In den Nebenstraßen spielten selbst Kinder Revolution. Sie versteckten sich und bewarfen sich mit Steinen, die sie wie Handgranaten hielten.

Menschenmassen schoben sich durch die Straßen. Transparente mit der Aufschrift: „No Pasarán!" – Sie werden nicht durchkommen!, trugen sie mit sich. „Nos pasaremos!" – Wir werden durchkommen!, beschrieben ihre Gefühle mit anderen Worten.

Fußgänger, die mit weißen Taschentüchern in den Händen anzeigten, dass sie an den Straßenkämpfen nicht teilnehmen wollten, wurden ausgebuht und beschimpft. Bars und Cafés quollen vor Gästen über. Es wurde diskutiert und kämpferische Parolen tönten im Sprechgesang durch die Straßen.

In Santa Cruz de Tenerife kam es auf der Plaza de la Republica zu einem Waffengang zwischen Franco-Soldaten und der Guardia de Asalto, die den Putschisten das Regierungsgebäude streitig machte. Zwei Tote waren zu beklagen, einer auf jeder Seite. Santiago Cuadrado, ein einfacher Soldat, sowie Francisco Muñoz Serrano, ein Offizier der Gardisten, lagen in ihrem Blut.

Antonio Vidal Arabi befand sich zum Zeitpunkt des Unglücks auf dem Platz. Er wurde von einem Bürger erkannt, der, wie er, in einer Buchhandlung Zeitschriften und Bücher kaufen wollte. Der Mann war Mitglied der CNT und forderte Vidal Arabi forsch auf, ihm und seinem Freund Waffen zu besorgen.

Vidal Arabi war betroffen, dass der Gewerkschafter ihn erkannt hatte, schließlich wurde er als Anarchist gesucht. Nachdem er den Mann begutachtet hatte, flüsterte er: „Komm heute Abend um sieben Uhr in die Calle del Manicomio 46, dort wirst du erhalten, was du begehrst." Kaum hatte er das gesagt, war er in der Menge abgetaucht.

Antonio Vidal Arabi hielt Wort. Am Abend gab es zwei bewaffnete Widerstandskämpfer mehr!

Der Tag ging in den Abend über, und in allen Haushalten sangen die Radios das Hohelied der Nationalisten, alle Funkstationen waren in ihrer Hand.

„Beachtet unsere offiziellen Nachrichten. Wir haben die Zügel fest in der Hand. Hört nicht auf Gerüchte, die von Verrätern verbreitet werden. Schaltet eure Radios nicht aus …!", schallte es auf den gleichgeschalteten Wellen.

Die Militärführung wetterte gegen die Volksfrontvertreter und drohte allen den Tod durch Erschießen an, die sich zu mehr als drei Personen auf der Straße zusammenrotteten. So gelang es bald, in den meisten Vierteln die Straßen leer zu fegen, wenn auch nicht alle Kämpfer von „Frente Popular" in ihrem Unterschlupf verschwanden.

Der Widerstand wurde in die Häuser und in den Untergrund gedrängt. Doch selbst vor den Haustüren machten die Häscher nicht halt. Soldaten klopften bei Verdächtigen an, bedrohten sie oder nahmen sie einfach mit.

Bald machten Gerüchte von Hinrichtungen ohne Gerichtsurteil die Runde. Der Bürgermeister von Santa Cruz gehörte zu den ersten Opfern.

Angeblich leben einige der Henker noch heute in hohem Alter und schweigen eisern, wohl auch ohne Reue, zu ihren damaligen Taten. Von den Gesetzen werden sie bis heute geschützt.

Im Justizpalast wurde wie am Fließband gearbeitet. Capitán Otero machte sich mit seinen Methoden, Geständnisse zu erpressen, schnell einen Namen. Er folterte zunächst nicht und verhörte kaum. Aber seine Meinung stand schon im Vorhinein fest: „Du bist also einer von denen, der uns Patrioten erledigen will!"

Es folgte der Weg in eine dunkle Zelle, schwarz wie die Nacht, ohne Stuhl und Pritsche.

Die Propaganda der Putschisten im Radio übertönte nur ungenügend die Schreie der bereits einsitzenden Mitgefangenen.

Mitten in der Nacht erschien Otero mit Helfershelfern bei dem Gefangenen. „Wie willst du dich hinlegen?", herrschte er ihn barsch an, und dann ging es mit der Prügelstrafe los, bis das Geständnis herausgeschrien war.

Diebe und andere Kriminelle wurden zu Helfershelfern der Putschisten. Eine Diebin namens Dámaso López verriet einen Widerständler ans Militär. Er hatte auf der Straße unbedacht damit geprahlt, wie er und seine Kumpanen mit Maschinengewehren den Putsch niederschlagen wollten. Am Abend schon wurde er eingebuchtet und verschwand auf Nimmerwiedersehen.

Ohne Arbeit, versteckt in ihren Häusern, ging vielen Streikenden bald das Geld aus. Sie dachten an Flucht von der Insel. Versuche, sich auf Schiffen der Handelsmarine zu verdingen, scheiterten aber zumeist.

Kleinere Boote, die Aufständischen gehörten, waren für eine größere Seefahrt nicht sicher genug. Also lebten sie weiter in Verstecken, dauernd in der Angst, entdeckt zu werden.

Die Nachricht, dass Freunde oder Angehörige in die Fänge der Faschisten gefallen waren, nahm ihnen oftmals den letzten Lebensmut. Wenn es einem Inhaftierten gelang, eine Karte aus dem Gefängnis nach draußen zu schmuggeln, und deren Text Optimismus ausstrahlte und gar die Umstände in der Haft verspotteten, keimte ein wenig Hoffnung auf.

Das schlechte Essen in den Gefängnissen war Thema fast aller Nachrichten. Das verdorbene Fett und die schwarzen Kartoffeln, die der Koch im Schmortopf zubereitete, wurden als ungenießbar beschimpft. Nur wenige Monate später hätte man sie mit Freude gegessen!

Die Euphorie, das „Faschistenpack" schnell niederschlagen zu können, nahm stündlich ab. Zu sehr wurde deutlich, wie gut die Putschisten alles vorbereitet hatten. Sie fingen unsichere Kantonisten an ihrer Arbeitsstelle ab. Als republiktreu bekannte Polizisten wurden daran gehindert, ihre Wache zu betreten. Man nahm ihnen Waffen und Telefone ab. Viele von ihnen wurden sofort arretiert. Republikanische Beamte wurden bei der Ankunft in ihren Büros ohne viel Federlesen abgeführt. Für ihre Kollegen war das ein heilsamer Schock und eine Drohung, sich selbst zurückzuhalten. Unter ihnen gab es viele Trittbrettfahrer und Intriganten, die weitere Kollegen ans Messer lieferten, oft nur um die eigene Haut zu retten.

Die Luftbrücke nimmt Fahrt auf

Der kleine Kolonialflughafen von Tetuan war nur recht primitiv ausgestattet. Aber nun dröhnten hier von früh bis spät die Motoren der starken Transportmaschinen. Sie wurden mit Soldaten vollgestopft. „Voll" hieß, dass wirklich kein Mann mehr hineinpasste. Im normalen Luftverkehr fasste eine Ju 52 achtzehn Mann. In Tetuan brachte man es auf einundvierzig und mehr! So wurde der Flug über den Atlantik schon wegen des Übergewichts zum Teufelsritt.

Um möglichst viele Soldaten transportieren zu können, entschloss man sich sogar, einzelne von ihnen an den Tragflächen festzubinden.

Wenn sie diese Tortur überstanden, konnten sie sich später mit tiefen Einschnitten in der Haut ihrer Heldentat rühmen.

Während des Flugs krepierten rund um die Maschinen immer wieder Flakgranaten der Kriegsschiffe unter republikanischem Befehl.

Die ersten zwölf Jagdflugzeuge, die den Schutz der Transportmaschinen gewährleisten sollten, wurden auf dem Seeweg nach Cádiz gebracht. Offizier Max Graf Hoyos war einer der Piloten und erinnerte sich später an diesen Einsatz:

„Am Ende eines dreiwöchigen Urlaubs stand ich vor meinem Kommandeur und erwartete meinen nächsten Einsatzbefehl. – ‚Der Führer will General Franco helfen, den Kommunismus in Spanien zu vernichten. Dafür sollen seine Truppen aus Marokko mit unseren Flugzeugen nach Spanien transportiert werden. Haben Sie Lust, mitzumachen?‘, kam der sofort zur Sache. Ich brachte nur ein überraschtes ‚Jawohl, Herr Oberleutnant‘ hervor.

Innerhalb von drei Wochen verschwanden wir von der Bildfläche. Getarnt als Techniker, Journalisten oder Kaufleute reisten wir nach Hamburg. Ich erlebte mit, wie am Petersen-Kai der Personendampfer Usaramo geheime Ladung an Bord nahm.

In der Nacht auf den 1. August ging das Schiff mit unzähligen Kisten voll dicker runder Fliegerbomben mit uns an Bord.

Am 6. August trafen wir in Cádiz ein. Von dort aus ging es mit Güterwagen weiter nach Silvia, und aus dem Bauch unseres Schiffes hievten die Dampfwinden zwölf Heinkel-Flugzeuge mit Zubehör sowie eine komplette Flakbatterie von 2-cm-Geschützen, Munition und eine Funkstation.

‚Materialerprobung am lebenden Feind‘ war nun das Zauberwort.

Am 13. August starteten wir mit zwei Bombenflugzeugen und griffen den Panzerkreuzer Jaime I. an, der im Hafen von Málaga ankerte.

Zwölf Bomben von je fünf Zentnern hatten wir an Bord. Wir flogen den ersten erfolgreichen Bombenangriff des Krieges überhaupt.

Der Kreuzer musste kampfunfähig abgeschleppt werden. Die republikanische Flotte wurde schleunigst aus der Straße von Gibraltar abgezogen, und die Transporte der Marokkosoldaten konnte ungehindert fortgesetzt werden.

Unseren Test bestanden wir also mit Bravour und kamen nach einem halben Jahr braun gebrannt nach Deutschland zurück.

Was wir in der Fremde erlebt hatten, blieb streng geheim. Selbst unsere nächsten Verwandten mussten in völliger Unkenntnis bleiben. Nur vage Gerüchte hielten sich, dass wir irgendwo auf der Welt für das Reich den Tod riskiert hatten ...“

Die Soldaten, die im August 1936 mithilfe der Luftbrücke von Marokko nach Silvia transportiert wurden, sicherten die Überlegenheit der Putschisten auf dem Festland. Im September folgten ihnen weitere 10 000 Kämpfer nach.

Zu den von Deutschland gestellten Flugzeugen vermerkte Hitler später: „Der Generalissimo sollte der Ju 52 ein Denkmal setzen!“

Der Putsch entwickelt sich zum Bürgerkrieg

Am 20. Juli starb General José Sanjurjo. Er befand sich auf dem Flug aus dem portugiesischen Exil von Estoril nach Burgos, wo er zum Führer des nationalistischen Spaniens proklamiert werden sollte.

Die Wetterverhältnisse waren so schlecht, dass der Flug zunächst verschoben wurde. Der General und sein Gefolge reagierten äußerst unwillig, und als das Wetter eine Stunde später aufklarte, fuhr man eiligst zum Flughafen zurück.

Der General bestand darauf, dass seine schweren Koffer mitgenommen wurden, obwohl die Maschine ohnehin schon mit einer großen Ladung Benzin überfrachtet war.

Die Koffer enthielten sämtliche Uniformen des Generals. Die brauchte er bei seinem Einzug in Burgos.

Der Pilot hielt auf die Bäume am Rande des Flugfeldes zu. Er hielt die Maschine auch noch am Boden, als sie näher kamen. Erst als der Geschwindigkeitsmesser 15 Kilometer mehr als die zum Start notwendige Geschwindigkeit anzeigte, zog er das Höhenruder an.

Dann hörte er ein klopfendes Geräusch, eine Erschütterung durchfuhr das gesamte Flugzeug und die Geschwindigkeit nahm ab. Er stellte den Motor ab und versuchte auf einem Acker notzulanden.

Stattdessen prallte er gegen den Rand einer Mauer. Alles wirbelte durcheinander. Das Flugzeug stand in Flammen und der General war tot ...

Auch sein Tod führte zu heftigen Spekulationen. Hatte Francisco Franco wieder die Hände im Spiel gehabt? Das wird für immer ein Rätsel bleiben.

Anders als bei General Balmes Ableben boten sich keine logischen Rückschlüsse an, die als Beweise für einen Mord dienen konnten. Aber die Zahl der Juntamitglieder schmolz durch Sanjurjos Tod zusammen und General Francos Einfluss nahm zu.

Francisco Francos Annahme, dass der Putsch zu keinem schnellen Ende kommen würde, bestätigte sich. Vor allem die Arbeiterklasse leistete zu großen Widerstand. Wo sie erfolgreich war, reagierte sie mit einer Gegenrevolution, die zunächst besonders von den Anarchisten getragen wurde.

Die kommunistische Politikerin Dolores Ibárruri schürte mit einem Radioaufruf den Widerstand: „Es ist besser, auf den Füßen zu sterben als auf den Knien zu leben!"

Männer und Frauen wie sie retteten der Republik vorläufig die Existenz, doch Franco hielt genauso hart dagegen und sagte zu einem US-Journalisten: „Ich werde Spanien vor dem Marxismus retten, koste es, was es wolle – selbst wenn das notwendig macht, halb Spanien zu erschießen."

Ein Beispiel für schwere Rückschläge der Rechten bietet sich an: Im Juli flog General Godet von Palma de Mallorca nach Barcelona, um den Oberbefehl in Katalonien zu übernehmen. Er war voll Elan, denn er hasste Politiker und glaubte fest daran, dass nur die Armee Männer hervorbringen konnte, die in der Lage waren, das Land zu regieren.

Man hatte ihn allerdings schlecht über den Stand der Kämpfe in der Stadt informiert. Die Regierungstreuen hatten nämlich die Oberhand gewonnen.

Godet wurde von den Milizen verhaftet, als er das Flugzeug verließ. Wegen seines hohen Ranges warf man ihn nicht ins Gefängnis, sondern arretierte ihn als persönlichen Gefangenen des Präsidenten im Palacio de la Generalidad.

Präsident Companys hoffte ihn dafür als Trumpfkarte benutzen zu können, die Rebellen im restlichen Spanien zur Aufgabe zu bewegen. Er selbst hatte es schließlich auch so gehalten, als ihre linke Sache nach der Revolution am 6. Oktober 1934 verloren gegangen war.

Der kleine dünne Aristokrat verwahrte sich vehement dagegen: „Mein militärisches Ehrgefühl verbietet mir, eine Erklärung zu veröffentlichen, welche die aufständischen Militärs zur Aufgabe auffordert."

Der Präsident bedrängte ihn immer wieder aufs Neue. Schließlich resignierte der General, und mit klarer Stimme sprach er über den Äther: „Ich, General Godet, spreche zu Ihnen nicht als Gefangener, sondern als freier Spanier und fordere Sie dringend auf, die Waffen niederzulegen ..."

Seine Aufforderung brachte zwar nicht den Durchbruch, sorgte aber für so viel Verwirrung, dass sich die Garnisonen von Valencia und Madrid den Republikanern ergaben.

Godet brachte der Aufruf zur Kapitulation kein Glück. Als Ehrenmann versuchte Präsident Companys zwar seine Hände schützend über ihn zu halten, aber bald war er selbst nicht mehr Herr seiner Entschlüsse. Mit der Bewaffnung der linken Milizen hatte nämlich die Macht der gewählten Regierung rapide abgenommen. Sie war auf die Kampforganisationen der Linksparteien und Gewerkschaften übergegangen. Hatte man die bisher noch kontrolliert, so sahen sie nun die Stunde für ihre eigene Revolution gekommen, und der Regierung fehlten die Streitkräfte, um sie zu bremsen. Das Heer stand ja überwiegend auf der gegnerischen Seite.

Entfesselte Anarchisten und sozialistische Banden erpressten in ihrem Siegestaumel vom Präsidenten die Herausgabe des Generals. Er wurde auf ein Gefängnisschiff im Hafen verbracht, vor Gericht gestellt und mit einigen anderen Offizieren zum Tod durch Erschießen verurteilt.

Voll Schuldgefühle suchte der Präsident nach tröstenden Worten, doch er traf nur auf Stolz: „Ich lebte nach der Devise, dass es nichts zu verlieren gibt, was wir am Ende nicht sowieso verlieren. Das war irgendwie beruhigend und ließ mich stets alles ohne Angst ertragen. Unter diesem Blickwinkel macht es auch keinen Sinn, jetzt schon zu Lebzeiten komatös zu reagieren."

An einem Septembermorgen um sechs Uhr fuhr ein Lastwagen vor und transportierte die Verurteilten ins Fort Montjuich. Eine Eskorte der Miliz begleitete den Wagen. 50 Yards vor der Mauer ließ man die Gefangenen aussteigen. Schwarz lackierte Särge standen auf dem Boden vor ihnen und verwiesen auf ihr bevorstehendes Schicksal. Einer von ihnen erbat sich eine letzte Zigarette. Ein anderer ließ die Perlen eines Rosenkranzes durch die Finger gleiten und betete.

Das Hinrichtungskommando baute sich vor ihnen auf. Regierungsvertreter, Gewerkschafter und Milizionäre standen angespannt hinter ihnen. Ein Offizier gab den Schießbefehl. Im Kugelhagel erschallte der Ruf der Delinquenten: „Viva España!" Sie grüßten ein letztes Mal mit dem faschistischen Gruß.

Als die Schüsse aufhörten, waren sie zur Unkenntlichkeit zerfetzt.

Aus dem rechten Putsch wurde ein Bürgerkrieg, der bald in das internationale Beziehungsgeflecht Europas geriet. General Francos strategische Fähigkeiten machten ihn in der aufkommenden kriegerischen Auseinandersetzung immer unentbehrlicher.

Die neuen Herren kehrten mit eisernen Besen und errichteten Konzentrationslager

Der Krieg verschonte den kanarischen Archipel mit echten Gefechten und tobte umso mehr auf dem Festland. Zigtausend Männer wurden jedoch unter die Fahne der Nationalisten gepresst.

La Gomera war die einzige Insel der Kanaren, auf der El Silbo gebräuchlich war. Entstanden war die Pfeifsprache aus der Notwendigkeit heraus, sich über die schlecht zugänglichen Schluchten der Vulkaninsel hinweg zu verständigen. Mithilfe von Pfiffen warnten sich die Guanchen schon vor spanischen Eroberern und vor Piratenüberfällen. Nun setzte man Silbadores, Pfeifer, zur Nachrichtenvermittlung an der Front ein. Die Pfiffe waren, je nach Windrichtung, bis zu zehn Kilometer weit zu hören.

Siebzig Prozent des Kraftstoffs für die Franco-Armee kam von der Raffinerie CEPSA auf Teneriffa.

Gold, Schmuck und Geld wurden gespendet.

Wenn die Zeitungen von Spenden berichteten, die in Liebe zur nationalen Sache von der Bevölkerung freiwillig geleistet worden wären, war dies meist eine Lüge. Diese Wertgegenstände waren überwiegend unter Androhung harter Strafen vom Militärkommandanten per Dekret zusammengeraubt worden.

So mancher Nationalist wurde vor die Wahl gestellt, Francos Uniform zu tragen oder erschossen zu werden.

Der zwanzigjährige Carlos Llorente aus Icod war einer von ihnen. Schon nach wenigen Wochen befand er sich in San Mateo de

Gállego, einer kleinen Stadt nahe Zaragoza, und gehörte dort zu General Francos 10. Artillerieregiment der 55. Division. Mit einem Freund aus Gomera lag er Nacht für Nacht als Wachposten in einem Schützengraben. Beide, von ganzem Herzen Linke, entschlossen sich, zu desertieren. Sie schafften es bis in ein Weizenfeld, doch dann hörten sie Hufgeräusche, sie wurden verfolgt! Als Schüsse durch die Nacht bellten, befürchteten sie das Schlimmste, aber sie hatten Glück: Republikaner schossen auf ihre Verfolger!

Glücklich erreichten sie deren Gräben. Sie wurden in ihre Reihen aufgenommen und schon am nächsten Tag nach Madrid abkommandiert, um dort gegen Franco zu kämpfen.

Einen Brief, den Carlos vorher noch mit ungelenker Schrift an seine Frau schrieb, erreichte diese nie. Die Franquistas fingen ihn ab.

„No semos nadie, y algunos ni eso." – „Wir sind niemand, und einige noch nicht einmal das. Am meisten vermisse ich neben dir den Himmel über unserer Insel. Hier kommt er mir armselig und niedrig vor, fast wie ein schlechtes Bild", hatte er wehmütig geschrieben.

Auf den Inseln erfolgten in aller Härte die von Franco angeordneten Säuberungsaktionen gegen den politischen Gegner.

Beim Durchsuchen der Ämter fanden die Aufständischen Register, in denen die Mitglieder der Sozialbrigaden festgehalten waren. Zu ihnen gehörten die Führungskader der CNT. Kommandos wurden losgeschickt, um sie aufzuspüren. Die neuen Herren hielten sich nicht mit Verhaftungen auf. Viele Regierungstreue wurden beim „Fluchtversuch" erschossen, andere in den frühen Morgenstunden an abgelegenen Plätzen exekutiert und verscharrt.

Gewerkschafter, Arbeiter, Kleinbauern, Politiker der linken und demokratischen Parteien, Intellektuelle und Künstler wurden verhaftet und im Schnellverfahren liquidiert. Es gab viele traurige Einzelschicksale:

Der Anwalt, Dichter und liberale Journalist Luis Rodriguéz Figueroa weilte in Cádiz, als er von dem Putsch der Generäle erfuhr.

Er nahm, trotz warnender Stimmen, das nächste Schiff zurück nach Teneriffa. Dort wurde er sofort verhaftet. Vom Gefängnis in der Calle San Miguel brachte man ihn auf einen Frachter und versuchte ihn auf hoher See zu ertränken. Als er sich wehrte, stach man ihn mit dem Seitengewehr nieder.

Leutnant Gonzales Campos, den Franco nicht für sich hatte gewinnen können, wurde genau wie der Zivilgouverneur von einem Kriegsgericht verurteilt und erschossen.

„Lang lebe die Republik!", hatte der Gouverneur vor seinem Ableben noch trotzig gerufen. „Resistir es vencer", Widerstehen heißt Siegen, war bis zum Schluss sein Motto geblieben. Erfolg krönte seine Anstrengungen nicht.

Parolen und Aufrufe versuchten diese Grausamkeiten weichzuspülen: „Spanier, die tückische Linksregierung hat unser Volk auf einen schlimmen Weg gebracht und unsere ruhmreiche Armee schäbig behandelt. Deshalb haben wir losgeschlagen und das Heft in die Hand genommen. Unser Siegeszug richtet sich nicht gegen die Republik, sondern gegen die verbrecherische Regierung der Volksfront. Unterstützt unsere gute Sache, kehrt an eure Arbeitsplätze zurück und lasst die verlogenen Parolen der Gewerkschaften ins Leere laufen ..."

In den Wochen nach dem Putsch platzten die vorhandenen Gefängnisse, wie die Provinzgefängnisse von Las Palmas und Santa Cruz, unter der großen Zahl der Gefangenen aus allen Nähten. Andere Behelfe für die Unterbringung der Arretierten mussten her.

Auf Gran Canaria nutzte man zunächst das Castillo de San Francisco am oberen Ende von San Nicolas. Nach Aussagen von Zeugen, die ihre Inhaftierung überlebten, waren dort in Telde schon fünf Tage nach dem Putsch vorübergehend über 3000 Häftlinge untergebracht.

Schnell suchte die Militärregierung nach einer Ausweichstätte.

La Isleta wurde als Standort gewählt. Mit auffälliger Brutalität gegenüber den Sträflingen entwickelte es sich, anders als Telde, zu einem echten Straflager. Die Vorstellung, es sei ehrenvoll, ein politischer Gefangener zu sein, verging den Betroffenen schnell.

Die Requetés mit den roten Mützen waren die Ärgsten. Sie schlugen mit den Knäufen ihrer Revolver zu oder benutzten Totschläger, Stöcke mit Lederriemen und Kugeln daran. Die schmerzten nicht nur, sondern verursachten blutige Löcher und tiefe Wunden.

Schläge mit der Knute, mit Pistolen in die Rippen, schlechtes oder gar kein Essen wurden zur Tagesordnung und trieben alle Ideale und Flausen aus.

Besonders Gefangene, wie Lehrer, Rechtsanwälte und Journalisten, die körperliche Arbeit nicht gewohnt waren, zog man in Baubrigaden zusammen und ließ sie unsinnige körperliche Arbeit verrichten. Ein riesiger Vulkankegel wurde ohne Grund abgetragen, und Dutzende von Löchern mussten gegraben werden, um sie kurz darauf wieder zuzuschütten. Straßentrassen wurden gebaut, zum Leuchtturm hin oder auch zum Ufer. Sie blieben ungenutzt, als gingen sie ins Nirgendwo.

Zu den Arbeiten wurden jeweils 400 bis 500 Mann eingeteilt. Ein Feldwebel und einige Cabos konnten an ihnen ihre grausamen Fantasien austoben. Unter Stockschlägen schafften die Brigaden etwa 60 Meilen Straßenbelag pro Tag.

Das tägliche Elend und die Torturen schweißten zusammen. Man lernte den Mitgefangenen wertschätzen, fast als Ersatz für Frau und Kinder, die man so schmerzlich vermisste. Man machte sich gegenseitig Mut, sehnte sich gemeinsam nach Zigaretten, beklagte die ausbleibende Post und träumte davon, was man alles essen wollte, wenn man hier herauskäme ...

Besonders innerhalb der Gefängnismauern wurden die Häftlinge malträtiert. Ihre Wächter ließen sie zum Zeitvertreib Nummern ziehen. Wer die entsprechende Nummer zog, wurde durch einen dunklen Gang getrieben, dort erwarteten ihn Schläge an den Kopf, ins Gesicht und auf den Rücken.

Noch größere Unglücksraben wurden wahllos aus den Hütten geholt, mit Handschellen gefesselt und über die ganze Nacht an elektrische Pole angeschlossen.

Wenn man den armen Kerlen statt Wasser Schmieröl, Salzkristalle, Bittersalz oder Magnesiumsulfat einflößte, war das zwar zunächst weniger schmerzhaft, aber es schädigte die ausgemergelten Körper enorm und dauerhaft.

Nachrichten von außen oder nach außen waren nur einmal in der Woche erlaubt. Nachrichten der Häftlinge beschränkten sich auf Postkarten, die einer gestrengen Zensur unterlagen. Viele von ihnen verzichteten ganz darauf. Sie wollten nicht für „verdächtige" Äußerungen harte Strafen riskieren.

Zeitungen gab es gar nicht, und auch Bücher waren strengstens verboten. Die Wachen begleiteten diese Verbote mit ständigen Durchsuchungen der Zellen.

Nicht nur weil Telde lediglich einen kurzen Spaziergang vom geschäftigen Hafen der Hauptstadt entfernt lag, erwies sich die Entscheidung, hier ein Lager zu führen, als Fehler. Die Militärverwaltung entschied sich deshalb bald für Gando, in das schon wenige Monate später rund 1500 Häftlinge überführt wurden.

Am 19. Januar 1937 beschloss der kommandierende General sogar, das Lager von La Isleta ganz Richtung Gando zu räumen. Der neue Standort war geschichtsträchtig: In seiner Bucht hatte einst das Schiff von Christoph Kolumbus auf dessen Reise nach Amerika Station gemacht. Die nun beginnende Zeit sollte für die Stadt weniger rühmlich werden.

Die Gebäude mit den hohen Mauern zum Strand hin waren von solider Konstruktion und vom Grunde her als Lager bestens geeignet. Sie waren allerdings schon des Längeren aufgegeben und über Jahre vernachlässigt worden. Überall stieß man auf zerbrochene Fenster, Treppen ohne Geländer und zerstörte Stufen. Die Anwohner hatten sich für ihre eigenen Häuser an den Materialien des Lazaretts, an Holz und Steinen bedient. Vieles musste gerichtet werden, und jeder unter den Sträflingen, der Fähigkeiten zum Zimmermann hatte, wurde bei Renovierungsarbeiten eingesetzt. Möbel wurden natürlich nur für die Räume der Bewacher gebaut.

Von dem riesigen Gelände wurde der nördliche Sektor die Hölle des Lagers. Das Gelände verlief dort steil ansteigend zur höchsten Stelle der Insel hin. Die Hallen mit ihren mächtigen Mauern waren hoch über dem Meer zu sehen, verbargen aber die Schreie der Gequälten und Exekutierten.

Vier Pavillons waren zwei zu zwei gruppiert. Drei davon hatten zwei Ebenen. Die Pavillons wurden schlicht A, B, C und D genannt. Ein lang gezogenes Gebäude dahinter wurde zur Werkstatt umfunktioniert. Es lag oberhalb des Lagerhofes, dort stand die Fahne, vor ihr patrouillierten Wachmannschaften.

Die konnten über den gesamten Hof hinweg bis zum Lagereingang mit der Wachstube und den Büros alles überschauen. Alle Mauern wurden nach und nach mit Stacheldraht bestückt und der Fluchtweg nach draußen mit Barrieren erschwert. Deshalb nimmt es nicht Wunder, dass in der ganzen Zeit der Benutzung als Lager kein Fluchtversuch gelang.

1937, im ersten Jahr, erfolgte überhaupt nur eine Flucht. Der Gefangene wurde bereits nach drei Tagen wieder eingefangen und grausam hingerichtet.

Im Juli 1938 geschah nach den Aufzeichnungen der Lagerverwaltung der zweite und letzte Versuch. Vier Inhaftierte, darunter der Kapitän des Hafens von Santa Cruz de La Palma, Franciseo Herrera Araneta, nutzten einen günstigen Umstand für ihren Fluchtplan. Sie gehörten zu den jeweils drei bis vier Gefangenen, die mit einem Unteroffizier vor das Lager durften, um in den Barrancos der südlichen Insel Brennholz zu sammeln. Mit der Zeit hatte sich ein erfreulicher Umgang mit dem Offizier eingespielt, man trank gemeinsam Kaffee und unterhielt sich miteinander.

Aus der mobilen Sanitätsstation hatten die Gefangenen ein Beruhigungsmittel entwendet und gaben es bei einem solchen Beisammensein dem Offizier unbemerkt in seine Tasse. Als er betäubt einschlummerte, wagten sie die Flucht.

Am Strand zwischen Gando und Arinaga entdeckten sie ein verlassenes Fischerboot. Alles war wie ein Gottesgeschenk: Die Fischer hatten Sardinen, ein Fass Wasser und einen Sack Gofio zurückgelassen. Mit einem Mal waren sie für die Flucht über das Meer bestens gerüstet und schipperten hoffnungsfroh los.

Gerade als sie den Leuchtturm aus den Augen verloren, begann das Boot Wasser zu nehmen. Sie mussten wohl oder übel umkehren, wollten sie nicht absaufen. Mit größter Anstrengung erreichten sie das Ufer und konnten sich an Land sieben Tage verstecken, dann wurden sie von den Spürtrupps aufgegriffen und im Triumphzug ins Lager gebracht.

Aus ihnen war in den wenigen Tagen der Freiheit ein erbärmlicher Haufen geworden: Die Kleidung zerrissen, schmutzig am ganzen Körper, mit vielen blutigen Schrunden und eitrigen Wunden versehen, traf sie nun der Hohn ihrer Peiniger.

Vor allen Gefangenen, die auf dem Hof antreten mussten, wurden sie gezüchtigt und erfuhren eine höhnische Strafpredigt.

In der Mitte des Hofes stand ein Pfahl mit einem Strahler an seiner Spitze, der den ganzen Platz ausleuchtete. An ihn wurden sie gekettet und einer bestialischen Prügelstrafe unterzogen.

Besonders schlimm war es für jeden Einzelnen, unter den Schreien der Freunde auszuharren, bis man selbst an die Reihe kam.

Einzelhaft in dunklen Löchern und ohne Nahrung ließ nach diesen Torturen keine Erholung zu.

Einige Lagerinsassen stießen vor Mitleid ein Loch durch die Decke und versorgten sie zu ihrem Glück mit kärglichen Essensstücken, die sie selbst nur schwer entbehren konnten.

Allen wurden auf Dauer sämtliche Haftvergünstigungen gestrichen, und ihre Haftzeit wurde verlängert. Die Inhaftierung der armen Kerle dauerte noch an, als auf Anordnung des Ministers der Justiz im April 1940 die Räumung des Lagers erfolgte.

Sie kamen nicht etwa frei, sondern fanden auf einem Stück Land zwischen den Türmen von Guanarteme und den Fahnen von Bellavista in den Außenbezirken der Stadt Las Palmas einen neuen, nicht weniger grausamen Gewahrsam. Alles, was in Gando nicht niet- und nagelfest war, wurde von der Gefängnisverwaltung für das neue Lager dorthin gebracht.

Trotz allem Bösen, das ihnen geschah, bekamen die Gefangenen zu spüren, dass vieles in Gando schon besser lief als in La Isleta. Prügelstrafen und Fronarbeit hatten merklich abgenommen.

Geschlagen wurde nur noch bei „schlimmeren" Verfehlungen, zum Beispiel wenn jemand dabei erwischt wurde, wie er die Hymne der Falangisten im Text verfälschte oder die Mauern mit Hammer und Sichel beschmierte.

Aber anstatt körperlich gezüchtigte, völlig geschwächte Häftlinge hatte man hier nun kranke, die nicht weniger hinfällig waren. Die Brunnen des Lagers waren nämlich kontaminiert.

Bald grassierten Fieber- und Typhusepidemien. Flohbisse und Wanzenstiche sorgten ebenfalls für eingeschleppte Krankheiten. Als wesentliche Verbesserung wurde den Häftlingen eine gewisse Selbstverwaltung zugestanden. Dazu gehörte ein mobiles Krankenhaus, das von medizinisch vorgebildeten Gefangenen aufopfernd geführt wurde.

Auf Teneriffa wurden zunächst in Santa Cruz die Kavalleriekaserne und die Kaserne von Paso Alto als Gefängnisse zweckentfremdet.

Auch Schiffe im Hafen wurden zu schwimmenden Straflagern.

In La Laguna wurden die Artilleriekaserne und das städtische Depot umgewidmet.

La Orotava setzte das Stadttheater als Notunterkunft für Gefangene ein. Diese Örtlichkeiten reichten bald nicht mehr, um alle Gefangenen aufzunehmen.

Schließlich verkaufte die englische Firma Fyffes Limited ihre Gebäude für die Verpackung von Bananen als weiterer Lagerstandort. Vom firmeneigenen Verpackungslager wurde Stacheldraht zur Sicherung requiriert. Das Gelände befand sich vor den Toren der Hauptstadt, direkt neben dem „Assumption College", ganz in der Nähe der Ölraffinerie.

Es dauerte mehrere Wochen, bevor die Filiale in ein funktionierendes Internierungslager umgewandelt war. Fyffes wurde für viele das Vorzimmer des Todes. Es sollte zum Sammellager für alle westlichen Inseln werden.

Schon aus Sicherheitsgründen fand diese Zentralisierung statt, aber auch die angeordnete, zügige Arbeit der Militärtribunale verlangte danach.

Zuvor hielten Lanzarote, Fuerteventura, La Palma, La Gomera und El Hierro eigene Gefängnisse vor. Insassen der westlichen Inseln wurden nun nach Teneriffa, die der östlichen nach Gran Canaria verlegt.

Für Anfang 1937 schätzten anarchistische Agenten die Zahl der Häftlinge von Fyffes bereits auf 1200.

Rund 800 in den sonstigen Gefängnissen der Hauptstadt sowie in La Laguna und La Orotava kamen hinzu.

Einer der Gefängnisdirektoren schätzte später die Gesamtzahl der Insassen über die zwölf Jahre der Nutzung auf insgesamt 4000.

Die Vernichtungsmaschinerie hatte hier ein ganz anderes Gepräge als in den anderen Lagern. Bis spät in die Nächte ging die Verwaltung die Listen der Gefangenen durch, um die Häftlinge baldmöglichst für immer verschwinden zu lassen.

Diese Nächte hießen unter der Hand „Nächte der Taschen" oder „Nächte der Handschuhe". Taschen, weil die Beamten die Listen wichtigtuerisch in Taschen mit sich herumtrugen, Handschuhe, weil die Mörder sie trugen, damit ihre Hände sauber blieben und keine Spuren zurückblieben.

Nach Fyffes wurden die Gefangenen meist in Bussen verbracht. Die letzten Illusionen der Betroffenen schwanden spätestens an den Kerkertüren. Als Erstes sahen sie den Wachraum mit den Wachen, die Maschinengewehre in den Händen hielten. Dann tappten sie durch ein Labyrinth von Zellen.

Erst später erfuhren sie, dass die vergitterten Einzelzellen für die Todeskandidaten aufgespart waren.

Wenn man nicht direkt zu ihnen gehörte, fand man sich bald in Gesellschaft halb nackter Gestalten wieder, die sich mit ihrem schlimmen Leben bereits abgefunden hatten und sich in dem menschenunwürdigen Umfeld verhielten, als wäre es ihr Zuhause. Schmutz und Unrat, verschimmelte, feuchte Matratzen, Tische und Sitze aus alten Kisten waren, wenn überhaupt, das Mobiliar.

In dieser Armseligkeit taten sich einige als Anführer hervor, die für einen Rest von Ordnung sorgten. Sie trugen teils Spitznamen, wie „Rosales", die aufgequollene Nase, oder „Macias", der Pechvogel.

Alle Neuankömmlinge wurden misstrauisch beschnuppert. Sie konnten ja eingeschleuste Zuträger sein. Die „Altgedienten" überprüften an ihnen ihren eigenen Informationsstand.

„Wann fiel Toledo?", wurde abgefragt. Mit der Antwort: „Am 27. September wurde die Stadt von General José Enrique Varela genommen", gab man sich zufrieden.

Mit der Feststellung: „Manche beten hier des Nachts", wurde die religiöse Gesinnung der Neuen ausgeforscht. Eine Antwort wie: „Wenn sie gläubig sind, haben sie alles Recht der Welt dazu", fand nicht bei jedem Zustimmung.

Auf die Frage der politischen Zugehörigkeit wurde schon mal trotzig geantwortet: „Ich bin kein Roter. Im Spanien des Caudillo gibt es keine Roten mehr. Ich bin wie du ein aufrechter Patriot, streng katholisch wie alle hier."

Oft kam es zu konträrer Einschätzung des Verlaufs des Bürgerkriegs. Unsinnige Tätlichkeiten und Raufereien waren die Folge.

„Warum soll ich mir Gedanken um meine Zukunft machen, wo ich doch gar keine haben werde?", warf einer mit Galgenhumor ein.

Es lag dann an den Anführern, die Zornnickel zu beruhigen. Sie sorgten für eine Routine des Alltags, richteten Lernstunden für Latein, Stenografie und vieles mehr ein. Sie gaben die wenigen, verbotenen Bücher weiter, die im Kerker versteckt wurden. Aber es war schwierig, Bauern, Arbeiter und Handwerkerüberhaupt zum Lesen und Lernen zu bewegen.

Zeitweilig gab es bis zu siebzig Prozent Analphabeten im Lager! Die Mehrzahl der 2000 Insassen hockte stundenlang voll Aggressivität auf dem Boden, starrte schweigend vor sich hin und haderte mit ihrem Schicksal.

Die Gebildeteren fanden Trost bei gemeinsamen Kulturprojekten. Sie entdeckten ihre Liebe zu Worten und Poesie, auch wenn sie vorher gar nichts damit zu tun hatten. Unbeschriebene Blätter wurden zu einem großen Schatz. Sogar auf Klopapier wurden Gedanken notiert. Neben Einzelgedichten brachten sie eine Tragikomödie zustande. Der Titel: „Die lebenden Urteile – eine Geschichte, um nicht zu vergessen", sprach für sich selbst und von ihren traurigen Schicksalen.

Allzu viel von dieser „Blutbibliothek" ging verloren, wenn die Wachen Koffer, Kisten und Säcke durchwühlten.

Das Lager hatte drei Sektionen. Eine wurde „die Kavallerie" genannt, weil die Gefangenen aus der Kavalleriekaserne kamen. Die zweite hatte den Namen „Floating", weil ihre Gefangenen von den Schiffen kamen, die im Hafen von Santa Cruz ihr Auffanggefängnis gewesen waren. Viele verschwanden bereits dort, denn die Bedingungen auf den Schiffen waren lebensgefährlich. Ältere und schwache Gefangene starben an mangelnder Hygiene und Verpflegung. In der Mehrzahl der Fälle halfen ihre Wächter nach: Häftlinge wie Luis Rodríguez Figueroa wurden mit kleineren Schiffen auf das Meer hinausgefahren, gefesselt und in Säcken, mit Steinen beschwert, wie Katzen ersäuft.

Die dritte Sektion nannte man „Guano", ihre Gefangenen kamen aus einer nahe gelegenen Düngemittelfabrik.

In den Sektionen gab es unterschiedliche Zellenbereiche. Großräume für zeitlich begrenzte Haftstrafen und vergitterte Todeszellen lagen jedoch dicht beieinander.

In Letzteren warteten die Verurteilten voll Angst, bis sie im Barranco del Infierno exekutiert wurden.

Andere wurden stattdessen, meist nachts, direkt auf dem Gelände der Raffinerie CEPSA erschossen.

Berüchtigt für Exekutionen wurden die Morgengrauen-Brigaden, „Brigadas del Amanecer".

In La Laguna wurde beim nachmittäglichen Kaffeekränzchen von Priestern, Offizieren und Damen der besseren Gesellschaft Entscheidungen getroffen, wer von den Gefangenen im Morgengrauen mit auf einen „Spaziergang" genommen werden sollte.

Die harten Diamanten in den langen Ohrringen der Damen waren nicht härter als deren Herzen, wenn sie willkürlich über Leben und Tod entschieden. Die da beisammensaßen, hatten nicht einmal Schuldbewusstsein, wenn sie im gemütlichen Boudoir Menschenleben vernichteten.

„Schicksal spielen", nannte es ein Offizier und erntete für sein Bonmot ein Lächeln der Damen. Die so ausgewählten Gefangenen verschwanden auf Nimmerwiedersehen.

Gut aussehende junge Frauen waren in Fyffes besonderen Gefahren ausgesetzt. Einige Peiniger sortierten sie aus, ketteten sie in Einzelzellen an und vergingen sich an ihnen. Wenn diese Frauen zu ihren Mithäftlingen zurückkamen, waren Nasenbeine gebrochen, Augen geschwollen, blau gefärbt und Lippen geplatzt. An ihren Körpern fanden sich überall Blutergüsse von groben Griffen und Schlägen.

Diese Zeichen der Gewalt trugen sie meist trotzig wie als Verzierung angebrachte Tattoos.

Manche tapfere Frau verlor bis zum bitteren Schluss ihren Mut nicht und schrie ihren Peiniger an: „Niemand entkommt seinen Dämonen!"

Die Hohlköpfe hatten dafür nur ein grölendes Lachen übrig.

Es gab auch Räume, in denen nur gefoltert wurde. Die markerschütternden Schreie, die von dort in die anderen Räume drangen, sorgten bei den Gefangenen für schlaflose Nächte.

Die Todesangst wanderte vom Bauch bis ins Herz, und das klopfte in höchster Erregung. Wenn einer der Gefolterten mit gebrochenen

Gliedern zurückgebracht wurde und wieder ein wenig zu Kräften gekommen war, schilderte er aus innerer Not heraus die erlittenen Torturen und bescherte den Mitgefangenen damit ebenfalls Albträume für die kommenden Nächte. Für ihn selbst wirkte das Erzählen hingegen wie eine Befreiung.

Gern hingen die Folterknechte ihre Opfer an den Händen auf, um dann ihre schweren Knüppel sprechen zu lassen. Waren sie echte Experten, so begannen sie mit den Extremitäten, Schläge auf Knie, Ellenbogen und schließlich Zertrümmern der Unterarme folgten Schlag auf Schlag. Wenn sie sich in einen Rausch gewütet hatten, gingen sie zu Schlägen auf Unterleib und Kopf über. Kein Körperteil blieb verschont!

Der Widerstand linker Guerilleros

Die Gewerkschaften blieben trotz aller Repressalien seitens der Nationalisten, besonders in der Hauptstadt, wichtige Opponenten.

Viele Ortschaften im Inneren der Insel schlossen sich ihrem Aufruf nach Widerstand an. Besonders stark war die Gegenwehr in den Regionen von Icod und auf der gesamten „Isla Baja". Die örtlichen Behörden verweigerten sich den Befehlen der neuen Herren. In Los Silos stand der Lehrer Illades Lucio Quinto an vorderster Stelle. In Buenavista war es der Bürgermeister Antonio Camejo Francisco.

Die Bevölkerung von Icod hatte schon seit der zweiten Republik eine gefestigte linke Tradition. Hier wurde eine fruchtbare Zusammenarbeit zwischen Sozialisten, Kommunisten und Anarchisten gelebt.

Besonders mithilfe der sozialistischen Jugend und der Arbeitermiliz gelang es auch nun, erfolgreich Widerstand zu leisten. Der Alkalde Marcos Martel führte in Icod unentwegt Regie. Doch letztendlich fuhren Militärlastwagen vor, und der Bürgermeister sowie mehrere Stadträte und andere Männer des Widerstands wurden verhaftet. Sie hatten fälschlicherweise auf die Zusage des Chefs der Guardia Civil vertraut, ihnen bei einer Konfrontation mit den Nationalisten loyal zur Seite zu stehen. Die Festgenommenen wurden nach Santa Cruz in das Gefängnis der Kavalleriekaserne verbracht und später von dort nach Fyffes verlegt.

Einige der Rädelsführer konnten sich jedoch dem Zugriff entziehen und in das zerklüftete Tenogebirge fliehen, das genügend Verstecke bot. Zu ihnen gehörten der stellvertretende Bürgermeister und sein Schriftführer.

Viele Schrotflinten und andere Waffen gingen zu ihrem Schutz mit in die Verstecke. Familienmitglieder und Freunde versorgten die Geflohenen bis auf Weiteres mit Nahrung und warmen Decken. Doch schon bald machten Abweichler diese Freundschaftsdienste immer gefährlicher. Die Untergetauchten brauchten nun Geld, um Helfer zu finden, die sie verbargen oder mit dem Notwendigsten versorgten.

El Catalán überfiel, nur um an frisches Geld zu gelangen, mit seiner Bande die kleine Kirche von La Matanza. Ohne Respekt vor ihrer Schönheit rissen die Männer die vermeintliche Silberverkleidung des Altars herunter und schleppten sie weg. Um ihre Spuren zu verwischen, zündeten sie das Gotteshaus an und ließen es bis zum Boden niederbrennen. Beim Einschmelzen der Metallteile erlebten sie eine Riesenenttäuschung: Der Altarschmuck war nur aus wertlosem Eisen!

El Catalán musste, um zu überleben, auf neue Raubzüge gehen.

Je mehr Zeit ins Land ging, desto gründlicher wurde das Großreinemachen auch in den bäuerlichen Regionen. Inquisitorisch suchte man nun auch Abweichler in den Reihen der Landarbeiter. Mancher Militärlastwagen fuhr vor, und hauptsächlich Männer wurden aus ihren ärmlichen Fincas getrieben und fortgeschleppt, meist für immer.

So ereilte das Schicksal auch bald einzelne von Miguel Navarros Bananeros. Es wurde nicht lange gefackelt, wenn die Häscher erst zwischen den Hütten waren. Wenn einer der Arbeiter einem Freund dabei zur Hilfe kam, galt er ebenfalls als Feind.

Erst viel später wagten es mutige Frauen, ihre Erinnerungen zu erzählen, die sie immer wieder in ihren Träumen einholten: „Die Todesschwadronen kamen mit ihren Lastwagen in den frühen Morgenstunden. Unsere Männer wurden aus den Häusern getrieben. Nur wenige waren mutig genug, ihre Häscher mit Flüchen, Verwünschungen oder hasserfüllten Blicken zu empfangen. Sie erduldeten stumm, dass sie verschleppt wurden, schon allein um uns nicht zu gefährden.

Wie wir später erfuhren, ging es zunächst zum Haus der Falange. Man schlug sie so lange, bis sie ‚Arriba Espana!‘ riefen. Mit Abblendlicht ging es weiter über die dunkle Landstraße Richtung Friedhof.

Als sie ausstiegen, erschoss man die Ahnungslosen von hinten. Nach ihrer Ermordung wurden sie mit Bajonetten bis zur Unkenntlichkeit verstümmelt. Selbst die Augen wurden ihnen ausgestochen. So fanden wir sie als blutige Fleischklumpen am Boden liegend. Mit etwas Glück konnten wir unsere Männer an den zerrissenen Kleidungsstücken erkennen ...“

Der Tod von Antonio Moya

Die Familie Moya erwischte das Unglück zunächst an völlig unerwarteter Stelle. Antonio war hinunter ans Meer gegangen, um zu fischen. Er stand mit seiner Angel in den Felsen. Die Steine hatten Sonne getankt und waren unter seinen bloßen Füßen angenehm warm. Krebse in allen Farben schillerten auf ihnen. Seine Angelrute fuhr immer wieder durch die Luft, und die Schnur suchte auf dem Wasser eine fischreiche Stelle.

Antonio war mit sich und der Welt zufrieden, denn er mochte alles, was mit Fischen zu tun hatte. Am liebsten wäre er Fischer geworden, doch nach dem Willen der Eltern wartete die Bananenplantage auf ihn. Deshalb nutzte er noch jede freie Minute für Zwiegespräche mit der See. Er hatte nie das Gefühl, dass das Meer um die Insel ihn einkerkerte. Er sah vielmehr in seinen Träumen, wie man auf ihm bis hinter den Horizont gelangen konnte.

Manchmal ging er mit geflochtenem Korb durch die vorderen Wellen und sammelte Muscheln. Seine Mutter konnte sie köstlich zubereiten. Dann gab es die ausgelösten Muskeln der Schalentiere in Öl mit Knoblauch gebacken oder auch in der Schale in Biersud mit Sellerie und Zwiebeln gegart. Jeder Happen aus den glänzenden schwarzen Gehäusen war zusammen mit einem Stück Weißbrot ein Gedicht.

Manchmal tauchte er, um Tintenfische zu spießen. Auch für die kannte seine Mutter viele köstliche Arten der Zubereitung, ob geschmort, gekocht oder gegart.

Sehnsüchtig sah er zu dem kleinen Fischerboot hin, das draußen im tiefen Wasser schaukelte. Die Chance des Fischers, gute Beute nach Hause zu bringen, war bei Weitem größer als seine, dachte er traurig. Doch immerhin hatte er schon zwei stattliche Papageienfische und mehrere Sardinen gefangen.

Die Möwen reagierten als Erste. Sie hoben sich mit schrillen Schreien in die Lüfte und schwebten landeinwärts. Über dem Meer stand auf sonst klarem Himmel eine pralle Wolke. Von ihr ging ein bedrohlich dunkler Fuß ab und reichte bis auf die Wasseroberfläche. Es sah aus, als würde die Wolke in ihm Regen verlieren, „pie de lluvia", Stängel des Regens, nannten die Fischer diesen dunklen Stumpf poetisch.

Dann hörte Antonio Motorengeräusche, die vom Wasser her kamen. Schon setzte sich ein Kanonenboot der Guardia Civil in sein Blickfeld. An Deck sah Antonio mehrere Männer, die herumtanzten und ihre Waffen in die Höhe stießen.

Dem Jungen war nicht wohl bei diesem Anblick, sicher waren die Kerle angetrunken. Er überlegte kurz zu fliehen, aber es schien ihm bereits zu spät dafür.

Die Männer konnten ihn sehen und würden Verdacht schöpfen, wenn er fortrannte. Das würde auf sie wirken, als hätte er Böses im Sinn.

Seine umsichtige Entscheidung schützte ihn nicht. Die ersten Schüsse fuhren noch neben ihm in die Felsen, doch bevor er sich ducken konnte, trafen ihn zwei Kugeln mitten in die Brust. Er sackte zusammen, und sein Blick brach.

Vor dem Tod lief nochmals sein kurzes Leben im Schnelldurchlauf an seinem inneren Auge vorbei, Momente der Spannung und Gefahr, Augenblicke von Glück und Zärtlichkeit und tiefe Gefühle bis zum bitteren Ende.

Gewehrsalven vom Boot her feierten den Jagderfolg. Das Schiff setzte seinen Weg fort und verschwand in der Ferne. Niemand hatte den feigen Mord gesehen und konnte sich um den toten Jungen kümmern.

Es dämmerte bereits. Maria Moya wurde unruhig, weil Antonio immer noch nicht zurückgekommen war. Fast jeden zweiten Tag ging er runter ans Meer, um zu fischen. Die Beute seines Fischzugs brachte er immer so früh nach Hause, dass sie die noch fürs Abendbrot zubereiten konnten.

Das Knattern von Gewehrschüssen, das sie vor einiger Zeit gehört hatte, bekam nachträglich für sie einen drohenden Klang. Sie machte sich auf den Weg, um nach ihrem Sohn zu suchen. Mit eiligen Schritten lief sie über das freie Feld auf das Meer zu. Sie kannte die Stellen genau, zwischen denen ihr Junge in die Felsen kletterte, um von dort aus mit der Rute den Meeresgrund abzusuchen .

Aus dem Schatten eines Felsens löste sich ein streunender Hund und winselte sie an. Ob Antonio in seiner Nähe war? Nein, er war es nicht. Angst vermischte sich mit dem Rauschen des Meeres und fuhr wie die feuchte, salzige Luft kalt durch ihre Nase in den Körper.

Der Kegel ihrer Taschenlampe irrte fahrig über den Uferboden, und dann sah sie ihren Sohn.

Er lag leblos auf dem Rücken, hatte Blutflecken auf seiner Hemdbrust, die in eine Salzwasserpfütze ausfransten. An seinen Hosenbeinen klebte der silbrige Schleim der Sardinen, die er gefangen hatte. „Ich werde keine Sardinen mehr essen", fuhr ihr spontan durch den Kopf.

Sie schluchzte laut auf. „Wie Müll liegt er da. Diese Bestien haben ihn einfach abgeknallt!", flüsterte sie mit gebrochener Stimme. „Neugierde, Jugend und Mut sind zu Tode gebracht worden." Dann war sie schon über ihm und wiegte den toten, nassen Leib in ihren Armen.

Vor ihrem inneren Auge fuhr ein Polizeiboot der Guardia Civil an der Küste vorbei, und sie sah, wie die Kerle schlicht zum Zeitvertreib ihren Liebling als Zielscheibe benutzten. Eine Beschuldigung oder gar einen Befehl brauchten sie dafür nicht. In diesen Tagen waren alle Arbeiter vogelfrei.

Bilder aus der Vergangenheit traten ihr vor die Augen. Antonio hatte schon als Vierjähriger das Meer geliebt. In ihrem Waschtrog hatte er kleine Holzstücke als Fischerboote fahren lassen. Manchmal hatte er mit seinen dicken Patschhändchen auf das Wasser geschlagen und mit fröhlichen Jauchzern die Schiffe in den Wellen kreisen lassen.

„Wie groß der Himmel doch ist", hatte er in seiner kindlichen Sicht gesagt, wenn er ihn mit seinen staunenden Augen bis zum Horizont umfing. Diese Augen waren nun für immer gebrochen!

Später war er fast täglich nach langem Baden mit Fingern so runzelig wie Kichererbsen nach Hause gekommen. Die Lippen blau gefroren und zitternd vor Kälte. Dann hatte er Hunger. Sie hatte ihm oftmals mehr gegeben, als ihm eigentlich zustand. Es kam vor, dass er nicht nur sein Bocadillo mit Olivenöl und vollreifen Tomaten verdrückte, sondern auch noch die Hälfte von ihrem.

„Er hat eben im Voraus gegessen", dachte sie nun.

Der streunende Hund brachte Maria in die Wirklichkeit zurück. Er hatte zwischen den Felsen die Reste von Antonios Mahlzeit gefunden und fraß sie gierig und unberührt von ihrem Leid aus dem Korb.

Ihr Junge hatte augenscheinlich noch nichts angerührt, als er starb.

Maria Moya verspürte nicht einmal die Kraft, das Tier zu verjagen, geschweige denn, ihren Sohn nach Hause zu tragen. Sie beschloss, zurückzugehen und auf ihren Sohn Pedro zu warten.

Sie zog Antonios Leichnam mit großer Mühe ein Stück ins Trockene hoch und machte sich auf den Weg zurück.

Maria hatte Glück, dass die Ebbe das Wasser derzeit an sich zog und die Flut nicht kam, um mit dem Leichnam zu spielen. Sie hätte Antonio auf Nimmerwiedersehen mit sich genommen.

Mit Pedro gemeinsam schaffte sie den Toten heim. Ihr ältester Sohn brachte zunächst kein Wort heraus, explodierte dann aber kurz vor der Haustür. Er zeigte dem Himmel die Faust und schrie die Wut aus sich heraus: „Ich werde der Racheengel für Antonio sein! Dagegen hilft kein Beten und Lamentieren!" Der letzte Satz war an seine Mutter gerichtet. Pedro bemerkte nicht, wie sehr er sie mit diesem Schwur ins wunde Herz traf. Sie war blass geworden und ihre Nasenflügel bebten. Mit einer Geste der Verbitterung fuhr ihre Hand über die Augen, als könne sie so die Gespenster seines Hasses verscheuchen.

„Tu's nicht, Junge, du wirst dich ins Unglück stürzen", flüsterte sie voll Verzweiflung.

Zu Hause saß sie mit ihren Männern in tiefem Schmerz versunken bis spät in die Nacht. Auch Manolo, der doch immer besonnen war, kämpfte schwer mit Rachegedanken. Rafael war noch jung genug, um mit ihr zu weinen. Nur sie sah, dass Antonio mit im Raum war. Sie sah auf das Schwarz-Weiß-Foto, das in einem Holzrahmen über dem Buffet hing. Er stand vor seinem geliebten Meer, lächelte und sah voll Zuversicht in die Zukunft. Die gab es nun nicht mehr, sein kurzes Leben war vorüber!

Antonios Grabstein enthielt nur seinen Namen und die enge Zeitspanne seines Lebens.

Gegen Ende der Beileidsbekundung nahm ein guter Freund Manolo zur Seite. Er konnte sich nichts Schlimmeres vorstellen als den Tod eines Kindes. „Mein tiefstes Beileid", sagte er leise. „Du weißt, wie sehr ich den Tod eures Sohnes bedaure. Aber du solltest dich hüten, die Miliz weiterhin des Mordes zu bezichtigen. Die neuen Herren sind grausam!"

„Willst du, dass ich sage, es war ein Unfall?", fragte Manolo wütend.

„Es war ein Unfall! Jede andere Bewertung macht deinen Sohn nicht wieder lebendig, aber jedes andere Gerede gefährdet auch noch den Rest deiner Familie."

Manolo verschluckte eine Antwort, jedoch nicht seinen Zorn. Verstohlen blickte er sich um, aber die meisten Augen der Trauernden vermieden Blickkontakt. Die Angst hatte ihre Köpfe gebeugt und sie wollten keinesfalls selbst in die Schusslinie geraten. Insgeheim waren sie erleichtert, den Schmerz, einen der ihren zu verlieren, noch nicht erfahren zu haben.

Donna Maria war abwesend in ihren Erinnerungen. Sie sah den Tag, an dem Antonios Geburt gefeiert wurde. Alle hatten bei diesem Freudenfest von ganzem Herzen gratuliert, und nun ... Der Schmerz machte sie stumm. Ihre Augen waren leer.

Es gab danach keinen Vorwurf gegen die Mörder, auch wenn der Drang, das erlittene Unrecht herauszuschreien, bei Eltern und Brüdern riesig war. Aber sie hatten zu viel Angst, offen anzuklagen.

Pepe, El Catalán und seine Gesinnungsgenossen werden gejagt

El Catalán war einer der meistgesuchten Köpfe der Rebellion. Unterschlupf zu finden, wurde immer schwerer für ihn. „Gute Freunde" zogen sich ängstlich zurück, wenn er anklopfte, oder waren längst verhaftet.

Seine Flucht war die reinste Improvisation: Er schlief auf geparkten Lastwagen, kannte einige Höhlen in den Wäldern oder brach Arbeitsschuppen auf, die am Rande der Terrassenfelder lagen, weit weg vom Gewühl der Orte, und für wenigstens einige Tage Schutz boten. Manchmal zog es ihn in die Hauptstadt. Das sicherste Versteck war dort die Öffentlichkeit. Das hatte er in den Monaten seiner Verfolgung erkannt. Er tauchte im Trubel der Leute unter und fand Unterstützung bei Gleichgesinnten, die es dort eher gab als auf dem Land.

Diese Exkursionen waren nicht ungefährlich, denn viele seiner Weggefährten wurden observiert. Meist waren neue Untaten der Auslöser dafür: Raubüberfälle, revolutionäre Parolen, die an die Wände verlassener Gehöfte geschmiert worden waren, oder auch Flugblätter mit Hetztexten, die am Morgen auf dem taunassen Asphalt der Straßen klebten.

Hausdurchsuchungen, um Druckerpressen ausfindig zu machen, wurden durchgeführt, und die hektische Betriebsamkeit der Nachforschungen wurde schon aus Propagandazwecken laut hinausposaunt.

Wenn einmal ein Essen im Restaurant Odéon von Maria Culi oder gar bei ihr zu Hause zustande kam, bescherte ihm das lebenswichtige Atempausen.

Auch im Haus des Vaters seines Freundes Antonio de la Rosa Diaz in Tacoronte bot man ihm, Gott sei gedankt, immer noch Kost und Logis.

Zu Antoñé oder Vidal Arabi hatte er seit Längerem keinen Kontakt mehr gehabt. Über Vidal hielt sich zäh das Gerücht, er habe die Insel mit einem Schiff verlassen.

Wo immer es El Catalán möglich war, informierte er sich über die politische Entwicklung im Land. Was er zu hören bekam, machte ihn traurig und wütend. Francisco Franco war am 21. September 1936 von der Generaljunta zum alleinigen Chef der nationalspanischen Regierung und des von ihr kontrollierten spanischen Territoriums berufen worden. Man hatte ihn zum „El Caudillo", Führer, ernannt und bezeichnete ihn als Generalísimo.

Da konnte es Pepe nicht trösten, dass General Miguel Cabanellas als Alterspräsident der Junta dieser Wahl als Einziger widersprochen und an ihr nicht einmal teilgenommen hatte. Er hatte sich über seine Kollegen sogar abfällig geäußert: „Ustedes no saben lo que han hecho." – Sie wissen nicht, was sie getan haben.

Auf dem spanischen Festland zeigten sich zu seinem Leidwesen inzwischen immer mehr militärische Erfolge der besser ausgerüsteten Franco-Truppen. Die massive Unterstützung der deutschen Legion Condor war dafür von entscheidender Bedeutung.

El Catalán stellte sich immer öfter die Frage, ob seine Raubzüge für ihre Sache nicht nur wie Wassertropfen auf einem heißen Stein verpufften. Aber er hatte schon zu viel riskiert und auf dem Kerbholz. Es gab für ihn kein Zurück …

Don Miguel Navarro fordert von seinen Bañañeros den Treueschwur

Grundbesitzer, Kirchendiener und Militär waren überall wieder obenauf und ließen das die Unterlegenen auch fühlen.

Miguel Navarro wollte seine Arbeiter ebenfalls auf die neuen politischen Gegebenheiten einschwören. Er hatte sie für morgens um sieben Uhr auf den Verladeplatz der Plantage bestellt. Auch wenn er dafür früher aufstehen musste als sonst, war ihm die Angelegenheit wichtig genug.

Er hatte es sich einfach gemacht und aus Francos Manifest Sätze herausgenommen, die er seinen Arbeitern mit persönlichen Ergänzungen vortragen wollte:

Die Situation in Spanien wurde unter der Volksfrontregierung immer kritischer.

Anarchie herrschte in ländlichen Gebieten und Städten wie hier rund um Icod. Die gewählten Amtsträger dieser Stadt sind für den desaströsen Zustand verantwortlich, genau wie viele von euch, die falsch gewählt haben. Nun wurden diese unwürdigen Amtsträger hinweggefegt! Das wirkte wie ein Fanal: In diesem Moment erhebt sich ganz Spanien und ruft nach Frieden, Brüderlichkeit und Gerechtigkeit. Ich erwarte, dass meine Leute in der ersten Reihe stehen und ihr sündiges Tun vergessen machen. Gebt mir euer feierliches Versprechen.

Tretet vor, hebt den rechten Arm zum Gruß der Falange und sagt laut und vernehmlich: „Ja, wir versprechen das!"

Er las die Worte noch einmal durch, dann machte er sich auf den Weg zur Sammelstelle.

Er ritt zu Pferd; die Zeit war wieder reif, von oben nach unten zu sprechen!

Als er auf dem Platz ankam, waren seine Arbeiter schon versammelt. Bei seinem Anblick verstummten alle Gespräche. Die Bananeros erwarteten nichts Gutes und traten nervös von einem Bein auf das andere.

Don Miguel ritt dicht vor sie hin und begann mit fester Stimme zu sprechen: „Männer, die Zeiten haben sich geändert. Wir blicken in eine bessere, gerechte Zukunft." Dann ließ er die Worte folgen, die er eben noch aufgeschrieben hatte. Als er zum Ende kam, sah er streng über ihre Köpfe hinweg und schob mit drohender Stimme nach: „Wer von euch diesem Gebot der Stunde nicht Folge leisten will, soll stehen bleiben und nicht vortreten. Er gehört nicht mehr zu uns."

Für einen Moment entstand Verwirrung. Dann traten die meisten der Männer vor. Nur Manolo Moya und drei weitere Arbeiter blieben zurück.

Don Miguel sah über sie weg und ließ die Willigen zunächst ihr Versprechen ablegen. Mit Befriedigung sah er, wie sich ihre rechten Arme zwar zögerlich, aber dann doch mit dem Gruß der Falange emporreckten. Nun erst wandte er sich an die Verweigerer. Er hatte nur eine kurze Schmähung für sie übrig: „Einmal Kommunist, immer Kommunist!" Damit schickte er sie weg.

Als er davonritt, dachte er: „Die meisten von ihnen werden sich ducken, den Mund halten und ihr Mäntelchen nach dem Wind hängen", und der wehte nun wieder von rechts!

Manolo Moya wird abgestraft

Manolo Moya war wie vor den Kopf gestoßen. Er wusste nicht, was er nun tun sollte. Völlig durcheinander machte er sich auf den Weg nach Hause.

Nachdem er durch die Tür getreten war, sah er sich im Küchenraum um.

Seine Frau schaute mit fragendem Blick vom Küchentisch zu ihm auf. „Was stehst du da so bedröppelt?", wollte sie wissen.

Er ließ sie nicht lange im Unklaren: „Der Padrón hat mich nach all den langen Jahren rausgeschmissen." Der ihm sonst eigene Stolz in Augen und Gestik, den sie so liebte, war verschwunden.

„Warum?", fragte sie.

„Ich habe mich geweigert, den faschistischen Treueschwur zu leisten, das war Grund genug. Als Abschiedswort hatte er für mich nur den Satz: Einmal Kommunist, immer Kommunist!, was ja nicht einmal stimmt. Dann hat er mir den Laufpass gegeben, und jetzt sind wir wirklich arm!"

„Da ist Gott vor", tröstete ihn seine Frau. Sie legte ihre abgearbeitete Rechte auf den rauen Stoff seiner Arbeitshose und streichelte leicht seinen Oberschenkel. „Wir haben unser Häuschen, das Feld mit Kartoffeln und Gemüse, die Kaninchen und Hühner, und Großvater Mario sorgt oben in den Bergen für Ziegenmilch und manchmal auch Fleisch. Du und die Jungen könnt im Meer fischen, und in der Saison gibt es Pilze und Esskastanien. Denke nicht mehr an Don Miguel, Manolo. Du bist ein guter Mensch, aber in seinem Herzen wachsen Dornenbüsche."

Manolo blieb einfach stumm. Maria ging an ihren kleinen Hausaltar und begann tonlos zu beten. Das machte Manolo wütend: „Gott verdammt!", hub er an.

„Man soll den Namen des Herrn nicht missbrauchen, das bringt Unglück", unterbrach sie ihn, aber er fuhr unbeirrt fort: „Deine Gebete werden wie immer nichts bewirken. Sie werden uns nicht satt machen. Was denkst du, was dein Gott mit ihnen macht? Ob er sie wohl mit vielen anderen sammelt und anzündet? Würde die Flamme wenigstens wärmen, so könnte ich mir ersparen, Brennmaterial für die kalten Tage zu suchen. Deine heiß geliebte Bibel ist voller Unrecht, Blut und Tod", fügte er zornig hinzu.

Seine Worte bohrten sich in Marias Herz. Sie blieb ihm eine Antwort schuldig, denn sie wusste, sie würde mit ihr nur neuen Widerstand entfachen.

Manolo hingegen legte nach: „Ich sehne den Tag herbei, an dem du mir recht gibst."

Nun konnte sie ihren Vorsatz zu schweigen nicht mehr aufrechterhalten. „Du wirst lange warten müssen", antwortete sie schnippisch. „Aber warum öffnest du gerade jetzt alte Wunden?"

Er antwortete leise mit der Stimme eines total verzweifelten Mannes: „Ich öffne keine Wunden. Sie waren doch immer offen."

Danach trat zwischen ihnen Waffenstillstand ein. Beide Münder blieben verschlossen, aber Verbitterung stand im Raum. Wie ein Schauer ging ein Sinnspruch durch Marias Gedanken: „Gott trachtet denjenigen zu vernichten, den er zuvor mit Stolz geschlagen hat." Sie verdrängte den Gedanken schnell, denn sie musste jetzt für ihren Mann da sein. Sie versuchte seinen Blick mit sanfter Eindringlichkeit einzufangen. Doch er hielt seine Augen auf den Boden gesenkt.

Bis zur Schlafenszeit wurde nichts mehr geredet, nicht einmal mit den Jungen. Maria verschanzte sich hinter ihrer Arbeit, Manolo saß einfach nur mit stumpfem Blick da. Es folgte eine unruhige Nacht. Der Vollmond tat das Seine hinzu; er zog am Fenster vorbei und legte zwei lange weiße Laken, wie Todeslaken, über den Boden des Schlafzimmers.

Am Morgen war Maria wie immer als Erste aus den Federn. Ihre Augen waren gerötet und ihre Lider geschwollen, sie hatte geweint.

Exekution auf dem Teide

Noch vor dem Hahnenschrei hörten sie in der Ferne Motorengeräusche, die immer näher kamen.

Nun endlich richtete Maria wieder das Wort an ihren Mann: „Du weißt, sie haben im Dorf schon viele geholt. Ich habe Angst, sie kommen nun auch zu uns. Zieh dir schnell etwas an und verschwinde. Zwischen den Bananenstauden kennst du dich aus, dort werden sie dich nicht finden."

Sie kleideten sich an, doch flüchten wollte Manolo nicht. „Wenn sie mich haben wollen, werden sie mich bekommen. Jetzt oder später, das macht den Kohl nicht fett", brummte er. „Was für ein Glück, dass die Jungen heute schon aus dem Haus sind", dachte Maria resignierend und ging an die Tür. Sie schöpfte ein wenig Hoffnung, denn das Motorengeräusch war verstummt.

Ihr abgemagerter Hund bellte eine verspätete Warnung. Er war ihnen aber keine Hilfe. Er hob seinen Körper, knurrte verwirrt und zog sich in eine Ecke des Gartens zurück.

Ihr Häuschen war inzwischen von Blauhemden umstellt. Nicht weit entfernt stand ein Militärlastwagen. Hintendrauf saßen mehrere Plantagenarbeiter. Den einen oder anderen von ihnen erkannte Maria. Ihre schlimmsten Befürchtungen waren wahr geworden.

„Das feige Schwein schickt doch wirklich seine Alte vor", sagte lachend ein Soldat, der auf das Haus zutrat. Er hatte sein Maschinengewehr lässig unter dem Arm geklemmt. Einige der anderen Soldaten lachten hämisch mit.

Manolo ließ sie nicht lange warten. Er trat hinaus und vor seine Frau, als wolle er sie schützen. Er hatte nur einen kurzen Augenblick Zeit, sie an sich zu drücken, dann zog ihn der Soldat an seiner Jacke fort und schubste ihn in Richtung Lastwagen.

Bald saß er neben den anderen Gefangenen und roch ihren Angstschweiß. Er vermied es, noch einmal zu Maria hinzuschauen. Er fürchtete, sonst am Anblick ihres Kummers zu zerbrechen. Ihr Blick hatte sich aber schon längst hinter der Frontscheibe des Lkw festgefressen. Dort saß Javier Navarro hinter dem Steuer!

Ein halbes Dutzend Soldaten waren mit auf die Ladefläche gestiegen und hielten die Festgenommenen mit Gewehren in Schach. Der Motor wurde angelassen und der Lastwagen rumpelte, eine Staubfahne hinter sich herziehend, den steinigen Feldweg entlang bis zur Hauptstraße. Dann ging es in Serpentinen steil bergauf. Richtung Teideplateau, vermutete Manolo. Das hatte bestimmt nichts Gutes zu bedeuten, denn dort oben wartete nur die Einsamkeit.

Der Fahrtwind flatterte in seiner Windjacke. Er erspürte in seiner Jackentasche den Kanten Brot, den er noch vor seiner Verhaftung eingesteckt hatte, holte ihn heraus und biss von ihm ab. Er würgte. „Ein Totenmahl ist nicht leicht für einen Lebenden", dachte er voll böser Vorahnung.

Sie fuhren immer höher und die Gegend wurde ihm fremd. So hoch hinauf hatten ihn seine Füße noch nie getragen. Nach anderthalb Stunden Fahrt erreichten sie die Cañadas del Teide.

Es war recht kühl hier oben. Trotzdem war seine Kleidung von Schweiß durchtränkt. Es war Angstschweiß!

Der Schotterweg wurde ebener und sie kamen schneller voran. Keiner der Gefangenen hatte dieses Naturschauspiel aus totem Stein je gesehen. Sie kannten den Teide nur von unten, manchmal mit Schnee bedeckt, manchmal rot in der Abendsonne und manchmal fahl und einfach riesig.

Die kahle, unwirkliche Mondlandschaft lenkte sie nur kurz von ihren Ängsten ab. „Und die Erde war wüst und leer." Ungewollt kam Manolo das Bibelwort in den Sinn. Sollte diese steinerne Wildnis Anfang und Ende werden?

Die Angst wurde stärker, als der Motor gedrosselt wurde und der Lkw stoppte. Sie hatten das Llano de Maja erreicht. Die Soldaten trieben sie wie Vieh von der Ladefläche runter vor tiefe Vulkanröhren.

Bei einigen von ihnen arbeitete die Fantasie schneller als bei den anderen. Sollten sie in diesen Röhren für immer verschwinden?

Viel Zeit blieb ihnen nicht, dies in Erfahrung zu bringen, und so nutzten die Schnelleren den Augenblick und gaben Fersengeld.

Manolo Moya gehörte zu ihnen. Sie schafften eine gehörige Strecke, bevor sich etwas hinter ihnen tat, und schöpften schon Hoffnung, entkommen zu sein, doch dann brach die Hölle über sie herein. Die erste Salve genügte nicht. Zu viele von ihnen standen noch, darunter auch Manolo. Erst die nächste streckte sie endgültig nieder. Auch er drehte sich in einer Pirouette und fiel zu Boden.

„Viel zu viele Kugeln für diese Scheißer", maulte der Offizier.

Die Soldaten waren sich sicher gewesen, dass ihnen die Flüchtige nicht entkommen konnten, und hatten sie deshalb voll Sarkasmus in Hoffnung gewiegt, bevor sie geschossen hatten.

Die Wolken flohen nicht, es war windstill. Sie standen über den restlichen Todgeweihten, als wollten sie an dem Schicksal der armen Kerle Anteil nehmen.

Dem verängstigten Haufen war nun klar, was die Stunde geschlagen hatte. Aber das Entsetzen lähmte jede Gegenwehr. Mit gebrochenem Mut folgten sie dem herrischen Befehl und taumelten Richtung Vulkanröhren.

Mit den Kolben der Gewehre stieß man sie in Reih und Glied. So aufgestellt, blieb keine Zeit zur Besinnung. Aus der zweiten Reihe ratterten Maschinengewehre und mähten sie nieder. Einige von ihnen machten es den Henkern besonders leicht: Ihre leblosen Körper verschwanden von selbst in den Röhren. Die anderen mussten hineingestoßen werden, denn der Befehl lautete, alle Spuren zu beseitigen.

Nun ärgerten sich die Schergen, dass sie einen Teil der Flüchtlinge so weit hatten entkommen lassen. Es wartete auf sie die mühsame Arbeit, deren tote Leiber einzusammeln und vor die Röhren zu schleppen.

Als sie den Exekutionsplatz wieder verließen, waren bis auf wenige Blutflecke alle Spuren getilgt. Diese roten Flecken würde die Feuchtigkeit des Abends oder der nächste Regen wegwaschen.

Die Mörder scherzten schon wieder und alberten auf dem leeren Wagen, als wäre nichts geschehen. Wie leicht konnte man Grausamkeit vergessen, wenn man auf der richtigen Seite stand!

Pedro Moya nimmt Rache

Im Haus der Moyas wurden die Geschehnisse nicht so leicht genommen. Maria legte ihre Finger krampfhaft um das kleine Silberkreuz, das sie am Hals trug, und bat Gott, Manolos Leben zu schonen. Das Gebet gab ihr für kurze Zeit Hoffnung und rückte die Ungewissheit über seinen Verbleib in den Hintergrund.

Als ihre beiden Jungen das Haus betraten, begannen für sie die Qualen aufs Neue. Sie musste die richtigen Worte finden, um von Vaters Schicksal zu berichten, und das musste sie zweimal tun, denn die beiden kamen getrennt. Sie waren ihr keine Hilfe in ihrem Leid. Sie standen nur vor Entsetzen starr auf der Stelle.

Maria sollte ein Leben lang bereuen, dass sie ihnen von Javier Navarro erzählte. Pedro, ihr Ältester, schwor, wie schon beim Tod von Antonio, sofort Rache. Dieses Mal hatte er mit Javier Navarro ein eindeutiges Ziel. Er ließ sich durch Marias Bitten von einem Rachefeldzug nicht abbringen.

Freunde und Bekannte kamen zu Besuch. Sie halfen Maria wenig in ihrer Traurigkeit. Sie machten das Haus noch leerer als zuvor, wenn sie wieder gingen. Marias Seele war krank.

„Eine verstümmelte Seele wird nicht wieder heil, aber man kann darauf hinwirken, dass sie nicht mehr so schmerzt. Schenk dir selbst etwas Liebe, denn Vergessen wird lange nicht möglich sein", riet ihr eine liebe Freundin.

Schon am nächsten Tag überlegte Pedro, wie er seine Rachepläne ausführen könnte. Er heftete sich unbemerkt an Javier Navarros Versen, um dessen Tagesablauf zu verfolgen. Bald hatte er herausgefunden, dass er während der Zeit der Siesta immer eine allein stehende Hütte aufsuchte. Sie stand oben am Hang und gehörte der Sippe Pado, deren Männer ebenfalls auf der Bananenplantage arbeiteten. Pedro fand das Gerücht bestätigt, dass Javier dort die Tochter der Pados zu Liebesspielen aufsuchte. Javiers Weg war immer der gleiche, und Pedro suchte auf ihm eine passende Stelle für seine Bestrafung.

In einer engen Kehre des Eselspfads fand er, was er suchte. Der Platz eignete sich bestens für eine tödliche Falle.

Er hatte sofort eine Idee, wie die Tat als Unfall durchgehen konnte: Der Weg war an dieser Stelle nach unten hin ungesichert. Es ging seitlich über scharfe Geröllspitzen steil bergab. Ein Sturz hinunter in die Tiefe konnte nur tödlich enden. Nach der Kehre verlief der Pfad serpentinenartig weiter und ging genau über ihr in ein schmales Plateau über. Dort legte sich Pedro einige Steinbrocken zurecht. Mit ihnen wollte er Javiers Muli aus dem Tritt bringen und den Sturz von Tier und Reiter in den Abgrund verursachen.

Pedro war kein Zauderer, er legte sich schon am nächsten Tag auf die Lauer. Träge Maultierschritte verrieten ihm bald, dass sein Opfer auf dem Weg zu seinem Liebchen war. Seine Muskeln spannten sich vor Aufregung, und die hoch stehende Sonne trieb ihm Schweiß auf die Stirn und aus den Achselhöhlen.

Als Javier die Spitzkehre erreichte, ließ Pedro die Geröllbrocken punktgenau von oben niederprasseln. Der Maulesel scheute. Mit einem ängstlichen Gewieher brach er seitwärts aus und verschwand samt seinem Reiter in der Tiefe.

Javiers Schreckensschrei wurde im Fallen immer schwächer. Als er unten aufgeschlagen war, war es plötzlich ganz still.

Pedro blieb noch einen Moment flach am Boden gekauert und schaute sich vorsichtig um. Erst als er keinen Menschen sah, lugte er über den Felsrand. Was er erblickte, verbesserte seine Laune: Javier und sein Reittier lagen leblos auf dem felsigen Boden der Aufschlagstelle. Auch nach gut zwei Minuten Abwarten änderte sich daran nichts. Javier war aus der Spur seines Lebens geworfen worden, das war sicher. Auch das Maultier war tot, vom Aufprall zerschmettert.

Nun musste Pedro nur noch unbemerkt wieder verschwinden! In seiner Aufregung unterliefen ihm dabei zwei fatale Fehler. Er ließ die nicht gebrauchten Gesteinsbrocken, die er am Abgrund abgelegt hatte, an der Stelle zurück und bemerkte nicht, dass während seiner Tat das dünne Lederbändchen zerrissen war, das er ums Handgelenk trug. Es war ein Zeichen der Verbundenheit mit seinen Brüdern. Sie trugen es alle drei. Die Bänder waren lediglich von unterschiedlicher Farbe.

Miguel Navarro sucht Vergeltung

Miguel Navarro hatte seine Söhne aufgefordert, um 19 Uhr zu Hause zu sein. Er wollte ihnen klarmachen, dass sie in dieser schwierigen Zeit größere Pflichten übernehmen mussten.

Für die kleine Dolores galt das zwar noch nicht, aber sie war auch anwesend.

Don Miguel verlangte Pünktlichkeit, und so zog sich seine Stirn in unwillige Falten, als er feststellte, dass sein Ältester noch nicht da war. „Hat einer von euch etwas von Javier gehört?", herrschte er seinen jüngeren Sohn an.

Fernando reagierte sofort: „Der ist bestimmt noch bei den Pados. Er wird von seinem Liebchen nicht losgekommen sein."

Don Miguel sah ihn irritiert an und fragte mit strenger Miene nach: „Was willst du damit sagen?"

Ungefragt steuerte Dolores ihren Senf hinzu. Vor Aufregung biss sie sich dabei mit ihren kleinen Mausezähnchen auf die Unterlippe.

„Carmen Pado ist Javiers Schatz. Ihre Eltern sind heute Abend in der Messe. Da ist Javier allein mit Carmen im Haus und wird die Zeit vergessen haben."

Beide Kinder plapperten bedenkenlos heraus, was sie wussten, ohne darüber nachzudenken, dass sie den älteren Bruder damit in Teufels Küche brachten. Es war ihnen einfach zu wichtig, dass ihr Vater ihnen endlich einmal Gehör schenkte.

An Don Miguels Schläfen schwollen die Adern an. Es gehörte für ihn zu den verpöntesten Dingen, sich mit Abhängigen einzulassen. Er würde Javier gehörig den Marsch blasen. Zunächst wollte er sich aber selbst durch Augenschein überzeugen, dass sich sein Ältester mal wieder so gehen ließ.

„Wo finde ich die Pados?"

„Soll ich dich hinbringen?", bot Fernando eifrig an, denn er hoffte, mit auf Vaters Pferd reiten zu dürfen.

Don Miguel nickte mürrisch.

Bald befanden sich Vater und Sohn auf dem Weg den Berg hinauf. Sie kamen nicht weit, da trafen sie auf die grausige „Unfallstelle". Javier lag mit verdrehtem Kopf in seinem Blut, neben ihm der zerschmetterte Körper des Maulesels. Dessen Beine waren mehrfach gebrochen, und Knochenspitzen ragten blutig aus Fell und Haut heraus.

Fernando begann leise zu weinen. Don Miguel stand erstarrt neben seinem toten Ältesten und schaute auf ihn hinab. Nach einigen Sekunden fand er die Fassung wieder.

„Wir müssen den Berg hinauf. Ich will die Stelle sehen, von wo er abgestürzt ist. Javier war für einen solchen Unfall ein viel zu geschickter Reiter. Ich kann mir einfach nicht vorstellen, wie es zu einem solchen Sturz kommen konnte."

Vorsichtig ritten sie den Steig hinauf. Don Miguels Augen waren konzentriert auf den Boden gerichtet. Das änderte sich erst, als er die Absturzstelle erreichte. Die Spuren des Maulesels, wie er versucht hatte, die Balance zu halten, und wie er dann doch über den Rand gestürzt war, waren unübersehbar. Don Miguel stieg ab und schaute sich alles genau an. Seine Schlussfolgerungen fielen eindeutig aus: Die Stelle war zwar schwierig, bot aber für sich allein gesehen keinen Grund abzustürzen. „Da muss noch etwas passiert sein", murmelte er vor sich hin, ohne Fernando zu beachten. Er beschloss, dem Weg noch ein Stück zu folgen. Er wusste eigentlich nicht so recht warum.

Auf dem kleinen Plateau über der Kehre stutzte er und hielt erneut an. Der Wegesrand war unnatürlich mit Gesteinsbrocken gesäumt. Sie lagen wie willentlich aufgereiht direkt am Abgrund. Es sah aus, als habe sie jemand von dort aus hinabwerfen wollen.

Don Miguel schaute über den Rand. Er befand sich genau über der Absturzstelle. Sofort war ihm klar: Von hier aus hatte jemand bei Javiers Sturz nachgeholfen! Zentimeter für Zentimeter suchte er das Plateau ab. Er fand Schuhabdrücke und Schleifspuren. Schließlich sah er auch noch ein hellgrünes Lederbändchen zwischen den Steinen liegen. Er nahm es zwischen die Finger, hielt es Fernando vor die Nase und fragte: „Weißt du, was das ist?"

Der Junge brauchte nicht lange zu überlegen, dann sprudelten aufgeregte Worte aus seinem Mund: „Solche Bändchen tragen die Moya-Jungen. Grün ist, wenn ich mich richtig erinnere, die Farbe von Pedro."

„Dann hast du gerade den Mörder deines Bruders beim Namen genannt", erwiderte Don Mario mit gequälter Stimme. „Dieses Geschmeiß wird erst Ruhe geben, wenn es gänzlich vernichtet ist", setzte er grimmig hinzu. „Ich will den Kerl tot haben. Du hast dich nicht verhört!"

Fernando sah seinen Vater zweifelnd an. Doch je länger er über dessen Worte nachdachte, desto klarer wurden sie ihm. Leider gehörte sein Freund Rafael auch zu diesem Geschmeiß!

Für einen Moment erwog Don Miguel, Fernando könne zu Fuß nach Hause gehen. Er wollte statt seiner den toten Javier auf dem Pferderücken mit sich nehmen. Schließlich erschien ihm ein solcher Transport zu unwürdig. Einige seiner Leute würden Javiers letztes

Geleit mit einem Wagen ausführen. Auf diese Weise würde er auch selbst schneller heimkommen und konnte den feigen Mord zur Anzeige bringen. Das grüne Lederbändchen steckte er sorgsam in seine Jackentasche. Es war sein wichtigstes Beweisstück. Ihn dürstete es gewaltig nach Rache!

Wieder zu Hause nahm sich der Patron seinen Jüngsten vor: „Junge, merk dir, jemand von Stand, wie wir, weist niemals eine Herausforderung zum Kampf zurück. Du musst nun alle Moyas ein Leben lang hassen und danach trachten, ihnen zu schaden, wo immer es geht. Ein Moya ist schließlich der Mörder deines Bruders! Gib diese Verpflichtung an Kinder und Kindeskinder weiter. Versprichst du mir das?"

Fernando war völlig verwirrt, doch er nickte gehorsam.

Die beiden Beamten der Guardia Civil, die Don Miguels Haus bald darauf aufsuchten, hatten keinerlei Zweifel an der Beweisführung des Hausherrn. Zu Javiers Tod protokollierten sie: „Mord durch heimtückischen Steinschlag am Hang. Tod durch Genickbruch."

Pedro Moya wurde zur Fahndung ausgeschrieben.

Schon um die eigene Geschäftigkeit zu dokumentieren, ließen sie die Suche nicht geräuschlos vonstattengehen. So kam Freunden der Moyas der Fahndungsaufruf recht schnell zu Ohren. Ihre Warnung erreichte deren Hütte noch vor der Polizeistreife, und Pedro war bei ihrem Eintreffen schon untergetaucht.

Am Nachmittag hatte Fernando Navarro Gelegenheit, sein Versprechen dem Vater gegenüber unter Beweis zu stellen. Er sah Rafael Moya am Feldrand stehen. Freude wollte in seinem Herzen aufblitzen. Schuldbewusst verkniff er sie sich. „Wenn ich die Zeit zurückdrehen und was passiert ist, anders schreiben könnte, würde ich das tun? Ja, ich würde es tun", dachte er. Es war aber nicht möglich, und Rafael gehörte zu der Familie, die seinen Bruder auf dem Gewissen hatte! Statt Freude blitzte nun Hass in seinen Augen.

Rafael schaute ihn trotzig an und kam ihm zuvor: „Bedenke, was du sagen willst. Schließlich waren wir Freunde. Mit Worten ist es wie mit verschütteter Ziegenmilch, man kann sie nicht wieder einsammeln, sie bleiben im Raum."

Ihre Wege trennten sich, ohne dass Fernando ihm antwortete. Das sollten die letzten Worte zwischen ihnen gewesen sein.

Die Polizisten trafen auf eine versteinerte Mutter, die Rafael, ihren Jüngsten, so festhielt, als wolle sie ihn nicht auch noch verlieren. Dann faltete sie die Hände über der Brust und blickte in die Wärme der Sonne, als müsse sie von deren schier endlosen Energie ein wenig Kraft schöpfen.

Zur Sache selbst blieb sie eine Antwort schuldig. Die Polizisten entdeckten den kleinen Lederriemen um Rafaels Handgelenk und fanden Don Miguels Beweisführung bestätigt. In der rechten Hand des einen Gendarmen blitzte ein Messer auf und er schlitzte das Bändchen entzwei. „Wichtiges Beweismittel", murmelte er und packte es in seine Tasche.

Das leidvolle Weiterleben der Hinterbliebenen

Mit einem Mal war die Hütte viel zu groß.

Maria gestattete ihrem Jüngsten, in dieser Nacht bei ihr im Bett zu schlafen. Sie schlug ihm die verwaschene Bettdecke auf, sortierte die Kissen der niedrigen Bettstelle zu einer Rückenlehne und hieß ihn sich hinlegen.

Sie war so im Unreinen mit der Heiligen Dreifaltigkeit, dass sie seit Langem einmal das Abendgebet ausließ.

Die Nacht verbrachte sie schlaflos. Sie nahm kein Ende. Jede Minute krallte sich fest und ließ sie an Pedro denken. Die schwachen Atemgeräusche Rafaels gaben ihr wenigstens das Gefühl, nicht allein zu sein und noch gebraucht zu werden.

Jeden Tag seit dem Verschwinden ihres Mannes hatte Maria gezählt. Die Ungewissheit hatte sie innerlich und äußerlich erstarren lassen. Sie betrachtete alles um sich herum mit wachsender Gleichgültigkeit. Ihr früher weiches Herz war versteinert.

Von Pedro hörte sie viele Tage nichts. Sein Suchbild hing allerdings überall an den Wänden. Don Miguel hatte darauf gedrängt und für eine zusätzliche Anzahl Plakate gezahlt.

Nach dem Wochenende sprach keiner mehr von dem Mord. Das bombastische Begräbnis Javiers war stattdessen in aller Munde. Javiers Sarg hatte man unter einem Blumenmeer von Kränzen und Gestecken fast nicht sehen können. Don Miguel war aufrecht hinter dem Sarg hergegangen. Er trug einen schwarzen Anzug, ein weißes Hemd mit aufgesetztem Kragen und hervorstehenden Manschetten, die vor Stärke strotzten.

Der Priester meinte tröstend: „Wir müssen akzeptieren, dass Gott beschlossen hat, Javier Navarro zu sich zu holen."

„Der verdammte Moya ist doch nicht Gott", dachte Don Miguel entrüstet. Er wollte solchen Trost nicht und fühlte in diesem Moment keine Trauer, sondern nur Hass und Wut gegen den Mörder und seine Sippe.

Seine Frau Laura ging einige Schritte hinter ihm. Sie verbarg ihre Gleichgültigkeit hinter dem Schleier. Ihre Anteilnahme hielt sich in Grenzen, ging es doch nicht um einen leiblichen Sohn. Außerdem hatte Javier zu Lebzeiten immer recht hochmütig über sie als Stiefmutter hinweggesehen.

Don Miguel erahnte, als er sich kurz umdrehte, mit Verbitterung ihre Gefühle. Sie wich seinem Blick mit verlegenem Gesichtsausdruck aus. Er schaute sofort wieder geradeaus und beschleunigte seinen Schritt, um zum Sarg aufzuschließen. „Warum ist sie nur so lieblos? Habe ich ihr nicht immer alles geboten?", fragte er sich.

Der Grund für ihre Haltung war naheliegend. Donna Laura litt unter dem großen Schatten Miguels erster Frau Dolores. Sie gab ihm daran die Schuld. Selbst ihre gemeinsame Tochter hatte er nach seiner ersten Frau benannt, und das Herrenhaus trug noch immer den Namen „Casa Dolores"!

Der Geistliche hatte die Erregung Don Miguel Navarros mitbekommen, darum wechselte er bei seinen nächsten Worten ins Latein: „Subvenite sancti Dei, occurite angeli Domini, suscipiens animam eius!" – Kommt zu Hilfe, ihr Heiligen Gottes, eilt herbei, ihr Engel des Herrn, diese Seele aufzunehmen!

Dieses Sterbegebet erschien ihm geeignet, weitere Wutausbrüche des Plantagenbesitzers zu unterbinden. Der achtete nur auf mechanische Geräusche. Da war das Kreischen der Schaufeln, die die Erde glätteten. Dann hörte er das Schnaufen der Männer, die den Sarg mit den Seilen in das Grab senkten, und schließlich die leichten Schläge, als das Holz des Sarges die Grubenwände schrammte.

Für Donna Maria ging derweilen der Albtraum weiter. Wie sollte sie ihren Lebensunterhalt bestreiten? Für sie wurde es ohne Manolos Unterstützung immer schwerer, ihr Leben zu fristen.

Zunächst konnte sie das Nötigste mit dem Verkauf von selbst produzierten Lebensmitteln bezahlen. Ihre Hühnereier wurden auch von den Putschisten gern genommen. Es hatte sich herumgesprochen, dass sie immer besonders frisch waren. Das Eidotter war tiefgelb und das Eiweiß zog sich in heißem Öl zusammen, anstatt zu verlaufen.

Aber bald verboten die neuen Amtsinhaber aus reiner Schikane den privaten Kleinhandel und geißelten ihn als Schwarzhandel.

Angstvolle Fragen türmten sich vor ihr auf: Wie war es möglich, wenigstens Rafael vor der Rache der Navarros zu schützen?

Würde Pedro seinen Verfolgern entkommen? Ein Lebenszeichen war er ihr schon länger schuldig geblieben. Nur über Freunde hatte sie von ihm gehört. Für sie stand fest, er konnte sich hier in der näheren Umgebung nicht auf Dauer vor seinen Häschern verbergen. Wenn es nach ihr ging, musste er außer Landes. Welche Möglichkeiten es da gab, wollte sie in Erfahrung bringen. Dann wollte sie ihren Sohn beknien, ihrem Rat zu folgen, wenn sie ihn noch einmal wiedersah.

Antonio Vidal Arabi verabschiedet sich von der Insel

Antonio Vidal Arabi verbarg sich wie Pepe, El Catalán vor seinen Häschern zeitweise in Santa Cruz in einem Grab des Friedhofs San Rafael und San Roque. Dann wieder nahm er Unterschlupf im Wäldchen der Casal Catalá. Dort war es nass und kalt, und er dachte so manches Mal verzweifelt: „Wann werde ich endlich mal wieder in einem richtigen Bett schlafen?"

Auch in der Calle de la Marina hatte er ein Versteck. Im Haus des CNT-Funktionärs Juan José Coba Cabrera, nahe bei El Toscal, konnte er über Wohnraum verfügen, weil Coba selbst in Fyffes einsaß. Diesen Unterschlupf schätzte Vidal Arabi besonders, denn mitten in „feindlichem Gebiet" wurde er, so glaubte er, am wenigsten gesucht.

Da ihn die Faschisten als einen der wichtigsten Führer der Rebellion unbedingt inhaftieren wollten, wurde seine gesamte Familie – einschließlich Bruder und Schwager – immer wieder zum Amt für Nachforschung und Überwachung bestellt. Die Befragungen wurden für sie zur Qual. Ihre Wohnungen wurden systematisch durchsucht, Schubladen böswillig herausgerissen und selbst alles, was nie im Leben Versteck für ihn sein konnte, auf den Kopf gestellt. Mutwillig zerstörter Hausrat blieb jedes Mal zurück und machte sie noch ärmer.

Das Amt für Nachforschung lag im Justizpalast und stand unter der Leitung von Capitán Manuel Otero Rubido und Capitán Aurelio Matos Calderón – beide von der Artillerie – bekannt für grausame Verhörmethoden. Sie machten vor der Folter nicht Halt. Den beiden Offizieren gelang es trotz aller Anstrengungen nicht, den Aufenthalt von Vidal Arabi in Erfahrung zu bringen. Doch sie gaben nicht auf.

Immer wieder wurden seine amtsbekannten Adressen aufgesucht. Zunächst hatte Vidal Arabi in der Calle Castillo gewohnt. Mit wachsendem Erfolg als Bildhauer baute er für sich und seine Familie ein Haus in der Avenida San Sebastián Nummer 66. An seinem letzten offiziellen Wohnsitz in der Nähe des Friedhofs, wo er auch seine Werkstatt unterhielt und Grabsteine aus Marmor und Felsgestein herstellte, tauchten regelmäßig Beamte auf.

Vidal Arabi war in seinen Verstecken nicht untätig. Er arbeitete an einem Angriffsplan gegen das Militärgefängnis im Süden der Insel. Der Angriff sollte zwar von außen beginnen, dann aber mithilfe der Gefangenen von innen zum Erfolg geführt werden. Der Einsitzende Juan José Coba Cabrera war zunächst Feuer und Flamme und wollte den Plan mittragen. Dann obsiegte jedoch seine Furcht, es könne dabei zu einem Massaker an den Inhaftierten kommen. So kam der Plan über eine Idee nicht hinaus. Vidal Arabi schäumte vor Wut über die Feigheit des Gewerkschaftsfunktionärs, denn er brauchte für sein Selbstwertgefühl endlich wieder einen Erfolg. Er gab deshalb nicht auf und schmiedete weitere Pläne.

Bei einem geheimen Treffen der CNT und FAI gewann er mehrere Teilnehmer für einen anderen Anschlag gegen die neuen Herren. Auch der bedurfte längerer Planung.

Am 19. Dezember schließlich enterten sie das Motorschiff Tinerfe. Dessen Mannschaft hatte es gerade an der Mole des Nordhafens von Santa Cruz festgemacht. Mit dem Schiff wollten sie für ihren Kampf gegen Franco Hilfe von außen herbeiholen. Vidal Arabi hatte eingesehen, dass der Widerstand auf der Insel allein nicht stark genug war, um zu siegen.

Ob die Männer auf dem Meer Angst vor der eigenen Courage erfasste oder ob es andere Gründe gab, die sie ihren Plan ändern ließen, sollte ihr Geheimnis bleiben. Jedenfalls fuhren Vidal Arabi und seine Kumpane mit dem Schiff ins Unbekannte und kehrten niemals zur Insel zurück. Vielleicht war es eine göttliche Fügung, die den klügsten Kopf der Rebellion, anders als die meisten seiner Mitstreiter, lebend entkommen ließ. Später hielt sich das Gerücht, Vidal Arabi habe unter dem Namen Martin Herrera Mendoza eine neue Identität angenommen und in verschiedenen Propagandaabteilungen der CNT in Afrika, England und Frankreich gearbeitet. Freunden soll es gelungen sein, ihn bei einem Bombenabwurf aus einem Flugzeug der Falange am 4. Januar 1937 in Madrid vor dem Majadahonda scheinbar sterben zu lassen. Seine Häscher jedenfalls nahmen ihn danach aus ihren Fahndungsbüchern!

Buenos días, Venezuela!

Maria Moya suchte eine Fluchtmöglichkeit für Pedro und wollte dafür heute Manolos Vetter Pablo Cotarelo um Hilfe bitten. Cotarelo war von den rechten Brigaden bisher verschont geblieben. Er war kein Plantagenarbeiter, sondern mit seiner Schuhmacherei eben ein Handwerker mit einem kleinen Einzelbetrieb. Darin war er immer für sich geblieben. Er hatte nie an politischen Veranstaltungen teilgenommen, war bei keinen Protestmärschen mitmarschiert und wahrscheinlich deshalb für die Inquisitoren höchstens ein Fragezeichen.
In seinem Herzen war Pablo jedoch einer der ihren, das wusste Maria genau. Er hatte heimlich dem einen oder anderen zur Flucht verholfen. Seine Bemühungen wurden außerhalb Icods von „guten Freunden" unterstützt. Er arrangierte Fluchthilfe bis ins Ausland, war Maria bekannt.
Auf der Insel hatten, nach Hungersnöten, Fehlernten und Epidemien, schon immer die besten Söhne das Glück durch Auswandern gesucht. Zurzeit war es nicht anders. Vom Hafen in Santa Cruz gingen alle drei Tage Schiffe nach Übersee. Maria wollte nichts mehr, als Pedro außer Landes und in Sicherheit wissen.
Pablo Cotarelo hatte ihr geduldig zugehört und dann Hilfe versprochen: „Die großen Schiffe nehmen manchmal ein paar Hilfsmatrosen

auf, die gegen Arbeit ohne Heuer ihre Überfahrt verdienen. Die Kapitäne sind sogar bereit, für die Hafenpolizei etwas Geld in die Hand zu nehmen, wenn bei einem Flüchtling die Papiere nicht in Ordnung sind. Venezuela ist zurzeit als Reiseziel der Geheimtipp. Dort erwacht eine junge Erdölindustrie. Man sagt ihr eine große Zukunft voraus. Schon heute werden tüchtige Leute gebraucht, die zupacken können, und ihr Moyas seid tüchtig."

Maria nickte und fühlte, wie Stolz in ihr aufstieg. Doch sofort wurde sie wieder unsicher: „Aber wie kommt Pedro nach Santa Cruz? Du weißt, ich bin allein und muss ohne Hilfe für mich und die Jungen aufkommen. Pedro müsste eigentlich vom Alter her meine Stütze sein, doch jetzt ist er meine größte Last. Ich habe keine Pesete zu verschenken, glaub mir, wir haben unser Häuschen, ein paar Haustiere und sonst nichts. Niemand wird Pedros Flucht ohne Entgelt organisieren!"

Pablo legte seine große Hand auf ihren Arm, tätschelte ihn tröstend und erwiderte: „Sei nicht so verzweifelt. Wir sind eine Familie und müssen zusammenhalten. Lass mich nur machen. Ich habe Freunde, die mir etwas schuldig sind. Sie können Pedro mit ihrem Fischerboot zur Hauptstadt bringen. Allerdings müssen sie vor Morgengrauen hinaus, wenn die faulen Kerle der Guardia noch zu träge sind, mit ihren Kanonenbooten Patrouille zu fahren. Gib mir eine Woche, dann hörst du von mir."

Man hätte einen lauten Aufschlag hören müssen, so schwer war der Stein, der Maria vom Herzen fiel. Tränen der Rührung traten ihr in die Augen. Sie drückte ihren Kopf an Pablos Brust und hauchte ein ehrliches „Danke". Schnell löste sie sich wieder von ihm; sie war eine verheiratete Frau und wollte nicht unschicklich sein. Sie flüsterte aber ein weiteres „Danke", küsste die fünf Fingerspitzen ihrer rechten Hand und sagte mit weicher Stimme: „Du bist ein guter Mensch. Ich werde mit Ungeduld auf deine Nachricht warten. Du wirst verstehen, wie ängstlich das Herz einer Mutter ist. Jeder Tag voll Ungewissheit lässt mich in Riesenschritten älter werden. Gott segne dich für dein Tun!"

Als sie ging, trug sie, trotz des neuen Hoffnungsschimmers, noch immer ihr verhärmtes Leidensgesicht. Die vielen Sorgen, die sie quälten, waren durch Pablos Versprechen nicht vertrieben.

Als der sie so sah, dachte er voll Mitleid: „Es türmen sich einfach zu viele Probleme auf einmal vor ihr auf."

Die Witterung war lau und freundlich, gar nicht passend zu dem düsteren Geschehen ringsumher. Maria setzte sich an den Holztisch vor dem Haus. Sie war mit ihren Sorgen wieder allein. Sie machte eine Sturmlampe an, wie die Fischer sie auf ihren Booten mitführten. So war es mit Pedros Kumpan verabredet, wenn sie für ihren Jungen Neuigkeiten hatte. Ihre Hände stemmten sich in den Rand der schweren Tischplatte. Sie wehrte sich dagegen, niederzusinken und zu weinen. Was hatte sie ihrem Gott getan, dass er sie so bestrafte? Wäre nicht noch eine bange Hoffnung in ihr, Manolo könnte doch noch leben, und hätte sie nicht Sorge zu tragen für ihre beiden Söhne, dann hätte sie längst resigniert und den Gedanken an bessere Zeiten aufgegeben. So aber war ihr Denken damit beschäftigt, wie sie ihre Söhne schützen könnte.

Rafael sah sie am liebsten oben am Berg bei Großvater. Bei „Abuelo" war er sicher, bis dorthin würden die Unruhen nicht dringen. Dort oben unter dem klaren Nachthimmel wachte der große Bär über ihn. Nur vor dem Weg dorthin hatte sie Angst. Auf dem konnten die Schergen der Falange ihn aufgreifen oder die Navarros an ihm Rache nehmen.

„Spute dich, dass du schnell in die Einsamkeit des Hangs kommst", mahnte sie ihn vor jedem Aufbruch. „Ich möchte nicht einen weiteren meiner Männer verlieren." Sie wusste, das Wort „Männer" schmeichelte ihm.

Maria starrte noch eine Weile in das intensive Licht um den Docht. Der Schein der Lampe war von goldenem Gelb, wie die Mangos am Baum im Garten. Ihre müden Hände waren gefaltet, und sie bedachte voller Trauer den so kurzen Weg von Antonios Leben. Von der Stunde seiner Geburt an bis zu seinem gewaltsamen Tod am Ufer der See zog alles nochmals an ihr vorbei. Nicht einmal die Hoffnung, Fischer zu werden, haben wir ihm erfüllen können, warf sie sich vor. Sie hatten ihm keine Zeit gegeben, sich selbst zu finden. Er starb nicht zur Strafe für eigenes Fehlverhalten, sondern wegen reiner Tötungslust einiger schäbiger Henker.

„Da ist im Bösen etwas zusammengestoßen, was im Guten niemals zusammengekommen wäre", dachte sie verzweifelt.

Demütig erkannte sie, dass sie längst nicht alle Fäden ordnen konnte, die durch ihre Hände liefen. Sie war eben doch dem göttlichen Gewebe unterworfen, das über den Menschen lag und dessen Maschen sich so manches Mal grausam zusammenzogen. Wie konnte Gott aber gerade ihr so viel Unglück angedeihen lassen? Waren doch nicht nur seine kirchlichen Vertreter auf der Seite der Reichen? Hatte Manolo immer recht gehabt? Wie gern würde er diese Überlegungen hören. Was würde sie dafür geben, wenn er vor der Tür stände! Sie würde ihre Gedanken dafür sogar laut aussprechen. Sie hustete gegen ihr Schluchzen an. Ihr fröstelte. Sie stand schwerfällig auf und ging hinein. Vom Abendessen rührte sie keinen Bissen an, obwohl es vorbereitet auf dem Tisch stand.

Die Nacht verbrachte sie, ohne ein Auge zuzutun.

Rafael findet Trost und Sicherheit bei seinem Großvater

Heute war es für Rafael wieder an der Zeit, Großvater auf dem Berg zu besuchen. Seine Mutter hatte für Abuelo ein Bündel mit Vorräten gepackt und gab ihm die letzten Anweisungen für den Aufstieg. Sie war wieder in Angst um ihn, weil er den langen Weg allein antrat, und hatte ihm angeboten, das erste Stück mitzugehen.

„Mutter, ich bin doch schon neun Jahre alt." Rafael versuchte ihr die Angst zu nehmen, doch sie schaute ihm von der Haustür aus sorgenvoll nach, bis sich seine Gestalt im Schleier des leichten Nieselregens verlor. „Heilige Maria, lass ihn gesund zurückkommen!", betete sie vor sich hin.

Rafaels Vorfreude auf das Wiedersehen war groß. Zunächst ging es vorbei an schmalen Äckern, die ihre Besitzer dem felsigen Hang abgetrotzt hatten. Einige der Flächen verwilderten schon, weil nach den Säuberungsaktionen der Falangisten überall Männermangel herrschte und die Felder nicht mehr bearbeitet wurden. Es waren nur noch die Alten da, und die brachten die erforderliche Kraft für den Kampf gegen die Versteppung nicht mehr auf.

Bald schmiegten sich Wolfsmilcheuphorbien in den Hang, alle ein wenig landeinwärts gewachsen. Der Wind vom Atlantik her zwang ihnen diese gebückte Haltung auf. Die graugrünen Büsche des Drüsenginsters wurden immer zahlreicher. Die Luft wurde mit jedem Schritt feuchter und kühler, und die aufkommende Kälte verdichtete die Nässe zu Nebelschwaden.

Den Rand des Kiefernwaldes sah der Junge nur noch in bizarren Umrissen, aber er witterte schon den typischen Geruch seiner Nadeln. Er liebte diese frische, unverbrauchte Luft. Sie war frei von den Ausdünstungen der Menschen, dem Gestank der Tiere und des Unrats in der Nähe der ärmlichen Behausungen unten im Tal. Je feuchter es wurde, desto öfter streiften seine Beine das harte, aber biegsame Bambusrohr, das hier wuchs. Diese Pflanzen brauchten viel Wasser, genauso wie die Eukalyptusbäume, deren würziger Hauch bald die Luft schwängerte.

Rafael bewunderte und liebte seinen Großvater zugleich. Abuelo ruhte in sich, seine Haltung, sein Gesichtsausdruck und seine Bewegungen waren bedacht und niemals vorschnell.

„Er repräsentiert die Weisheit des Alters, obwohl er doch noch gar nicht so alt ist", hatte die Mutter schon des Öfteren gesagt.

Kurz bevor Rafael das Zuhause seines Großvaters erreichte, stieß er den Erkennungspfiff aus. Er musste auf Abuelos Antwort nicht lange warten, und bald lagen sie sich zur Begrüßung in den Armen.

Rafael schätzte es besonders, wenn Don Mario ein Kaninchen in einer Schlinge gefangen hatte und sie hernach zusammen in einer geschützten Felsmulde saßen und an Stöcken Fleischstücke im prasselnden Feuer brieten. Der Junge war stolz, Holz nachlegen zu dürfen. Unten am Haus war ihm strikt verboten, mit offenem Feuer zu spielen. Bei Trockenheit war die Gefahr eines Brandes zu groß. Er konnte auch ewig lange in die Flammen sehen, wie sie stiegen, loderten und sanken. Wie die Funken aufstiegen und knackend zerbarsten. Es faszinierte ihn, wenn die Farbe des Feuers beim Abbrennen in Gelb, Rot und Blau wechselte. Wenn der Wind den Rauch in seine Richtung drehte, zog er ihn gierig ein und schmeckte im Voraus das würzige Fleisch mit dem Harzgeschmack der verglühenden Kiefernzapfen.

Das Feuer machte ihn nachdenklich und irgendwann auch schläfrig. Sie saßen zusammen, bis die Flammen zu sterben begannen, und Rafael nahm den tröstlichen roten Schein mit in seine Träume. Abuelo blieb meist noch zurück, er brauchte viel weniger Schlaf als sein Enkel. Hier oben war sein Reich, und das galt es zu bewachen.

Tagsüber bescherte das Leben in der Höhe besondere Freuden. Wenn man zwischen den Felsen saß, konnte der Blick in die Weite schweifen, bei guter Sicht bis zur nächsten Insel. Wenn die Hitze drückend wurde, zog man sich zwischen die mächtigen Kiefern zurück, wo einen Harzgeruch streichelte, Licht und Schatten im Wechsel spielten und der Wind die hohen Gipfel leicht bewegte und für Frische sorgte.

Großvater erzählte gern Geschichten. Heute aber hatte Rafael eine Frage, die ihm der Alte beantworten sollte: „Großvater, kennst du Juan Garcia? Sie nennen ihn auch El Corredera."

Don Mario sah ihn mit seinen alten, halb geschlossenen Augen an und antwortete mit einer Gegenfrage: „Warum fragst du?"

Der Junge erklärte es ihm bereitwillig: „Pedro wird, wie du weißt, von der Guardia Civil gejagt. Er ist auf der Flucht, und ich habe ihn zu unserer Mutter sagen hören: ‚Ich werde es wie El Corredera machen.' Nach Mutters Meinung hingegen ist Pedro längst nicht mehr sicher. ‚Irgendwann wird der Dümmste bemerken, dass du bei deinen Freunden untertauchst. Zu viele Mitwisser sind gefährlich', warnte sie ihn zuletzt. Sie hätte es lieber, Pedro würde sich bis nach Santa Cruz durchschlagen und mit einem Schiff nach Venezuela fliehen. Dort suchen sie Arbeiter für die Erdölindustrie. Dort wäre er in Sicherheit."

Don Mario wiegte voller Mitleid den Kopf und murmelte: „Die arme Maria."

Rafael stimmte ihm zu: „Ja, Mutter beginnt immer zu weinen, wenn sie hört, dass Pedro darauf beharrt, sich weiter zu verstecken. Sie lässt nicht ab, ihn in ihrem Sinne zu beeinflussen. ‚Du hast schon nicht auf mich gehört, als ich euch bat, keine Rache zu üben', wirft sie ihm vor. ‚Hör wenigstens dieses Mal auf mich. Mir sagt mein Gefühl, dass El Corredera nur ein kurzes Heldenleben haben wird, sie werden ihn fassen und grausam töten. Nimm ein Schiff, auch wenn ich dich dann aus den Augen verliere. In der Fremde hast du die größere Chance zu überleben, und das ist mir wichtiger, als dich zu sehen. Ich möchte keine weiteren Toten in der Familie erleben, bevor ich sterbe.'"

„Die Gute hat mich vergessen", unterbrach ihn Don Mario mit einem Schmunzeln.

„Du stirbst noch lange nicht, Großvater", widersprach ihm Rafael schnell. „Aber nun erzähle mir bitte, was es mit El Corredera auf sich hat."

„Oh Rafael, du und Pedro seid wie Wasser aus zwei Brunnen, das im selben Topf kocht."

Sein Satz verwirrte den Jungen, aber dieses Mal fragte er nicht nach, denn er fühlte, dass es etwas Besonderes war, was Großvater damit ausgesprochen hatte.

Dann setzte sich der Alte in eine bequeme Position und begann: „El Corredera ist ein Lederarbeiter aus Telde. Dieser Ort liegt auf Gran

Canaria. Man nennt ihn wegen seines Berufs El Corredera, den Riemenschneider. Er war einer der Männer, die am 18. Juli bewaffneten Widerstand gegen den Putsch der Generäle ausübten, was ihn nach dem Zusammenbruch des Widerstands dazu zwang, sich vor Militär und Polizei zu verstecken.

Bislang gelang es ihm, gemeinsam mit einem Freund, den Nachstellungen zu entkommen. Als passionierter Jäger kannte er sich in den Waldgebieten gut aus. Verlassene Höhlen und verborgene Plätze im Wald wurden für ihn zum lebenswichtigen Unterschlupf. Heute verbirgt er sich allein, denn sein Kumpan wurde geschnappt. Er verkleidet sich zum Schutz sogar als Frau und ändert immer wieder seinen Namen. So verspottete er Polizei und Militär immer aufs Neue und wurde zur Berühmtheit, zum Symbol des Widerstands gegen General Franco und seine Putschisten. Von allen Seiten erfährt er Hilfe.

Als er mal wieder eine Stippvisite bei seinen Angehörigen machen wollte, lief ihm einer seiner schlimmsten Verfolger über den Weg. Wieder konnte er entkommen, aber er musste seinen Feind erschießen. Bei dem Schusswechsel wurde aus Versehen auch noch ein junger Dorfpolizist von den eigenen Leuten erschossen. Nun ging die Jagd auf El Corredera erst richtig los, denn man schob ihm den Tod des Gendarmen in die Schuhe. Man setzte für seine Verhaftung die ungeheure Summe von 10 000 Peseten aus, und viele Leute gieren nun danach, ihn zu fassen. Am härtesten trifft ihn der Medienrummel. Viele scheuen sich inzwischen, ihm noch zu helfen. Seine Verstecke muss er in immer größerer Entfernung von den Dörfern suchen. Er lebt wohl nur noch in der freien Natur. Man kann aber auf Dauer nicht ohne eine häusliche Bleibe sein, wenn man über der Erde geboren ist. El Corredera steht zwar als Symbol für den Widerstand, aber ich glaube wie deine Mutter, trotz des Mythos, unfassbar zu sein, wird er ein ungutes Ende nehmen."

Rafael hatte gebannt zugehört und verstand nun viel besser, warum seine Mutter Pedro bedrängte, mit dem Schiff nach Venezuela zu fliehen.

Es war Zeit geworden, schlafen zu gehen. Abuelo hatte einen Strohsack für ihn bereitgelegt. Schläfrig klimperten seine Augenlider als letzte Gegenwehr gegen die nächtliche Bewusstlosigkeit. Der Vollmond tauchte die Umgebung in kaltes Licht und hob Büsche und Bäume als dunkle Konturen hervor. Rafael war es, als würde er im Mondlicht baden, dann schlief er trotz der vielen Eindrücke traumlos durch bis zum nächsten Morgen.

Unten in ihrem Haus haderte Maria Moya mit Gott. „Estoy al fin de los nervios!" – „Ich bin mit den Nerven am Ende, oh Herr. Mein Herz ist tot, ist mit Manolo gegangen." Zum ersten Mal gab sie ihren Befürchtungen Raum, dass es ihn nicht mehr gab. „Ich atme nur weiter der Kinder wegen, fühle mich aber wie ein Blatt Papier, auf dem die Schrift verblichen ist."
Sie ging ans Fenster und schaute aufs Meer hinaus. Ihr Blick schweifte in die Ferne, dorthin, wo sie sich Pedro wünschte. Das Wasser glitzerte in der aufgehenden Sonne wie ein goldener Schatz. Hoffentlich würde Pedro sein Glück dort draußen finden, das wünschte sie sich leise und nahm dafür Gott in die Pflicht. Er hatte ihr schon genug Prüfungen auferlegt. Sie biss sich ins Handgelenk, um nicht aufzuschluchzen. Selbst Hoffnung schmeckte nur noch bitter!

Pedro Moyas Flucht

Pablo Cotarelo hatte nicht zu viel versprochen. Die Flucht für Pedro war binnen Wochenfrist arrangiert.
Wieder bekam Maria Moya ihren Sohn nicht zu sehen, er verhielt sich so scheu wie ein wildes Tier. Sie musste die notwendigen Direktiven für die Reise seinem Freund aufgeben. Ein weiteres Mal zeigte sie, dass sie mit der Rückkehr ihres Ehemanns nicht mehr rechnete. Sie

gab dem Freund für Pedro Manolos Zigarettenetui als Erinnerungsstück mit und bat ihn, den Sohn für sie in die Arme zu nehmen. „Das Kästchen hat Pedros Vater selbst aus Bambusholz gefertigt", erklärte sie ihm.

Nun wartete sie voller Angst auf eine Nachricht der Fischer. Die kam bald und war positiv. Pedro hatte die Hauptstadt in zwei Etappen erreicht. In Puerto de la Cruz musste er sich für zwei Stunden zwischen der Ladung unter Planen verstecken, bevor es weiterging. In Santa Cruz fanden die Fischer ohne Probleme das Überseeschiff und Pedro kam wohlbehalten an Bord.

El Cataláns Festnahme und Verurteilung

Im November wurde Francos Regierung vom Deutschen Reich und vom faschistischen Italien anerkannt und danach von beiden sowohl politisch als auch militärisch offen unterstützt. Dieser Monat sollte für El Catalán zum Schicksalsmonat werden.

In der zweiten Novemberhälfte wurde er um sechs Uhr in der Nähe des Marktes von Santa Cruz von zwei Fahndungs- und Überwachungsbeamten entdeckt. Er stand dort mit den Händen in der Tasche und unterhielt sich leise mit einer Frau, die Kleider verkaufte. Don Angel Gutiérrez und Antonio Afonso Fernaud riefen einige Gardisten zu Hilfe. Dann hieß es: „Alto!", Hände hoch! Sie konnten die Verhaftung gemeinsam vornehmen und brachten El Catalán auf die Wache. Dort ließen sie ihn für einen Moment mit einem Wächter allein.

El Catalán nutzte den Augenblick, um sich mit einer Pistole freien Weg zu erzwingen. Er schoss in die Luft. Aufgeschreckt von der lauten Detonation, blieb es den Beamten zunächst unklar, von wo der Knall überhaupt herkam. Don Angel Gutiérrez erkannte als Erster, was Sache war. Sein schnelles Eingreifen verhinderte die endgültige Flucht. El Catalán erlitt bei der erneuten Festnahme leichte Verletzungen und wurde in die Casa de Socorro gebracht. Er versuchte sich mit einer scharfen Rasierklinge, die er in einer Zündholzdose stets mit sich trug, selbst zu töten. Es reichte aber nur für geringfügige Schnitte am Hals, dann war er erneut arretiert.

Er brach endgültig zusammen und gab auf Befragung zu, Martin Serasols Treserras zu sein, der Pepe El Catalán oder Pepe el Gordo genannt würde. Er bezeichnete sich als den Chef einer Aktionsgruppe der CNT, die für die Ausrüstung der Organisation mit Waffen zuständig sei.

Schon am 24. November begann ein öffentliches Kriegsgerichtsverfahren gegen ihn im Justizpalast von Santa Cruz.

Der Richter Don Aurelio Matos Calderón sah ihn mit strengem Blick an und sagte: „Ich eröffne das Verfahren gegen den Angeklagten Martin Serasols Treserra, genannt Pepe El Catalán oder auch Pepe El Gordo. Angeklagter, treten Sie vor, Sie werden aufgefordert, nur die reine Wahrheit zu sagen." Die Worte kamen kühl und emotionslos über seine Lippen, dabei registrierte er jede noch so kleine Reaktion seines Gegenübers.

El Catalán trat vor. Mit seinen 1,56 Metern wirkte er eher schmächtig. Nur seinem feisten Körperbau verdankte er den Spitznamen „Pepe, der Fettwanst". Er wandte dem Richter sein rundes Gesicht zu, kratzte sich nervös an seinem Bart und nickte.

Der Richter begann, seine persönlichen Daten aufzuzählen: „In Vila nahe Barcelona geboren, 36 Jahre alt, ledig und von Beruf Färber? Antworten Sie bitte laut und vernehmlich."

Die grünen Augen des Angeklagten blitzten für einen Moment widerborstig auf, doch dann antwortete er: „Ja, der bin ich." Dieses Mal kratzte er sich voller Anspannung an seinem dunklen Haarschopf.

„Am 18. Juli haben Sie an einer konspirativen Zusammenkunft teilgenommen. Dabei ist an diesem denkwürdigen Tag bei Gott Wichtigeres geschehen. Unser Generalissimo hat schließlich sein Manifest zum Aufbruch in eine neue und bessere Republik bekannt gegeben! Auch die tragischen Ereignisse auf der Plaza de la Constitución nahmen ihren Lauf. Das alles hielt Sie nicht von ihrem schändlichen Tun ab! Geben Sie zu, dass Sie bei der Versammlung des „Comité de Defensa Confederal de Canarias" anwesend waren und ihm angehören?"

Pepe El Catalán nickte verdutzt. Mit einem so langen Sermon des Richters hatte er nicht gerechnet.

Der fuhr selbstzufrieden fort: „Fand die Versammlung im Haus des Schreiners Jorge statt, dessen Haus hinter dem Tunnel in der Cueva Roja liegt, direkt an der Straße nach Los Campitos?"

Dieses Mal entfuhr dem Befragten ein resigniertes „Ja". Woher waren nur all diese Fakten bekannt?

„Haben die Rebellen Antonio Vidal Arabi, Francisco Bethencourt, Enrique Villaverde, Sixto Concepción, Silverio de Armas, Carballo Modesto, Nestor Mendoza, Francisco Infant, Zoilo Afonso, Florencio Afonso an diesem Treffen teilgenommen? Mit Isabel Hernandez soll auch mindestens eine Frau dabei gewesen sein?"

Der Richter zählte die Namen auf, um von Anfang an klarzumachen, wie umfassend die Kenntnisse des Gerichts über die Verwicklungen des Angeklagten waren.

Pepe reagierte entsprechend betroffen und nickte nur stumm. Dann entschloss er sich, doch noch einige unverfängliche Auskünfte hinzuzufügen: „Ja, es war gegen siebzehn Uhr, es dunkelte bereits und wir hörten Radio. Es waren, wenn ich recht erinnere, noch weitere Frauen anwesend, aber ihre Namen weiß ich nicht mehr."

„Was haben Sie beraten?", fuhr der Richter fort.

El Catalán fühlte sich so überfahren, dass er spontan die Wahrheit sagte: „Wir hatten einen Anschlag vor wie denjenigen auf der Plaza de la Paz. Auf jeden Fall sollte eine Einrichtung des Militärs betroffen sein."

„Hatten Sie denn dafür überhaupt die richtigen Waffen?"

Pepe warf sich stolz in die Brust und leierte herunter, was ihnen damals zur Verfügung gestanden hatte: „Siebenundfünfzig Pistolen, zwei Remington-Gewehre, eine Muskete, fünfzig Bomben, etwa siebzig verzinkte Rohrbomben und eine Menge Dynamit. Über den Ort des Attentats wollten wir uns am nächsten Tag bei einem weiteren Treffen verständigen."

Er verschwieg, dass die Waffen aus dem Arsenal der Gewerkschaft CNT stammten. Der Richter nickte zufrieden. El Cataláns Erklärungen stimmten mit seinem Kenntnisstand überein. „Die Waffen waren von der CNT", setzte er mit ungnädiger Stimme hinzu. Die Ermittler hatten gute Arbeit geleistet und andere Verhaftete aufs Schärfste verhört. Daher kam sein Wissen. Danach wollte er dem Angeklagten eine Falle stellen: „Das nächste Treffen fand im Haus Antonio Vila Solas statt?"

El Catalán zögerte einen Moment, dann widersprach er: „Das Treffen ist ausgefallen. Wir haben uns erst später auf Maßnahmen geeinigt."

„Nennen Sie die."

„So etwas wie den Anschlag an der Plaza de la Paz, wie ich schon sagte, die Beschädigung von Kasernen, Angriffe auf Pulvermagazine oder Sprengungen von Telefonmasten und Straßenbahnkabinen. Einige von uns sollten dafür Werbeaktionen in Kasernen durchführen, um junge Männer für unsere Sache zu gewinnen."

Er erzählte auf Drängen des Richters von einem Treffen in einem Straßencafé von Orotava in der Calle del Humo. Auch eine Zusammenkunft im Haus des Daniel Pérez musste er erläutern. „Dort wurden Waffen, Bomben und Munition verteilt. Sie wurden gemeinsam gereinigt und ihr Gebrauch geübt."

„Wie haben Sie sich untereinander verständigt?", fragte der Richter.

Er schilderte zögernd, wie ihre Geheimdossiers und das Propagandamaterial entstanden und zu den einzelnen Gefährten transportiert wurden: „Feliciano Perez Jorge in El Matanza fertigte die Meldungen auf seiner Reiseschreibmaschine. Von Margarita Rocha

Mata und Vincente Diaz Rubio und mehreren anderen wurden sie dann verteilt."

„Können Sie mir einen Propagandaaufruf der Gewerkschaften nennen?"

Nach kurzem Überlegen erfüllte Pepe den Wunsch des Richters: „Denkt immer daran, dass unser erbitterter Widerstand den Aufstand der faschistischen Generäle erst zum Bürgerkrieg hat werden lassen. Ohne uns hätten Franco und seine Kumpane schnell gesiegt. Durch uns wird nun in einem ruhmreichen Krieg die ungerechte Welt der Bourgeoisie endgültig in Stücke gesprengt! CNT/FAI!", sagte er stolz, ohne stecken zu bleiben, aus der Erinnerung auf. „Wir schleusten über den Soldaten Juan Ramallo auch Material in die Kaserne an der Plaza de Weyler, in deren Nähe General Franco seine Wohnung hatte. Ramallo war der Barbier des Kommandanten und hatte überallhin freien Zugang."

„Wer von Ihnen war der Schleuser?"

„Eine gewisse Margarita mit Vornamen wurde als Botin für die Anwerbung ausgewählt. Als Frau erregte sie am wenigsten Aufmerksamkeit, dachten wir, und unser Vorhaben gelang. Wir gewannen aus den Reihen der Soldaten wirklich Verbündete. Ihre Namen sind mir entfallen", fügte er rasch hinzu und sah, wie er mit dieser Lüge den Richter verärgerte.

Don Aurelio Matos Calderón nahm eines der Propagandapapiere in die Hand, welches er in den Akten hatte, und verlas es mit angeekelter Stimme:

„Hört, Soldaten, hört, Menschen von Teneriffa! In diesen Tagen trauert eine ganze Familie – Mutter, Frau und Kinder – um ihren von den Faschisten hingemordeten Sohn, Mann und Vater. Lieutenant Gonzalez Campos von den Sturmgardisten hat mit tapferem Herzen gegen die kriminellen Putschisten gekämpft, bis sein Blut als Todesstrahl floss. Steht auf, Soldaten, steht auf, Bürger von Teneriffa, er darf nicht umsonst gestorben sein! Nieder mit dem Faschismus, es lebe die Freiheit!"

Ein weiteres Pamphlet sprach von Tausenden ehrenhafter Männer, die von faschistischen Richtern für dreißig bis vierzig Jahre ins Gefängnis geschickt worden waren. Dieser Text ärgerte Don Aurelio noch viel mehr.

El Catalán scharrte unruhig mit seinem rechten Fuß über den Boden und schwieg.

Der Richter hatte noch genügend weitere Missetaten von ihm in den Akten. Sie handelten durchweg von konspirativen Sitzungen und Beschaffung militärischer Ausrüstung. Don Aurelio fuhr unbeirrt fort, die Taten aufzuzählen, und kam dabei auf den Diebstahl von Dynamit zu sprechen, der sich erst kürzlich im Depot von Don Tomás Sbert im Valle de Tahodio ereignet hatte.

El Catalán gestand seine Beteiligung an dem Raubzug zähneknirschend ein, doch der Richter musste ihn vorher damit ermuntern, er habe einen Zeugen für sein Mitwirken.

Auch den Raub und die Brandschatzung in der kleinen Kirche von la Matanza gab der Rebell schließlich zu.

Der Richter verhöhnte ihn: „Einen Misserfolg haben Sie erlitten. Sie haben in dem ehrwürdigen Gotteshaus kein Gold und Silber gefunden, sondern nur billiges Metall. Es gibt doch einen gerechten Gott!"

El Catalán guckte ihn trotzig an.

„All Ihre Missetaten erfolgten mit dem verbrecherischen Ziel, Geld für Waffen und Munition aufzubringen, damit eure Mordbuben weiter marodieren konnten. War es das wirklich wert?"

Pepe blieb eine Antwort schuldig. Er dachte nur für sich: „Für den Kerl ist Treue zu einer gerechten Sache genauso unverständlich wie mein Katalanisch."

Don Aurelio erwartete auch keine Antwort von ihm. Er ergriff stattdessen wieder das Wort: „Wir kamen euch auf die Schliche, weil die tüchtigen Männer der Guardia Civil am Straßenbahnhäuschen der Carretera de La Laguna, präzise gesagt bei Kilometer vier, den Terroristen Marcos Baez mit Waffen und einer gehörigen Menge Dynamit erwischten. Dies gelang ihnen bereits am 29. September. Die Waffen und den Sprengstoff hatte Baez schon am 20. Juli von Miguel González Gutiérrez übernommen. Das gab der inzwischen zu. Gutiérrez haben wir nämlich direkt danach im Bernardino-Haus in der Puente Zurita verhaften können."

Pepe wurde immer klarer, woher die umfassenden Informationen des Richters stammten. Voll Mitleid dachte er an seine Freunde, auf die nun das gleiche Schicksal wartete wie auf ihn.

Die Verhandlung zog sich über mehrere Tage hin und endete, wie nicht anders zu erwarten, mit seinem Todesurteil!

Pepe nahm das Urteil mit Gelassenheit hin. Man sah unter dem ungepflegten Gewebe seiner Gesichtshaut nicht einmal, wie sein Blut wallte. Sonst war das immer das deutlichste Zeichen für seine berüchtigte Impulsivität. – Schuldig! – Das Wort wirbelte trotzdem in ihm, wie ein Hamster in einem Schwungrad.

Großvaters Ableben bringt neue Einschnitte

Das Unglück ließ die Moyas nicht aus den Fängen. Sorgen und Trauer nahmen einfach kein Ende. Ein Besuch Rafaels bei seinem Großvater brachte neues Leid zutage.

Der Junge näherte sich mit müden Schritten dem Reich seines Abuelos. Das helle Gemecker der Ziegen signalisierte, wie nahe er schon war. Dann kam das kleine Rinnsal, das bei genügender Feuchtigkeit bis runter in die Ebene floss, zurzeit aber auf dem Weg austrocknete.

Rafael pfiff den Erkennungsgruß. Er wollte sich hinknien und von dem klaren Wasser trinken, doch als der Antwortpfiff ausblieb, befeuchtete er nur kurz die Lippen und eilte voller Unruhe weiter. Ohne Antwort war er noch niemals geblieben!

Er orientierte sich in Richtung der Felsmulde, in der Großvater meist saß, wenn er nicht auf dem Rundgang zu den Tieren war oder sie gerade melkte.

Schon von Weitem sah Rafael den Alten in der Mulde sitzen. Er blieb völlig bewegungslos, selbst als er ihn längst hätte sehen müssen. Da stimmte etwas nicht!

Rafael beschleunigte seine Schritte. Als er vor dem Großvater stand, traf ihn bittere Gewissheit. Don Mario lag starr auf seinem mit Kiefernstreu ausgepolsterten Sitzplatz. Seine Augen waren weit geöffnet und sahen in die Ferne. Auf ihnen lag eine leichte Trübung, als wären sie in einer anderen Welt. Sein Mund war offen, sein Kinn hing herab. Das Feuer vor ihm war schon längere Zeit erloschen, denn die schwarzen Holzreste glänzten feucht.

Rafael ging in die Knie und berührte den Alten sanft. Der Körper sank unter dem Druck seiner Hand zur Seite. Sein Großvater war tot!

Ein Schrei blieb dem Jungen im Halse stecken, er wollte weinen, doch seine Tränendrüsen waren wie zubetoniert. Was sollte er tun? Alle möglichen Gedanken ratterten durch sein Hirn. Ihr Haus lag viele Kilometer entfernt, so weit konnte er den Toten nicht tragen. Neben ihm Wache zu halten, bis jemand kam, war keine gute Idee. Seine Mutter würde den beschwerlichen Weg hierherauf kaum auf sich nehmen, und wann jemand anderes vorbeikam, war ungewiss. Vielleicht konnte er denen unten im Tal ein Zeichen geben. Ihm fiel nur eine Feuerlohe ein, doch dafür war es zu trocken. Aus Angst vor einem Flächenbrand wollte er nicht zu diesem Mittel greifen. Schließlich erinnerte er sich daran, wie begeistert Abuelo immer von seiner Heimat hier oben gesprochen hatte. Hier lebte er schon viele Jahre ein zufriedenes Einsiedlerleben. „Hier will ich bleiben, mein Junge, auch wenn es einmal mit mir zu Ende geht", hatte er gesagt ...

Nun lag es an Rafael, ihm diesen Wunsch zu erfüllen. Er musste nur noch das „Wie" überdenken und beschloss, zunächst nach den Tieren zu sehen. Ihr Gemecker war viel klagender als sonst. Sie mussten dringend gemolken werden. Ihre Euter waren zum Platzen prall und die Adern traten bedenklich hervor. Rafael war froh, dass ihn das Melken davon abhielt, eine schnelle Entscheidung zu treffen. Die Ziegen schenkten ihm fast zwei Stunden Bedenkzeit. Während dieser Zeit kam ihm die Idee, wo er Don Mario begraben wollte. Am geeignetsten erschien ihm die Felshöhle, in die sich Abuelo bei Unwetter zurückgezogen hatte.

Der Junge knipste seine Taschenlampe an und kroch in die Höhle hinein. Er sah als Erstes Großvaters spartanisches Lager, ein Holzrahmen, gefüllt mit trockenem Laub und Kiefernnadeln. Darauf lagen einige schlampig zusammengenähte Ziegenfelle.

„Dieses Lager eignet sich wirklich für seine letzte Ruhe", befand er.

Die wenigen Gebrauchsgegenstände, die sich noch in der Höhle befanden, wollte er dem Verstorbenen mit auf den letzten Weg geben. Er drapierte sie sorgfältig um das Bett. Nur das scharfe Jagdmesser nahm er an sich, das sollte seine Erinnerung an den Toten wachhalten.

Es kostete ihn viel Mühe und Schweiß, den Leichnam in die Höhle zu schleifen. Er gab erst Ruhe, als Abuelo friedlich auf seinem Bett lag. Nun musste er noch den Eingang der Höhle mit Erde und Geröll auffüllen, damit Großvater wirklich seine Ruhe fand. Weder Mensch noch Tier sollten ihn stören.

Diese Arbeiten kosteten Rafael nochmals zwei Stunden. Er war erschöpft, aber froh, als er die letzten Steine mit Kiefernnadeln und Blättern überdeckte und so den Eingang gänzlich unsichtbar machte.

Er erwog nur kurz, den Ruheplatz mit einem Holzkreuz zu schmücken, doch dann entschloss er sich, kein Zeichen zu setzen, das die Neugierde Fremder wecken könnte. Er erinnerte sich außerdem an Don Marios Abneigung gegen die Kirche. Darin war er dem Vater so ähnlich gewesen.

Als der Junge mit allem fertig war, beschloss er, wohl oder übel über Nacht zu bleiben. Es war schon spät und er wollte beim Abstieg nicht in die Dunkelheit geraten.

Hier oben allein zu schlafen, mutete ihn ziemlich unheimlich an. Er fand kaum Ruhe, denn er hörte über sich im Wald ständig den

Todesvogel rufen. Er rollte sich auf die Seite zusammen, schloss die Augen und dachte über Gott und die Welt nach. Alle seine Gedanken mündeten immer wieder in der schlimmen Erkenntnis, dass sein Abuelo nicht mehr für ihn da war!

Er wachte auf. Die Dunkelheit kurz vor der Dämmerung war noch so schwarz wie das Gefieder eines Raben. Träge, noch vom Schlaf befangen, schälte er sich aus den Fellen. Nach einer kurzen Katzenwäsche stieg er eilig in seine Kleider. Die ersten Sonnenstrahlen funkelten wie durch einen Gazeschleier aus den jungen Zweigen der Bäume und sprenkelten den dunklen Boden mit kleinen Goldtalern.

Er schaute sich prüfend um. Es war nichts mehr zu tun. Die Ziegen musste er zurücklassen, es würde zu lange dauern, sie hinabzutreiben. Unten hatten sie auch keinen Futterplatz für sie. Er machte sich also allein auf den Weg, seiner Mutter die traurige Neuigkeit zu überbringen.

Er war in seinen Gedanken ganz woanders. Querfeldein sprang er über Felsen und lose Steine. Er konnte nicht bis zum Meer hinabsehen. Das war noch unter einer weißen Nebelschicht versteckt, die erst mit zunehmender Wärme der Sonne verschwand. Auch die ersten Hügel über der Bucht waren noch in weiße Watte gepackt. Endlich sah er ihr Haus. Mutter war schon fleißig gewesen. Auf dem Flachdach des Anbaus baumelte Wäsche im Wind und schenkte ihre Nässe den Strahlen der Sonne. Wenn er erst bei der Mutter war, konnten sie sich gegenseitig trösten!

Donna Maria nahm die Hiobsbotschaft überraschend gefasst auf. Schließlich war ihr Schwiegervater keinem Mord zum Opfer gefallen. Ihm wenigstens war ein natürliches Ableben vergönnt gewesen. Vom Schlaf zum Tod war nur ein kleiner Weg. Damit kannte sie sich aus. Ihre Eltern hatten die siebzig nicht erreicht und waren schon viel früher gegangen. Ein früher Tod war in bäuerlichen Familien durchaus gang und gäbe. Man arbeitete sich zu Tode!

Die Gedanken an die Eltern währten nur kurz. „Gemeinsamkeiten, die uns verbinden, und die Erinnerungen erblassen wie ein Leichentuch", dachte sie. Dann war sie schon wieder im „Jetzt", nahm Rafael in die Arme und sagte: „Jetzt müssen wir zwei uns allein durch die Welt helfen." In Marias Gedanken zählte die Familie nur noch selten vier Personen. Dann war ihr Mann nur verschollen, und Pedro zählte auch noch mit! Jetzt gerade aber fühlte sie sich und Rafael von den beiden allein gelassen.

Nachts in ihrem Bett grübelte sie darüber nach, wie es weitergehen sollte. Sie musste Ersatz für Don Mario finden. Rafael war noch zu jung, um ein Eremitenleben mit Ziegen zu führen. Sie wollte außerdem, dass er es einmal besser hatte. Einen Fremden damit betrauen, die Tiere zu hüten, hieß die Einnahmen aus Fleisch und Milch mit ihm teilen, und ihr Auskommen war jetzt schon knapp bemessen. Es ging kein Weg daran vorbei, Rafael musste, trotz seiner Jugend, künftig seinen Beitrag zu ihrem Unterhalt leisten!

Am nächsten Tag gelang es ihr, das Problem mit den Ziegen zu regeln. Der 65-jährige Alfonso Compte war froh, als sie ihm die Chance bot, denn er fühlte sich in seiner Familie wie altes Eisen. Eigenes Ackerland, das bestellt werden musste, hatte seine Familie nicht. Er war nutzlos geworden und kostete nur. Maria wurde mit ihm handelseinig. Er ging noch am selben Tag auf den Berg hinauf. Notgedrungen akzeptierte sie, die Einkünfte künftig zu teilen.

Rafael Moya findet Lohn und Ausbildung

Wegen einer Anstellung für Rafael hatte Maria eigentlich vorgehabt, sich an den Alkalden von Icod zu wenden. Der hatte immer ein offenes Ohr für die Nöte seiner Bürger gehabt. Sie erfuhr mit Bestürzung, dass er von den Putschisten festgesetzt worden war. Zu ihrem Glück kannte sie seine Sekretärin.

Donna Maria suchte die resolute Frau auf und fand bei ihr Rat: „Unterhalb von Tacoronte hat der deutsche Konsul Jakob Ahlers eine Niederlassung."

„Du meinst, Rafael soll bei einem Ausländer arbeiten?", fragte Maria.

„Ahlers lebt bereits seit 1906 auf der Insel und spricht wie einer von uns. Er betreibt viele Geschäfte, besonders mit seinem Heimatland Deutschland, und ist einer der größten Grundstücksbarone im Orotavatal. Es heißt, er suche ständig Leute, die für ihn arbeiten. Außerdem ist er sich, nach dem Hörensagen, mit Don Navarro nicht grün. Du wirst ihn auch kaum zu sehen bekommen. Der Betrieb in Tacoronte wird von einem seiner Direktoren geführt. Der heißt Don José Luis Botella."

„Trotzdem ist der Konsul wahrscheinlich ein Nationalsozialist und ein Franco-Freund. Er ist damit kaum das passende Vorbild für meinen Jungen. Du kennst unsere Gesinnung", hielt Maria ihr entgegen.

„In der Not frisst der Teufel Fliegen, du darfst nicht wählerisch sein. Für deinen Sohn brächte Arbeit in seinem Betrieb Sicherheit vor Francos Schergen. Dort wäre er vor ihnen geschützt, genau wie vor den Navarros."

Das letzte Argument überzeugte Maria, denn sie fürchtete von Miguel Navarro noch immer Unbill für ihre Familie.

Bis Tacoronte war es ein weiter Weg, aber auch hier wusste die Sekretärin Rat: „Mein Vetter fährt täglich mit dem Fischerboot die Tour Icod–Tacoronte und kann es bestimmt morgen schon einrichten, dich und deinen Jungen mitzunehmen." Maria stimmte erleichtert zu.

Früh am nächsten Morgen schlüpften Rafael und sie in ihre besten Kleider und machten sich auf den Weg hinab zum Strand. Die Nebelschwaden über dem Wasser wurden schnell feiner, flohen unter den Strahlen der Sonne die Steilküste hinan und verschwanden im Nichts.

Das Fischerboot des Vetters näherte sich zur verabredeten Zeit. Wie ein Scherenschnitt hielt es vor dem flammenden Morgenrot aufs Land zu. Das wilde Rot der Morgensonne reichte bis zum Horizont und begleitete Mutter und Sohn den gesamten Weg nach Tacoronte. Erst dort wurde es langsam fahl und ging in die normale Helligkeit des Morgens über.

Keiner von beiden hatte Augen für das fulminante Naturschauspiel, und sie hatten auch nicht gesehen, wie die Bananenplantage sich immer weiter entfernte und bald nur noch ein dunkelgrüner Punkt war. Zu nervös waren sie vor dem wichtigen Treffen.

Mit ihrem Begehren wurden sie gar nicht bis zum Chef der Niederlassung vorgelassen, sondern zu einem anderen Mitglied der Geschäftsleitung. Sein Name war Don Adolfo Cruz. Er hörte sich Marias Anliegen mürrisch an, musterte den Knaben geringschätzig und sagte: „Was soll ich denn mit diesem Dreikäsehoch? Der Junge hat doch noch gar nichts gelernt."

„Alle Moyas sind tüchtig", antwortete Maria im Brustton der Überzeugung. „Mein Rafael wird Sie nicht enttäuschen."

Hinten aus dem Hof erschallte plötzlich eine herrische Stimme: „Hier ist ein Brief von Don Botella, er muss schnellstens nach Puerto ins Notariat von Dr. Hernandez Besteiro gebracht werden."

Der Zwischenruf gab den Ausschlag für Rafaels weitere Entwicklung. Don Adolfo zögerte nur einen Moment, dann sagte er zu Maria: „Nun gut, lass mich sehen, was dein Junge kann. Wenn er sich bewährt, darf er bleiben."

Rafael war zwar schon einmal in Puerto gewesen, aber er kannte dort weder das Notarbüro noch die Straße. Aber er nahm den Brief voll Eifer entgegen und machte sich auf den Weg.

Seine Mutter sah ihm ängstlich nach. Sie wusste, dass er nur diese eine Chance bekommen würde.

Rafael kannte die Richtung, die er einschlagen musste. Name und Adresse des Notars hatte er sich fest eingeprägt. Er stellte sich bei seinem Auftrag äußerst geschickt an. Als sich ein Pferdewagen näherte, bat er höflich, aufsitzen zu dürfen. Der Bauer gestattete es ihm grinsend. Erst als der Junge auf einer der Planken saß, wurde er gewahr, dass er auf einem leeren Mistwagen fuhr, der erbärmlich stank. Aber immerhin war er nun dreimal so schnell als zu Fuß.

Als sie sich der Stadtgrenze näherten, drängte ihn der Gestank, endlich abzuspringen. Vorher fragte er den Bauern, der die ganze Fahrt über mundfaul gewesen war, noch: „Kennst du die Straße, in der ein Notar Hernandez Besteiro sein Büro hat?" Rafael nannte ihm auch noch den Namen der Straße.

„Die Straße ist nicht schwer zu finden", antwortete der Bauer. „Geh immer der Nase nach, bis du zur Plaza del Charco kommst, von dort geht sie ab, sie ist nämlich eine der Straßen, die sternförmig vom Platz abzweigen. Frag am Platz noch mal nach. Dort wohnen viele wichtige Männer, da passt du eigentlich gar nicht hin." Er griente über seine schwarzen Zahnstummel hinweg und fiel wieder in Schweigen.

Rafael sprang von der Ladefläche und folgte der Landstraße in beschriebener Richtung. Es war Eile geboten, also sputete er sich.

Es war noch früh. Als er die Stadt erreichte, waren nur ein paar mit Maultieren gespannte Wagen der Müllabfuhr zu sehen. Einige Straßenkehrer mit ihren großen Besen gingen friedlich ihrer Arbeit nach und beachteten ihn gar nicht.

Mit einer Rückfrage bei ihnen fand er das Haus mit der Nummer 70. Ein so prächtiges Haus hatte er noch nie gesehen. Da kam selbst das Gut des Konsuls nicht mit. Es hatte dafür zu viel von einem Bauernhof an sich, war zweckmäßiger gebaut, ganz ohne Stuckverzierung.

Das Besucherzimmer, in das ihn die Notarhelferin vorließ, war ein weitläufiger Raum. Der große Schreibtisch, eine Sitzecke mit einem Sims voller Nippes und einem großen Spiegel darüber, Bücherregale und eine Wanduhr, die laut tickte, gaben dem Ganzen ein elegantes, geschäftliches Gepräge. Zwischen Truhe und Balkontür stand eine offene Kommode, in der zahlreiche Urkunden hingen. Über ihr glänzten die Silberrahmen mehrerer Fotografien. Es handelte sich um Bilder von Mandanten, von denen das Büro lebte. Sie waren bei gesellschaftlichen Ereignissen, meist mit dem Hausherrn zusammen, abgelichtet worden. Ihren ungezwungenen Umgang mit anderen wichtigen Persönlichkeiten machte sich der

Notar mit den Fotos ein wenig zu eigen, und ihre Bedeutung färbte ein Stück weit auf ihn ab.

Rafael entdeckte ein Bild des Konsuls. Er hatte Don Ahlers schon einmal in einer Zeitschrift gesehen. Auch Don Miguel Navarro war mit dem Notar zusammen abgelichtet.

Schüchtern händigte er das Schreiben aus und empfing freudig eine ganze Pesete als Botenlohn. Dann eilte er sofort wieder zurück, um seinen Erfolg zu vermelden. Den gesamten Heimweg sang er vergnügt vor sich hin.

Don Adolfo hielt Wort und stellte ihn als Laufjungen ein. Er gewährte ihm freie Kost, einen Schlafplatz in einer Hütte neben dem Stall und dazu noch bescheidenen Lohn.

Später sollte Rafael erfahren, wie wichtig die Erledigung seiner ersten Aufgabe gewesen war. Es ging um eine große Immobilie im Orotavatal. An ihr war auch Don Miguel Navarro interessiert gewesen. Da Rafael als Erster das Notariat erreichte, wurde Konsul Ahlers das Grundstück zugesprochen. Don Miguel hatte das Nachsehen.

Am Abend saß Rafael mit drei weiteren Jungen am Feuer. Sie hielten Kartoffeln hinein und aßen sie gut gegart voll Genuss. Herrlich durchgebacken boten sie Rafael einen ganz neuen Geschmack, ganz anders als der der Papas arrugadas, die es daheim bei seiner Mutter gab. Sie schmeckten nicht salzig, sondern rauchig und würzig. Rafael war mit seinem neuen Leben zufrieden.

Von zu Hause weg wurde er schnell selbstständig. Er lernte von seinen Kumpanen, dass man Hemden im Schlaf unter der Matratze glätten konnte. Sie sahen danach fast wie gebügelt aus ...

Bald bemerkte Don Adolfo, dass der Junge nicht hinreichend rechnen konnte und vom Alphabet nur mit Mühe und Not etwas mehr als die Buchstaben seines Namens kannte. „In den Pfaffenschulen lernt man wirklich gar nichts", murmelte er vor sich hin. Da er den Jungen mochte, bemühte er sich in der Folgezeit, dessen Wissenslücken zu stopfen.

Sein Schüler war ehrgeizig und lernte schnell. Die Aufgaben, die Don Adolfo ihm stellte, wurden ihm nie zu viel. Mit seinen Fortschritten wuchs sein Selbstvertrauen, aber auch die Verantwortung, die der ihm übertrug. Er durfte Adressen auf den Umschlägen lesen und Briefe sortieren, kleine Rechnungen bezahlen und quittieren, und er überprüfte die Endsummen in der Einkaufskladde bald fehlerfrei.

Seine nächste Beförderung verdankte er einer kleinen Heldentat. Eines Morgens ging auf dem Innenhof ein Pferd durch und raste auf Don José Luis' kleine Tochter zu. Blitzschnell erfasste Rafael, in welcher Todesgefahr das Kind schwebte. Ohne zu zögern, warf er sich dem wild gewordenen Gaul in den Weg, rammte ihn mit seinem Körper in die Flanke und bekam zum Glück das Halfter zu fassen. Er hielt die Riemen unerbittlich fest, obwohl der Hengst ihn noch gut zwanzig Meter über die Katzensteine zog, bevor er anhielt.

Die kleine Susanna hatte sich inzwischen schreiend in Sicherheit gebracht. Schließlich gab der Hengst Ruhe, und auch das Kind hörte auf zu weinen. Susannas Retter blieb erschöpft und voller Schrunden auf den Steinen liegen.

„Meine Arbeitskluft ist hin. Das wird Ärger geben", waren seine ersten Gedanken.

Er rechnete überhaupt nicht damit, dass sein mutiges Einschreiten belobigt würde, denn niemand war Zeuge gewesen. Aber die Kleine erzählte ihrem Vater davon, und schon am nächsten Tag wurde er vor Don José Luis zitiert.

Zum ersten Mal betrat er das Allerheiligste. Der Arbeitsraum war bis zur Decke mit Bücherregalen zugebaut. In denen standen unzählige Lederfolianten. Don José Luis erwartete ihn mit strengem Blick hinter seinem großen Schreibtisch.

Rafael hatte vor Staunen seinen Mund leicht geöffnet und knetete nervös die Hände.

„Aha, so sieht also der junge Held aus, der meiner Susanna das Leben gerettet hat", schnarrte es Rafael nicht unfreundlich entgegen.

Der Junge blickte verlegen zu Boden, und Don José Luis fuhr fort: „Ich habe gehört, du bist strebsam und anstellig, hast inzwischen recht ordentlich Lesen, Schreiben und Rechnen gelernt."

Rafael nickte; er brachte vor Aufregung kein Wort heraus.

„Dann wollen wir zum Dank für deine mutige Tat noch etwas für deine Ausbildung tun. Du wirst ab heute bei uns im Haus arbeiten, damit du etwas Schliff bekommst. Ich erwarte von dir, dass du ein Auge auf meine Kinder hältst. Beschirme sie wie deine Augäpfel. Ihre Sicherheit ist mir das Wichtigste auf der Welt, und du scheinst mir geeignet, sie zu gewährleisten."

Rafael durchfuhr ein großes Glücksgefühl verbunden mit Dankbarkeit. Wieder gelang es ihm nicht, dies auszudrücken. Nur ein leises, gekrächztes „Gracias" kam über seine Lippen.

Um die Augen seines Dienstherrn zeigte sich kurz ein Lächeln, denn er amüsierte sich über die Schüchternheit seines Gegenübers. Doch schnell wurde er wieder geschäftsmäßig ernst: „Geh zu Don Adolfo und lass dich neu einkleiden, er wird dir auch eine Kammer unter meinem Dach zuweisen."

Mit einer lässigen Handbewegung entließ er den sprachlosen Jungen. Was konnte der seiner Mutter nun alles berichten!

Als Don Miguel erfuhr, dass er Rafael Moyas eifrigem Botendienst seine Niederlage beim Grundstücksgeschäft verdankte, schäumte er vor Wut. Im ersten Augenblick wollte er den Jungen hart belangen, das passte schließlich zu seinem Racheschwur. Als er jedoch hörte, dass Moya Don José Luis' besondere Sympathie genoss, nahm er Abstand davon. Mit der rechten Hand des „Aleman" wollte er sich nicht anlegen. Für eine weitere Bestrafung der Moyas blieb also nur die Mutter übrig, aber so weit wollte er sich nicht erniedrigen. Dafür brauchte er seine feudale Arroganz nicht einmal zu zügeln. So blieb auch Maria Moya verschont. Navarros Hauptzorn galt nach wie vor

Pedro Moya, der Javier auf dem Gewissen hatte. Aber Pedro war vom Erdboden verschwunden.

Don Miguels Rachegedanken gegenüber dieser Familie hatten sich nicht geändert. Wie die Zunge sich immer wieder zu der Schwellung hin bewegt, die Zahnschmerzen verursacht, gingen seine Gedanken immer wieder zu der Frage hin, wie er den Moyas schaden könnte.

Maria Moya hatte an den langen Abenden allein zu Hause genug Zeit, über ihre Männer nachzudenken. „Die Wiederholungen sind das Fürchterliche an Erinnerungen. Immer wieder dasselbe, nichts Neues kommt hinzu", dachte sie voller Verzweiflung.

Das Ende El Cataláns

Das Kalenderblatt zeigte den 9. Januar 1937.

„Auf, auf, ihr faulen Säcke!", schallte es in die Todeszellen von Fyffes, und schon hallten laut schwere Soldatenstiefel durch den Gang. Zellenschlüssel rasselten und Pepe hörte, wie die Türen, die vor seiner lagen, nach und nach aufgesperrt wurden. Mit barschem Befehl wurden die Eingesperrten hinausgetrieben.

Pepe wusste, was das bedeutete. Eisige Kälte legte sich um seinen Brustkorb, und sein Körper wurde von unbändiger Todesangst erfasst. Er sprach mit sich selbst: „Nimm dich zusammen! Vor dieser verdammten Brut darfst du keine Schwäche zeigen!"

Dann wurde er ebenfalls hinausgejagt. Schmerzhafte Stöße mit dem Gewehrkolben trafen ihn. Um unnötige Pein zu vermeiden, rannte er, so schnell er konnte.

Draußen war es noch dunkel. Nur mit Mühe sah er die zwei geschlossenen Militärlastwagen mitten auf dem Hof. Dort wurden die Gefangenen hindirigiert – Schritt Marsch in Reih und Glied. Auch aus einem anderen Zellentrakt näherten sich Sträflinge. El Catalán hörte sie, bevor er sie sah. Als beide Gruppen vor den Lkws Aufstellung genommen hatten, sah er die anderen mit Interesse an. Plötzlich stutzte er, den Mann dort kannte er, auch wenn er sich ziemlich verändert hatte. Es war Antoñé, sein Kumpan vom erfolglosen Attentat auf Franco. Verwahrlost war er. Seine Lippen hatten Risse, er war bis auf die Knochen abgemagert und völlig ausgetrocknet.

„Der war über Tage auf Wasserentzug", dachte Pepe fachmännisch. Antoñés Schultern hingen herab, doch sein Blick war wach und hatte ihn ebenfalls eingefangen. Kaum sichtbar hob er die Hand zum Gruß. El Catalán antwortete mit einem deutlichen: „Una vida de mierda!" – Was für ein Scheißleben! Das brachte ihm einen Schlag mit dem Gewehrkolben ein.

Sie wurden auf die Ladeflächen der Wagen getrieben. Sie mussten sich allein hochhangeln. Wer es nicht auf Anhieb schaffte, wurde hinaufgeprügelt. Das Entsichern eines Maschinengewehrs bewirkte wahre Wunder. Schließlich setzten sich die Fahrzeuge in Bewegung. Sie fuhren und fuhren. Wohin, konnten sie unter der blickdichten Plane nicht sehen.

„Herrgott, lass die Fahrt nie zu Ende gehen", betete El Catalán seit Langem das erste Mal wieder, denn er wusste, was kam, wenn die Wagen stoppten.

Plötzlich fühlte er Nässe an seinem rechten Hosenbein. Sein Nachbar machte sich gerade vor Angst in die Hose. Normalerweise wäre Pepe laut geworden und hätte protestiert, doch sein aufmüpfiger Geist war längst gebrochen. Er fühlte sich leer. Sein Nebenmann tat ihm nur leid. Er legte ihm seine Hand auf den Arm. „Geteiltes Leid ist halbes Leid", sagte er und tröstete sich damit auch selbst ein wenig.

Irgendwann musste die Fahrt zu Ende gehen. Geruckel kündigte es an. Die Wagen fuhren auf einem Schotterweg. Die Herzen der Häftlinge klopften schneller, als dann auch noch die Bremsen ruckten und der Motorenlärm erlosch.

Keinen von ihnen drängte es, auszusteigen, aber die Soldaten machten Druck. Es war inzwischen hell geworden. Sie befanden sich in freier Natur, mitten in einer öden Felslandschaft. Der Wind hatte aufgefrischt und sie fröstelten. Über einen steinigen Pfad wurden sie weitergetrieben. Zögernd und ungeordnet folgten sie den rauen Befehlen.

Wie in Trance taumelten sie durch das Geröll. Vor ihren Blicken tauchte ein Barranco auf. „Das wird unser Grab", hämmerte es in El Cataláns Schädel. Damit würde sich das Gerücht bestätigen, das durch den Todestrakt von Fyffes geisterte: „Du wirst am Rande eines Barrancos erschossen, und dann musst du in seinem Abgrund jämmerlich verrotten."

Sie wurden wirklich an den Rand eines Abgrunds getrieben. Zwei von ihnen weigerten sich, diesem Befehl Folge zu leisten. Schon spritzten Maschinengewehrgarben vor ihre Füße. Es gab auch für sie keinen Weg zurück.

El Catalán ließ sich von ihrem Widerstand ablenken und trottete ohne zu denken hinter den anderen her. Er strahlte eine innere Ruhe aus, die ihm Haltung verlieh, dabei fühlte er sich aber innerlich in der Anspannung eines Akrobaten vor dem Hochseilakt.

Plötzlich glomm in ihm ein kleiner Hoffnungsschimmer auf. Nach einer Legende lebte der Guanchengott Guayote im Krater des Teide, um mit glühender Lava herauszukommen und die Menschen zu strafen, wenn sie Unheil anrichteten. Vielleicht würde Guayote nun kommen und das Henkerspack verschlingen. Das hatte schließlich schlimmstes Unheil im Sinn!

Aber nichts dergleichen geschah, die Henker ließen nichts zu und gaben ihren Opfern nicht mal eine Atempause. Sie wollten in die Kaserne zurück. Der diensthabende Offizier erteilte Schießbefehl, und ohne Schuldgefühle mähten seine Männer die Todgeweihten nieder. Mehrere der Erschossenen blieben am Rand des Barrancos liegen. Soldatenstiefel stießen sie in den Abgrund hinab.

Als die Lkws zurückfuhren, sprach keiner der Soldaten von den Toten. Der Alltag hatte die gefühllosen Henkersknechte schon wieder.

Für die meisten von ihnen war ein Erschießungskommando ein Mittel gegen die tägliche Langeweile. Anders als auf dem Festland gab es auf der Insel keine Gefechte, in denen man zeigen konnte, dass man ein ganzer Mann war. Also brauchte man Ersatz dafür.

Die Schrecken auf der Insel nehmen kein Ende

Am 11. Januar trat unter dem Vorsitz des Brigadegenerals Antonio Alonso Muñoz an der Plaza de Santa Cruz ein weiteres Kriegsgericht zusammen, um 61 Personen abzuurteilen. Ihnen wurde in einem summarischen Verfahren Hochverrat, Teilnahme an terroristischen Aktionen und Mitgliedschaft in terroristischen Organisationen vorgeworfen. Diese Verfahrensart wurde gewählt, weil nicht gegen alle Beschuldigten genügend Einzelbeweise vorlagen. 40 Freiheitsstrafen und 21 Todesurteile wurden am Ende ausgesprochen.

Von den 21 Todesurteilen betrafen zwei Frauen, eines davon galt Maria Culi Palou. Die beiden Urteile wurden jedoch direkt nach ihrer Verkündung kassiert und in lange Haftstrafen umgewandelt. Die verurteilten Männer hingegen starben noch am gleichen Tag. Unter ihnen waren viele Weggefährten von Pepe und Antoñé.

Die Lager erfuhren trotz der zahlreichen Exekutionen keine Entlastung. Zu viele neue Sträflinge kamen immer wieder hinzu. Die Zellen waren dadurch menschenunwürdig überfüllt. Allein in Fyffes vegetierten weit über 1200 Gefangene vor sich hin. Das Leben im Lager war kaum mehr auszuhalten. Das Essen war knapp und schlecht. Die Gefängniswärter ließen die Häftlinge bewusst leiden. Zur „Anreicherung" der kärglichen Mahlzeiten wurden Stücke von Schuhsohlen in der Suppe mitgekocht.

Der Schriftsteller José Antonio Rial klagte, die Töpfe enthielten keine menschliche Nahrung. Francisco García beschrieb die gepanschten Essensportionen als „schlichten Dreck".

Die Gefangenen versuchten, die mangelhafte Ernährung mit Esspaketen ihrer Verwandten aufzubessern. Die Pakete wurden ihnen aber oft von den Wachen gestohlen.

Kurze Kontakte mit der Familie wurden auch dazu genutzt, Nachrichten nach draußen zu schleusen. Einige Insassen beschrieben ihren Gefühlszustand in kleinen Versen. Sie wurden dabei zu wahren Poeten. Mit den Versen versuchten sie, ihr verrohtes Umfeld für kurze Zeit auszublenden.

Selbst kleine kunstvolle Zeichnungen mit Motiven aus einer schöneren Welt schmückten diese Botschaften. Blühende Landschaften, friedliche Angler, Blumen und schöne Menschen gehörten dazu. Die Texte und ihre Überschriften zeigten unterschiedlichste Gefühlslagen: Esperar, Hoffen, war genauso thematisiert wie la libertad perdida, die verlorene Freiheit. Schlichte Erinnerungen an den „16 de Julio" beschäftigten sich mit dem Beginn der Katastrophe, der sie ihr Leid verdankten.

Die Hygieneverhältnisse im Lager wurden immer bedenklicher. Bald wurden die meisten Bewohner von schwersten Krankheiten gequält. Magen-Darm-Erkrankungen, Typhus und Tuberkulose waren an der Tagesordnung.

Auch der Zustand der Gebäude ließ zu wünschen übrig. Unter den Wellblechdächern staute sich an heißen Tagen die Hitze. An kalten Tagen drang Kälte und Nässe in die Zellen herein.

Um aus der Hölle von Fyffes wieder entlassen zu werden, mussten sich die Gefangenen aufs Äußerste erniedrigen. Eine schriftliche Bestätigung des Gefängnisgeistlichen, sie hätten eine „bescheidene religiöse Kultur", war die Mindestanforderung. Die Gefängnisleitung verlangte Teilnahme am Religionsunterricht, Beschimpfung linken Gedankenguts, tägliches Absingen der faschistischen Hymne und das bedingungslose Anerkennen konservativer Werte.

In Kooperation mit Nazideutschland wurden furchtbare Gräuelpraktiken durchgeführt. An den Häftlingen wurden rassenideologisch motivierte Versuche vorgenommen. Man wollte bei ihnen körperliche und psychische Deformationen nachweisen. Linientreue Mediziner versuchten die These zu erhärten, solche Deformationen kämen insbesondere bei Kommunisten und Sozialisten vor!

Derweilen unternahm die deutsche Versuchsanstalt für Luftfahrt unter der Schirmherrschaft des Reichsführers-SS Heinrich Himmler Menschenversuche, um Rettungsanzüge für Marinesoldaten und Piloten zu entwickeln, die sie in eisigem Wasser der Nord- und Ostsee vor extremen Umgebungstemperaturen schützen sollten. KZ-Häftlinge legte man stundenlang nackt und gefesselt auf gefrorene Erde, überschüttete sie regelmäßig mit Eiswasser, um die Rolle von Wasser als Beschleuniger des Erfrierungstodes zu erforschen. Sicherlich war es nur den günstigen klimatischen Umständen zu verdanken, dass auf der Insel des Frühlings Ähnliches nicht geschah.

Die Grausamkeiten des Bürgerkriegs in seiner Endphase

Nicht nur in den Kerkern wurden die Republiktreuen unterjocht und geknechtet! Auch an der Front lief es für ihre Sache letztendlich schlecht.

Im Januar und Februar 1938 scheiterte der Caudillo zwar ein weiteres Mal an der Eroberung von Madrid. Nach viel Blutvergießen eroberte er stattdessen aber am 8. Februar Málaga.

An der Front kämpfte man ohne jeglichen militärischen Ehrenkodex. Francos Afrikaner griffen zu den perfidesten Kriegslisten: Sie stürmten mit den Worten „Hermanos, Hermanos, no tirar!" – Brüder, Brüder, nicht schießen! – auf ihre Gegner zu. Diese empfingen die vermeintlichen Überläufer ohne Gegenwehr und starben völlig überrascht unter den explodierenden Handgranaten, die die Mauren aus kurzer Entfernung in ihre Gräben warfen.

Der 26. April 1938 kam und symbolisiert bis heute die unvorstellbare Grausamkeit des Bürgerkriegs. Das Bombardement Guernicas durch Luftwaffeneinheiten der deutschen Legion Condor machte die baskische Stadt dem Erdboden gleich.

Unter dem Eindruck der Gräueltaten hielt der auf Seiten der Republikaner kämpfende Pablo Picasso das Morden in einem Gemälde fest. Das Bild erlangte weltweit Berühmtheit.

Am 3. Juni starb General Emilio Mola Vidal, als sein Flugzeug bei schlechtem Wetter auf dem Rückweg nach Vitoria abstürzte. Nach dem Unfalltod der Generäle Balmes, Sanjurjo, Mola und dem natürlichen Tod von General Miguel Cabanellas am 14. Mai 1938 blieb aus der ehemaligen Junta nur Franco übrig. Gerüchte wollen nicht verstummen, er habe auch den Tod Molas herbeiführen lassen. Einen Beweis blieb man jedoch schuldig.

General Francos Machtstellung wurde mit dem Absturz des Fliegers weiter gefestigt. Er hatte nun das alleinige Sagen, und es gelang ihm schnell und nachhaltig, bestehende Differenzen auf der Führungsebene zu beenden. Zwischen Monarchisten, Katholiken, Agrariern und der Falange war nämlich längst nicht alles Gold, was nach außen hin glänzte. Der Caudillo vereinigte nun mit Geschick die Traditionalisten und die Falange zur Falange Española Tradicionalista, der spanischen Einheitspartei. Der nationale Klerus bekannte sich daraufhin eindeutig zu Francos Seite. In einem kollektiven Brief gaben alle spanischen Kirchenführer dem Krieg gegen die Republik als „cruzada", als „Kreuzzug" des Guten gegen das Böse, ihren Segen. Bischof Enrique Pla y Deniel brachte im Juli eine entsprechende Erklärung auf den Weg, die auch auf den Kanarischen Inseln befolgt wurde.

Unter dem Druck Benito Mussolinis erkannte am 28. August sogar der Heilige Stuhl General Francos Machtanspruch auf ganz Spanien an.

Teneriffa, die friedliche Insel

Teneriffa profitierte weiterhin von seinem Inseldasein. Dort standen sich keine militärischen Einheiten gegenüber. Das große Blutvergießen vom Festland ging an der Insel des Frühlings vorbei. Der noch schwelende Widerstand und die franquistischen Säuberungsaktionen waren mit dem Blutbad in Kontinentalspanien nicht zu vergleichen. Der Generalissimo machte sich allerdings weiterhin unbeliebt: Er ließ den geliebten Karneval verbieten. Er befürchtete, umstürzlerische Elemente könnten sich die Umzüge und Masken für ihre Untergrundarbeit zunutze machen. Doch der Caudillo konnte die organisierte Fröhlichkeit nicht vertreiben. Sie flüchtete sich in die Intimität der Festsäle und überlebte dort bis zur Wiederauferstehung des Straßenkarnevals.

Das nationalsozialistische Deutschland, das mit der Legion Condor die spanischen Nationalisten erfolgreich unterstützte, bediente sich derweilen gern der Schönheit und Wärme Teneriffas. Die nationalspanische Organisation „Dopolavoro" schloss mit der deutschen Vereinigung „Kraft durch Freude" ein touristisches Abkommen. Schon im ersten Jahr kamen fast 30 000 deutsche Urlauber mit dem KdF-Flaggschiff „Robert Ley" in die Wärme.

Dieses Urlaubsschiff war in Wahrheit ein Teil der deutschen Aufrüstung. Es sollte später als Transporter und Lazarettschiff dienen. Die Begründung der Nazis für den staatlich organisierten Urlaub der Volksgenossen war äußerst zynisch: „KdF überholt von Zeit zu Zeit jede Arbeitskraft, genauso wie man den Motor eines Kraftwagens nach einer gewissen gelaufenen Kilometerzahl überholen muss", formulierte ein Propagandist menschenverachtend.

Die allgemeine Volksgesundheit wurde in der nationalsozialistischen Werbung als wichtiges Gut herausgestellt. Die staatliche Pressestelle hob die gesundheitsfördernde Radioaktivität des Vulkangesteins der Insel hervor. Nach neuester Erkenntnis der Mediziner war Strahlung von bis zu mehreren 100 Millisievert nicht nur unschädlich, sondern heilsam. Die fand sich auf Teneriffa. Sievert war die physikalische Einheit für die biologische Wirkung radioaktiver Strahlung.

Wegen der inselweit herrschenden Arbeitslosigkeit ließen die linken Guerilleros die Touristen weitestgehend in Frieden. Sie brachten wenigstens ein bisschen Geld und Beschäftigung mit.

Die deutsche Filmindustrie erkannte ebenfalls die klimatischen Vorteile Teneriffas. Zwischen August und September wurden dort von der UFA die Außenaufnahmen für den Film La Habanera gedreht.

Die Handlung spielte eigentlich in der Karibik, aber auf Teneriffa ließ sich tropische Atmosphäre genauso gut und viel günstiger einfangen.

Der UFA-Star Zarah Leander sollte hier nach dem Erfolg mit dem Film „Zu neuen Ufern" eine weitere Stufe auf der Erfolgsleiter erklimmen.

Die Story des Films war bestens geeignet, die Sehnsüchte deutscher Bürger zu stillen und ganz im Sinne des Regimes die guten nordischen Menschen im Vergleich zu den morbiden Südländern darzustellen: Astrée Sternhjelm, eine junge Schwedin, reist mit ihrer Tante Ana Sternhjelm in die Karibik. Sie verliebt sich gegen den Rat der Tante in den Stierkämpfer und Großgrundbesitzer Don Pedro de Avila. Aus der Liebesheirat erwächst der gemeinsame Sohn Juan. Nach zehn Jahren steht das Eheglück vor dem Ende. Don Pedro hält Astrée aus Eifersucht wie eine Gefangene und vernachlässigt sträflich das auf seinen Ländereien grassierende Tropenfieber. Viele seiner Arbeiter werden dahingerafft. Dr. Sven Nagel, ein schwedischer Arzt, kommt auf die Insel und bietet medizinische Hilfe an. Astrée erkennt in ihm ihre Jugendliebe. Auf einem Fest singt sie für ihn das Lied: „Der Wind hat mir ein Lied erzählt". Alte Gefühle werden wieder wach. Noch während der Feierlichkeiten stirbt Don Pedro an dem Fieber. Astrée ist nun von dem ehelichen Treueversprechen frei und reist mit Tante, Geliebtem und Sohn in die Heimat zurück.

Konsul Jakob Ahlers unterhielt gute Kontakte zur UFA. Er übernahm es gern, mit seinen lokalen Kenntnissen behilflich zu sein. Er stellte aus seinem Kontor den Prokuristen Detlef Müller ab. Der sollte mit seinen spanischen Sprachkenntnissen dem Produktionsteam zur Seite stehen. Don José Luis Botella sorgte dafür, dass Rafael Moya als Laufjunge eingesetzt wurde. Er sah darin eine Möglichkeit, ihn neue Erfahrungen sammeln zu lassen.

Rafael war sofort Feuer und Flamme. Er hatte bisher noch nie einen Film gesehen, und nun sollte er sogar bei Dreharbeiten dabei sein! Als er am nächsten Tag im Filmcamp eintraf, machten ihn das bunte Gewusel und die vielen unbekannten Dinge schüchtern und sprachlos.

Detlef Müller nahm ihn unter seine Fittiche und führte ihn in seine Aufgaben ein. Rafael sollte sich um Essens- und Getränkewünsche der Fremden kümmern. Müller zeigte ihm das gesamte Camp.

Sie kamen nicht weit, da rauschte in einem prächtigen Gewand eine wunderschöne Frau an ihnen vorbei und lächelte Rafael freundlich an. Ihr sinnlicher Duft lag noch in der Luft, als sie bereits um die Ecke gebogen war.

„Die sah aus wie ein Engel", sagte Rafael atemlos vor Staunen.

Detlef Müller konnte sich ein Schmunzeln nicht verkneifen. „Das war die Hauptdarstellerin, sie ist in ihrem Heimatland ein großer Star", erklärte er dem Jungen. „Nun ja, sie ist äußerst gut aussehend, aber ihr Charakter ist ziemlich janusköpfig. Ihre Stimmung kann von Sekunde zu Sekunde wechseln. Für diesen Moment hast du Glück gehabt, aber so sind Diven eben."

Etwas weiter entfernt ertönte plötzlich Musik und eine tiefe Frauenstimme begann ein Lied zu singen, was Rafael sehr gefiel.

„Das will ich dir auch noch zeigen", fuhr Müller fort. „Dort wird der Film abgedreht, da gibt es viele komplizierte Geräte zu sehen, Kameras, Lautsprecher, Scheinwerfer, Mikrofone ..."

Detlef Müller führte Rafael dorthin. Doch bevor der Junge die vielen technischen Gerätschaften betrachten konnte, zogen ihn die fremdländischen Menschen in ihren Bann, die sich um ihn herum beschäftigten. Sie eilten wichtig hin und her, einige von ihnen trugen auffallende Kostüme und waren geschminkt. Keiner von ihnen reichte jedoch an die Ausstrahlung der Frau heran, die Rafael gerade gesehen hatte.

Ein Mann saß auf einem Stuhl und gab Kommandos. Wenn er etwas rief, schlug ein anderer eine Holzklappe zusammen, dann kehrte für einen Moment Ruhe ein.

„Das ist der Regisseur. Er ist für den Film verantwortlich", erklärte ihm Müller.

Nun endlich ließ Rafael seine Augen bewundernd über die Gerätschaften wandern. An einigen blinkten kleine Lämpchen in verschiedenen Farben, andere rauschten oder gaben Töne von sich, und wieder andere sahen nur gefährlich aus.

Der blonde Mann mit Sommersprossen sah amüsiert zu, mit welcher Ernsthaftigkeit der Junge alles betrachtete. In gebrochenem Spanisch wandte er sich an ihn: „Mucha técnica!" – Viel Technik! Dann sprach er lachend mit Detlef Müller auf Deutsch weiter. „Viel ist natürlich relativ. Drei Haare in der Suppe sind relativ viel, drei Haare auf dem Kopf relativ wenig." Bei seinem ansteckenden Lachen, das er danach losließ, blitzten zwei Reihen gesunder weißer Zähne auf. Detlef Müller stimmte in sein Lachen mit ein, und Rafael tat es leid, nichts von alldem verstanden zu haben, was so lustig war.

Sein Begleiter blieb ihm eine Erklärung schuldig und beschränkte sich auf das Wesentliche: „Das ist Franz Weihmayr, der Kameramann. Don Weihmayr ist immer durstig, merke dir das. Er wird einer deiner besten Kunden sein."

Rafael nickte diensteifrig.

„Du holst dir jeden Morgen die Liste der Bestellungen bei mir ab. Wenn du viel holen musst, kannst du den Eselskarren benutzen. Ist es nur wenig, dann gehst du zu Fuß. Das ist gesund. Aber spute dich, die Herrschaften sind Warten nicht gewohnt. Für Donna Zarah und Don Ferdinand Marian wird auch mal eine Extrawurst gebraten, wenn sie etwas außerhalb der Reihe wünschen. Don Marian ist im Film übrigens der Ehemann deines Engels." Detlef Müller zeigte auf einen dunkelhaarigen Mann, der trotz der Wärme in einem Anzug herumstolzierte.

Bei dem Wort „Engel" war Rafael errötet. Er schämte sich, weil er sich in die Seele hatte gucken lassen. Das tat kein richtiger Mann. Nun wollte er wenigstens schnell unter Beweis stellen, dass er Manns genug war, die übertragenen Aufgaben zu erledigen.

Detlef Müllers Lob zeigte ihm, dass er alles zur Zufriedenheit ausgeführt hatte. Sie machten gemeinsam einen Rundgang, und Müller verteilte mit ihm die Dinge. „Das wirst du ab morgen allein erledigen", sagte er.

Am Abend saß Rafael noch lange mit seinen Freunden zusammen. Er hatte so viel zu erzählen und sie hingen ihm förmlich an den Lippen. Er vermied bei seinen Beschreibungen Worte wie Engel für Donna Zarah und benutzte stolz Begriffe wie Filmstar, Regisseur und Kameramann, denn er wusste, dass keiner seiner Freunde solch wichtige Personen je mit eigenen Augen gesehen hatte. Neid beschlich sie, doch sie ließen sich nichts anmerken. Sie wollten ihn nicht verärgern und alles aus der spannenden Welt der Filmleute hören. Als Rafael nach einigen Tagen sogar den Inhalt des Films erzählen konnte, spannen sie den in ihren Träumen fort. Sie wurden selbst zu Helden und führten die schöne Donna Zarah persönlich in ihre Heimat zurück. Auch Rafael gab sich solchen Träumen hin.

In der dritten Woche war Rafael ein weiteres Mal mit dem Eselskarren auf dem Weg zum Camp. Er hatte alles erledigt und summte zufrieden die Melodie, die in dem Film eine so wichtige Rolle spielte. Er bedauerte, dass er den Text nicht verstand. Er hatte auch nicht gewagt, Müller um eine Übersetzung zu bitten.

Graue, tief hängende Wolken kündigten Regen an. Feuchtigkeit stand in der Luft und wartete nur noch darauf, in großen Tropfen herunterzupladdern. Plötzlich erfüllten Schüsse und Maschinengewehrgeknatter die Luft. Rafaels Körper durchfuhren Wellen der Angst. „Da geht jemand über dein Grab, Gefahr in Verzug!", hatte Großvater in solchen Momenten gesagt.

„Zum Film gehörten diese Geräusche jedenfalls nicht, darin kamen sie nicht vor", dachte er und seine Unruhe wuchs.

Das Maultier war durch den Lärm störrisch geworden und wollte sich nicht mehr bewegen. Rafael musste es an der Trense voranziehen. Inzwischen regnete es Bindfäden, Wasser wie Garn, das von der Spule rollt.

„Ich werde mich verspäten", dachte er besorgt. „Trinkgelder bleiben heute aus." Er hatte sie bisher sorgsam aufbewahrt und seiner Mutter als Überraschung zugedacht. Jede zusätzliche Pesete konnte ihr das Leben erleichtern.

Auf der unasphaltierten Straße bildeten sich lehmige Pfützen, und die Räder des Karrens hinterließen Furchen im aufgeweichten Erdboden. Der Weg war glitschig geworden, und Rafael kam immer langsamer voran. Der garstige Wind legte die Oberfläche der Pfützen in kleine Falten, deren Ordnung sich nur dann auflöste, wenn dicke Regentropfen auf sie schlugen.

Als der Junge endlich ins Lager kam, waren alle in heller Aufregung. Er sah Müller und eilte auf ihn zu. Dabei lüpfte er seine Hosenbeine und hüpfte vorsichtig über die Wasserlachen.

Detlef Müller kam ihm mit sorgenvollem Gesicht entgegen. „Aufkreuzende Kanonenboote und ein Zusammenstoß mit Rebellen haben den Fortgang des Films gefährdet", erklärte er aufgeregt.

Da sah der Junge auch schon Schusslöcher in zwei der Transporter und den aufgewühlten Boden davor.

„Gott sei Dank ist niemand zu Schaden gekommen", setzte Müller schon wieder etwas ruhiger hinzu.

Die große Schauspielerin kam vorbei, ihre Bewegungen wirkten fahrig und ihr Gesicht war käsig.

„Eine Heldin ist sie nicht", dachte Rafael enttäuscht.

Bis zur Abreise wollte die Stimmung der Truppe nicht mehr so unbeschwert werden wie zuvor. Die Stars und Sternchen hatten Angst um ihr Leben!

Als Rafael nach dem Abflug der Schauspieler wieder Zeit hatte, seine Mutter zu besuchen, konnte er viel erzählen.

Die Geschichte mit den Kanonenbooten machte seine Mutter zur Furie. Alles erinnerte sie an den Tod Antonios. „Wie konnte dich José Luis Botella so in Gefahr bringen? Ich will dich nicht auch noch verlieren. Morgen gehe ich zu ihm und hol dich nach Hause. Wir müssen etwas anderes für dich finden."

Rafael gelang es nur mit Mühe, sie von diesem Vorhaben abzubringen. Selbst das zusammengesparte Trinkgeld versöhnte sie nicht. Er dachte bekümmert: „Sie wird von nun an täglich Ängste ausstehen."

Bei ihm hatte längst die Unbekümmertheit der Jugend über die Angst gesiegt. Er hatte so viel Neues und Schönes gesehen und träumte von der fremden, weiten Welt. Das verdrängte die Risiken.

Als Maria Moya wieder allein war, schämte sie sich über ihren Gefühlsausbruch. Eigentlich war ihr klar, welche enormen Vorteile Rafael von José Luis Botellas Förderung hatte. Der Junge war aber auch ihre letzte Hoffnung in die Zukunft.

Von Pedro hatte sie immer noch kein Lebenszeichen erhalten. Manchmal fragte sie sich, ob es nicht doch besser gewesen wäre, er hätte sich, wie der berüchtigte Riemenschneider, in ihrer Nähe versteckt. El Corredera war jedenfalls noch nicht gefasst worden und hatte sogar schon mehrfach seine Familie besucht! Die Familie musste dafür allerdings immense Drangsalierungen ertragen, denn die Häscher versuchten sein Versteck aus ihnen herauszuquetschen. Maria hätte gern Ähnliches auf sich genommen, wenn sie nur Pedro wiedergesehen hätte!

Fernando Navarro hörte von den Abenteuern seines früheren Freundes. Er wurde neidisch, denn sein Vater ließ für ihn keine vergleichbaren Abwechslungen zu. Für ihn hatte der Ernst des Lebens begonnen. Lernen und körperliche Arbeit bestimmten seinen Tagesablauf. Das Geschäft mit den Bananen lief schlecht, und so sollte er wenigstens eine gute Ausbildung haben. Nur die Besten hatten noch eine Chance.

Manchmal glaubte Fernando, sein Vater forderte von ihm besonders viel, damit er nicht wie einst der tote Javier zum Sorgenkind wurde. Der Junge hatte recht mit seiner Einschätzung, ähnlich wie Donna Maria bei Rafael setzte sein Vater seine ganze Hoffnung nun in ihn. Sein Sohn hatte ein friedliches Wesen und war ihm zu Willen.

Adolf Hitler machte inzwischen deutlich, dass er Deutsche im Ausland territorial dem Deutschen Reich zurechnete. Das galt auch mit stillschweigender Billigung der Franquistas für Teneriffa. Es gab eine sehr aktive Ortsgruppe der NSDAP, die im Einvernehmen mit Konsul Ahlers und dem Deutschen Schulverein in Hotels Werbeabende durchführte. Es wurde in Zeitungsanzeigen zur Pflicht erklärt, dass „Mitglieder der deutschen Kolonie" und ihre Familie daran teilnahmen. Die entsprechenden Aufrufe erfolgten durch den Ortsgruppenführer. Beim anschließenden gemütlichen Beisammensein, in fortgeschrittener Stimmung, kam es auch zu rassistischen Bekenntnissen. Weinselig grölten die Anwesenden dann Reime wie: „Juda hinaus aus unserem deutschen Haus! Wir schlagen sie mit dem Stecken, bis alle Juden verrecken!"

Auf den Kanaren lebten immerhin circa 650 Deutsche, die so auf Parteilinie gebracht werden konnten.

Ein Teil von ihnen gehörte allerdings zum sozialistischen Widerstand. Sie ermunterten sich in ihrer Außenseiterrolle gegenseitig mit Sätzen wie: „Sing leise für die Liebe und ganz laut für die Freiheit!" Aber in der Wirklichkeit wurden sie immer leiser, denn sie mussten mit der Auslieferung durch die Falangisten an Nazideutschland rechnen.

Konsul Ahlers engagierte sich offen für reichsdeutsche Angelegenheiten: Aus Beamten der Gestapo wurde unter der Bezeichnung S/88/Ic eine Einheit der Geheimen Feldpolizei ins Leben gerufen. Sie arbeitete eng mit General Francos Geheimdienst – Servicio Informacion Politica Militar – zusammen. Es ging dabei meist um die Übergabe gefangener deutscher Kämpfer der Internationalen Brigaden in deutsche Hände oder um die Auslieferung unverbesserlicher linker Gesinnungsgenossen, die im Volksfront-Spanien nach Hitlers Machtergreifung eine neue Heimat gesucht hatten. Mit dem Einverständnis der Putschgeneräle wurden sie nach Deutschland verschleppt, vor Gericht gestellt oder in Konzentrationslager verbracht. So wurde die deutsche Kommunistin Elsa Wolf, die auf Gran Canaria lebte, der Gestapo übergeben.

Das deutsche Konsulat war bei solchen Angelegenheiten meist involviert.

Rafael Moya hörte zufällig in Tacoronte, wie deutsche Parteigenossen darüber sprachen, behielt aber alles ängstlich für sich.

Stark involviert war der Konsul auch in die Rohölbeschaffung des Deutschen Reichs. Das Schiffsversorgungsnetzwerk „Etappendienst" der Gestapo tat alles dafür, dass bei einem möglichen Krieg gegen Frankreich die CEPSA genügend Rohöl aus den USA und Südamerika bekam, um Deutschland mit Ölprodukten zu versorgen. Admiral Wilhelm Franz Canaris schlug Hitler einen Reptilienfonds vor, der auch zustande kam und mit 11,5 Millionen Reichsmark für Ölreserven dotiert wurde. Zweieinhalb Millionen gingen nach Spanien, davon eine Million nach Teneriffa.

Bei dem entscheidenden Gespräch im Außenministerium in Berlin war Konsul Jakob Ahlers anwesend.

Zum Abschluss der Verträge mit der CEPSA reiste Mitte 1938 eine Abordnung des Oberkommandos Marine (OKM) auf die Kanaren. Jakob Ahlers war wieder behilflich und verdiente mit.

CEPSA hatte mittlerweile ein Monopol für den Verkauf auf den Kanarischen Inseln, in Spanisch-Marokko und für den Reexport und konnte dem Deutschen Reich für seine Treibstoffversorgung Sicherheit bieten.

Der Franco-Freund und Bankier Juan March kontrollierte 75 Prozent der Gesellschaft. Er gab sich dabei für eine 25-Millionen-Peseten-Operation als Strohmann her. In dieser Größenordnung hielt er danach treuhänderisch Gesellschaftsanteile für das Deutsche Reich. Das Geld kam unter anderem aus dem Reptilienfonds.

Die letzten Zuckungen des Bürgerkriegs

Im Januar und Februar 1938 neigte sich das Kriegsglück ständig von einer Seite zur anderen. Die massive Unterstützung der Achsenmächte für Franco und der Streit innerhalb der Linken brachten aber zunehmend Vorteile für den Caudillo.

Am 14. April brachen die Nationalisten bis zum Mittelmeer durch. Das republikanisch beherrschte Gebiet war fortan in zwei Teile geteilt.

Im Mai sah die linke Regierung ihre Ausweglosigkeit ein und bat Franco um Friedensverhandlungen. Der Generalissimo verlangte stattdessen die bedingungslose Kapitulation. Das war noch unzumutbar, der Krieg ging weiter. Als die Putschisten Ende November bedrohlich nahe an Valencia herankamen, zog die Regierung nach Barcelona um.

Im Dezember starteten die Franco-Truppen bereits ihren Einmarsch in Katalonien. Die endgültige Eroberung fand innerhalb weniger Wochen statt. Schon am 26. Januar 1939 fiel Barcelona in ihre Hände. Am 7. Februar flüchtete Staatspräsident Manuel Azaña nach Frankreich, wo er am 24. offiziell zurücktrat.

Am 26. Februar erkannte die britische Regierung General Franco als Führer der neuen Regierung Spaniens an. Die Vorbehalte der Westmächte begannen zu bröckeln.

In Madrid übernahm Oberst Casado als letzter Geschäftsträger der Republikaner die Macht, nachdem er Azañas Nachfolger Juan Negrín hinfortgeputscht und vom 5. auf den 6. März einen Nationalen Verteidigungsrat aufgestellt hatte.

„Was geht in Madrid vor, General?", hatte Negrín am 6. März Casado angeherrscht.

„Nichts weiter, als dass ich mich gegen Sie erhoben habe", erwiderte der kühl.

Er wollte gegen Negríns Durchhalteparolen einen Verständigungsfrieden mit Franco setzen.

Der Generalissimo ließ sich auch mit ihm auf keine Friedensverhandlungen ein. Bereits am 25. März ließ er alle Verhandlungen platzen und eroberte am 28. die Hauptstadt.

Am 1. April 1939, zwei Tage später, gab er folgenden Heeresbericht in den Äther: „Die nationalen Truppen haben ihr letztes Ziel erreicht, der Krieg ist beendet."

In Madrid nahm mit dem Kriegsende auch das Schicksal von Soldat Carlos Llorente aus Icod seinen Fortgang: Er wurde von den Siegern verhaftet und wegen Fahnenflucht zum Tode verurteilt. Vier Jahre lang wartete er in einem Gefängnis in Talavera de la Reina auf seine Hinrichtung. Erst als die Franquisten erkannten, dass Hitler den Weltkrieg verlieren würde, ließen sie die Todesstrafen in eine dreißigjährige Freiheitsstrafe umwandeln. Man wollte ein sympathischeres Gesicht zeigen!

Carlos Llorente wurde nach fünf Monaten und fünf Tagen freigelassen und kehrte völlig verhärmt nach Icod zurück. Er erzählte seiner Frau immer wieder, wie sie gehungert hatten, von den Prügeln im Gefängnis und dem Töten an der Front. Den nie angekommenen Brief aus dem Kampfgebiet erwähnte er nie ...

Der Bürgerkrieg endete mit unsäglichem Leid. Mehr als 500 000 Kriegsflüchtlinge waren außer Landes, viele von ihnen in Südfrankreich interniert oder nach Südamerika ausgewandert. Die in Spanien verbliebenen Oppositionellen wurden inhaftiert und vegetierten in Fußballstadien und Stierarenen vor sich hin.

Francos Männer verfügten bald über unzählige Todeslisten mit Namen der Gegner. Die wurden nun abgearbeitet. Das allmächtige Militär entschied ohne Gnade über die Geschicke dieser Menschen, teils nach Kriegsrecht, teils ohne jedes Urteil. Mehr Oppositionelle fielen den Exekutionskommandos zum Opfer als während der gesamten Kampfhandlungen des Krieges.

Die franquistischen Opfer hingegen wurden glorifiziert: Man nannte sie „Märtyrer, gefallen für Gott und für Spanien". Don Miguel Navarro sah darin eine Möglichkeit, den Nachruf für seinen toten Ältesten, Javier, ein wenig aufzubessern. Er sprach von nun an von ihm als Märtyrer. Schließlich war er von einem Linken gemordet worden!

Mit der Zeit rankte er immer mehr berührende Einzelheiten um die Geschichte. Er selbst schloss sich der Bruderschaft Hermandad del Valle de los Caidos, des Tals der Gefallenen, an. Sein Wunsch, die monströse Anlage außerhalb von Madrid einmal aufzusuchen, die der Generalissimo als Kultstätte für die gefallenen Franquisten hatte bauen lassen, sollte sich nicht mehr erfüllen.

Die Gedenkstätte ist bis heute ein Hort für Gesinnungsgenossen der Falange in allen Altersgruppierungen geblieben.

Die Entwicklung Teneriffas bis zum Anfang der 1950er-Jahre

Francisco Franco verfolgte nun gegenüber der Bevölkerung von Teneriffa das Prinzip Zuckerbrot und Peitsche. Einerseits beauftragte er im August 1952 General Ricardo Serrador, den Militärkommandanten, mit der Konzeption und der Bauaufsicht für eine Markt-

halle in der Hauptstadt. Mit „Nuestra Señora de Africa" wollte sich
der Diktator bei den Bürgern beliebt machen. Der Bauplatz lag damals noch am Rande der Stadt und sollte schnelle An- und Abfahrt
garantieren. Andererseits drückte er schon 1940 ein Gesetz durch,
mit dem sämtliche Streitkräfte von Mitgliedern gesäubert wurden,
die vor dem Aufstand Sympathie oder wenigstens Neutralität gegenüber den republikanischen Parteien gezeigt hatten. Auch ansonsten
hörten die Nachstellungen gegenüber politisch Andersdenkenden
nicht auf.

Es dauerte bis zum Oktober 1950, bevor Franco nochmals nach Teneriffa kam. Er bereiste alle Kanarischen Inseln. Die Reise wurde
generalstabsmäßig geplant und von staatlichen Stellen mit genauen
Vorgaben für die Presse begleitet. Linientreue Journalisten übertrie-
ben die Anzahl der jubilierenden Menschen am Wegesrand. Allein
für San Sebastian de la Gomera gaben sie 40 000 jubelnde Bürger an.
Die örtlichen Politiker funktionierten wie Marionetten: So forderte
der Bürgermeister von Santa Cruz die Bevölkerung auf, Balkone und
Häuser festlich zu schmücken.

Francos Gemahlin wurde auf einem pompösen Empfang eine gol-
dene Christus-Medaille überreicht.

Die einzelnen Reiseetappen blieben bis zuletzt geheim. Man traf
trotz allem Hurrapatriotismus große Sicherheitsvorkehrungen. So
wurde in La Laguna der gesamte Weg des Caudillo von bis an die
Zähne bewaffneten Offizieren und Unteroffizieren gesäumt.

Franco hatte schon vor Reisebeginn dazu aufgerufen, die Inseln
touristisch zu erschließen. Dies wiederholte er zigmal in seinen Reden. Mit blumigen Worten versprach er, seinen Visionen auch Taten
folgen zu lassen.

Mit seiner Gattin und 60 Würdenträgern nahm er im Taoro-Hotel
von Puerto de la Cruz an einem festlichen Bankett teil. Die Stadt
hatte das Haus extra von dessen Besitzer Enrique Talg erworben, um
dem Generalissimo ein adäquates Quartier zu bieten.

Sündhaft teure Investitionen waren für seinen Besuch getätigt worden. Allein 7000 Bäume pflanzten unzählige Gärtner im Park. Bestes Silberbesteck und geschliffene Gläser sowie wertvolles Geschirr wurden zusammengetragen. Man wollte zeigen, dass Teneriffa Touristen wirklich etwas bieten konnte.

Der Diktator war von den Aktivitäten beeindruckt. Er empfahl, dass man vor allem auf den Massentourismus setzen solle. Der Flughafen Los Rodeos im Norden war bereits bescheiden ausgebaut worden. Größere Flugzeuge konnten nun landen, und noch im gleichen Jahr zählte man schon 15 000 Flugtouristen. Die Bemühungen um Besserung schienen nicht zuletzt aufzugehen, weil sich die Beziehungen zum Ausland immer mehr entspannten.

General Franco nutzte den Aufenthalt auf der Insel auch, um in Erinnerungen zu schwelgen. Er nahm Einladungen auf die Golfplätze an und besuchte militärische Anlagen.

Bald nach seiner Abreise wurde der Teide-Nationalpark gegründet. Er hat bis heute seine Attraktion nicht verloren.

Die Pläne des Diktators gingen in den Folgejahren auf. Für Teneriffa wurde mit dem Tourismus eine neue, bedeutende Einnahmequelle geschaffen.

Don Miguel Navarro sichert den Fortbestand seiner Sippe

An der Wand hing ein Bild des Generalissimo. Die Luft war vom Qualm seiner Zigarillos geschwängert. Sie stanken in dem halb vollen Aschenbecher vor sich hin. „Miserable Nachkriegsware", dachte Don Miguel, aber vor Sucht und Verzweiflung rauchte er ohne Unterlass weiter.

Er saß über den Zahlen seiner Plantage. Die waren nun schon im dritten Jahr tiefrot. Verzweifelt stellte er sich die Frage, wie es weitergehen sollte. Diese Frage war kein Knoten, den man nur auf eine Weise auflösen konnte. Er suchte unter allen Möglichkeiten nach der besten Alternative.

Don Miguel wollte niemanden um Hilfe bitten. Ein Mann zu sein hieß in seinen Augen, nicht viele Worte machen. Probleme verlangten nach Lösungen und nicht nach Diskussionen. So war er einsam damit befasst, sich selbst an den Haaren aus dem Sumpf zu ziehen.

Mit werthaltigem Vermögen und großem Einkommen konnte er jedenfalls die gesellschaftliche Position der Navarros nicht mehr halten. Seine Familie musste seit Langem schon sparen. Auf der Ausgabenseite backten sie immer kleinere Brötchen. Er hatte Bitten des Pfarrers um Zuschüsse für die Gemeinde schon öfter zurückweisen müssen, und auch kulturelle Ereignisse förderte er kaum noch. Das Ansehen der Navarros resultierte nur noch daraus, zu den politischen Siegern zu gehören. Er betonte deshalb immer wieder seine Zugehörigkeit zur Falange und pflegte den Kontakt zum Militär. Sein Kopf war, wie so oft in der letzten Zeit, voll düsterer Gedanken. Vor ihm lag eine weitere schlaflose Nacht.

Ein Gedanke setzte sich plötzlich in ihm fest und schien der gesuchte Rettungsweg zu sein: Der Generalissimo hatte bei seinem Besuch auf der Insel dazu aufgerufen, den Tourismus als Einnahmequelle zu erschließen. Das ließe sich vielleicht auch mit seiner Plantage vereinbaren. „Urlaub auf der Bananenplantage" konnte eine Geschäftsidee werden! Seine Felder lagen direkt am Meer, in blühender Umgebung und waren gut geeignet für eine erholsame Ferienzeit. Das Schuften seiner Banañeros auf den Feldern brachte sowieso nichts ein. Sie konnten genauso gut kleine Fincas für Feriengäste bauen.

Sein Sohn Fernando war inzwischen mit seiner Ausbildung fertig und konnte ihm bei der Verwirklichung zur Hand gehen. Das erschien ihm nötig, denn er fühlte, dass er neue Herausforderungen nicht mehr so gut wegsteckte wie in früheren Jahren. Fernando gehörte in die Pflicht!

Für den neuen Lebensabschnitt brauchte der Junge eine Frau. Don Miguel hatte schon eine bestimmte für ihn im Auge. Enrico Targas Tochter Elisenda war die Auserwählte. Enrico Targa hatte als Artillerieoberst beim Korps der Militärregierung gedient. Don Miguel war mit ihm seit vielen Jahren in einer Bruderschaft. Die beiden Männer waren über die Jahre hin Freunde geworden. Die Targas waren eine alteingesessene Familie von gutem Leumund, aber bescheidenem Vermögen. Don Enrico hatte sie allerdings mit seiner militärischen Laufbahn auf der Seite der Sieger in die höchsten Gesellschaftsschichten geführt. Er war in seinen Ansprüchen bescheiden geblieben und liebäugelte durchaus mit einer Verbindung beider Familien. Auch wenn Grundbesitz sich zurzeit nicht rechnete, kamen für Grundstücksbarone sicherlich wieder bessere Zeiten.

Nachdem sich die beiden Männer einig geworden waren, arrangierten sie mehrere Treffen ihrer Kinder. Fernando wurde zu den Targas nach Hause eingeladen, man ging zusammen in die Oper und ins Theater. An manchem Sonntag aß man gemeinsam im Restaurant oder auch zu Hause.

Zum Glück stellten die beiden jungen Leute schnell fest, dass sie nicht nur den Vorgaben ihrer Eltern folgten, sondern auch selbst Gefallen aneinander fanden. So wurde nach kurzer Zeit ein stilles Verlobungsfest begangen und Fernando durfte seiner Zukünftigen den zierlichen Brillantring, einen Solitär seiner verstorbenen Großmutter, auf den linken Ringfinger stecken.

Nach weiteren Wochen der Prüfung stand das Hochzeitsfest vor der Tür. Es wurde nach alter Sitte von den Brauteltern ausgerichtet.

Die schwierigen wirtschaftlichen Verhältnisse zwangen die Targas, nur eine bescheidene Hochzeit zu arrangieren. Man plante sie im eigenen Garten. Der Militärpfarrer, Oberst Torbio Diaz, vollzog die Trauung in der prächtigen, dreischiffigen Kirche Nuestra Señora de la Concepción von La Orotava.

Don Miguel war mit der Wahl des Pfarrers sehr einverstanden, zeigte sie doch, auf welcher Seite man stand. Der Vater der Braut trug auf dem Fest als Einziger Uniform. Ein Sortiment von Verdienst-medaillen prangte an der Brust seiner Galauniform und glänzte mit dem Sonnenlicht um die Wette. Seine Hände schwitzten, und auf seiner Glatze bildeten sich Schweißtröpfchen. Hitze und Aufregung forderten ihren Tribut. Schließlich hatte er nur eine Tochter, und die kam heute unter die Haube!

Die Braut trug Weiß. Das Kleid war ein Hauch aus doppelseitigem Satin, sehr luftig gearbeitet, mit züchtigem Dekolleté. Auf ihrer nostalgischen Hochsteckfrisur saß ein eleganter Kranz aus weißen Blumen, von dem ein üppiger Schleier ausging und noch zwei Meter hinter Elisenda den Boden berührte.

Alte Bräuche wurden gepflegt. Die Braut musste etwas Neues, etwas Altes, etwas Blaues und etwas Geliehenes tragen. So kamen die Hals-kette, ein Hochzeitsgeschenk ihrer Mutter, der Spitzenschleier ihrer Großmutter, ein blaues Blumenbouquet und ein besticktes Täschchen ihrer besten Freundin zu Ehren.

Der Bräutigam trug klassisch Schwarz-Weiß. Auf das Revers waren in Gold die Zeichen der Falange eingestickt.

Der Geistliche philosophierte in seiner Predigt über die Ehe: „Ma-trimonium". Er leitete den lateinischen Begriff von den Worten „Mat-ris munium", Mühe der Mutter, ab und schrieb dies dem Vorgang des Gebärens zu, der Sinn und Zweck jeder kirchlichen Ehestiftung sei.

Über das blasse Gesicht der Braut zog sich bei diesen Erklärungen ein Hauch von Erröten, und die Brautmutter vergoss einige Tränen der Rührung. Sie hatte, von ihren Gefühlen überwältigt, den Blick gesenkt.

Bevor Fernando den Trauring auf den rechten Ringfinger seiner Frau streifte, bereitete der Pfarrer diese Geste mit einem Brauch aus dem 17. Jahrhundert vor: Er berührte die ersten drei Finger der rechten Hand Elisendas einen nach dem anderen, also Daumen, Zeigefinger und Mittelfinger, sie standen als Symbol für die Heilige Dreifaltigkeit. Auf den vierten Finger durfte Fernando sodann auf sein Geheiß hin den Ring setzen.

Die weitere Zeremonie stand im Zeichen der neuen Zeit. Für das Brautpaar stellte Oberst Torbio Diaz am Schluss der Trauung die wichtigen Fragen: „Willst du, Fernando Navarro, in dieser herrlichen Kirche in Anwesenheit ehrwürdiger Persönlichkeiten vor dem Bildnis der Heiligen Mutter Gottes Señorita Elisenda Targa zu deiner Frau nehmen, sie lieben und ehren, in guten wie in schlechten Tagen, in Gesundheit und Krankheit?"

„Ja, Hochwürden."

„Und du, Elisenda Targa, nimmst du Fernando Navarro zum Mann und ewigen Versorger, in guten wie in schlechten Tagen, in Gesundheit und Krankheit, ?" „Ja, Pater."

„Hiermit erkläre ich euch vor Gott zu Mann und Frau, und was Gott zusammenfügt, das soll der Mensch nicht scheiden, allein der Tod. Viva Franco, Arriba España!"

Das Fest ging für das Paar kurz nach ein Uhr zu Ende. Zu dieser Uhrzeit erinnerte der Brautvater seinen Schwiegersohn an die ehelichen Pflichten, die auf ihn warteten. Elisenda errötete erneut, als sie das hörte, aber die Worte des Vaters waren Befehl.

Schon bald wurde das junge Paar in das nahe gelegene Hotel Victoria eskortiert, wo ein schönes Zimmer auf sie wartete. Nach launigen Abschiedsworten waren die beiden Vermählten endlich für sich. Fernando nahm seine Frau beherzt an der Hand, und sie stiegen die Treppe hinauf zu ihrem Zimmer.

Das große Bett war einladend aufgedeckt. Der betörende Duft eines weißen Rosenstraußes schwängerte die Luft.

„Endlich sind wir allein", flüsterte Fernando Elisenda zu und drückte sie an sich. Sie schmiegte sich an ihn.

Elisenda war wie Fernando bereit und ergriff sogar ein wenig die Initiative. Sie half ihm, sich auszuziehen, dann zog sie ihn zum Bett hin. Auf dem kühlen Laken aus dickem Damast umfing sie ihn mit ihren Armen. Er drang erst nach zartem Werben in sie ein, und so wurde es eine Explosion der Lust.

Im leidenschaftlichsten Moment wurde einer Tochter der Weg ins Leben gebahnt.

Ihre Leiber blieben nach dem Liebesakt noch des Längeren ineinander verknotet. Dann erst entließ Elisenda Fernando aus ihren Schenkeln.

„Me enamoré", ich habe mich verliebt!, gestand er ihr flüsternd.

Rafael Moya vergrößert seine klein gewordene Familie

Rafael wurde von Don Botella mehr und mehr in die Grundstücksgeschäfte eingeweiht. Praktische Erfahrungen sammelte er, als Botella einzelne Stücke eines ganzen Berges Parzelle für Parzelle aufkaufte, um daraus eine große Weinbaufläche zu schaffen. Er lernte, dass sich mit dem Verkauf eines größeren Areals ein viel höherer Preis erzielen ließ, als man für den Kauf einzelner kleiner Rabatten aufgewandt hatte. Diskretion war natürlich dabei das Allerwichtigste. Wenn ein Konkurrent den Plan zu früh durchschaute, gingen die Einkaufspreise der einzelnen Grundstücke hoch. Im schlimmsten Fall endete die Transaktion mit Verlust.

Rafael war sich schnell im Klaren, dass er ein so großes Rad niemals allein drehen durfte. Aber seine ausgeprägte Fantasie zeigte ihm Wege auf, wie er auch ohne Kapital mitmischen konnte. Er sah sich im Geist als ehrlicher Makler zwischen Kaufinteressenten und Verkäufern kleinerer Baugrundstücke. Rund um die ständig wachsende Stadt Puerto gab es genug zu tun. Für seine Vermittlerleistung würde ihm eine Provision zustehen. Dazu spielte er viele Rechenbeispiele durch und sammelte in seiner Vorstellungswelt aus solchen Geschäften bereits das erste Eigenkapital an.

Er verstand die Sprache der kleinen Leute, schließlich gehörte er zu ihnen. Sein angenehmes Äußeres ließ ihn ihr Vertrauen gewinnen. Die Türen für baldigen Erfolg standen offen, und er stürzte sich in die Arbeit. Seine Tüchtigkeit gab ihm recht, und bald spielte seine Beschäftigung im Hause Ahlers nur noch eine untergeordnete Rolle. Ihm wurden von Don Botella große Freiheiten eingeräumt, und die anerkennenden Worte seines Gönners erfüllten ihn mit Stolz: „Du hast was aus dir gemacht, Junge. Es ist richtig, sich nicht darum zu scheren, woher man kommt; wichtig ist nur, wohin man geht, und das hast du verstanden!"

Mit noch größerer Genugtuung griff Rafael seiner Mutter mit dem ersten verdienten Geld unter die Arme.

Maria Moya war alt geworden, eine dunkel gekleidete Frau mit lichtem weißem Haar, auf einen Stock gestützt. Der Gram der vergangenen Jahre hatte seine Spuren hinterlassen. Ihre Augen waren voll nicht geweinter Tränen, waren stumpf und schimmerten nur noch im Kerzenlicht. Es gehörte zu den seltenen Lichtblicken ihres Lebens, wenn Rafael sie besuchte. „Zu Hause ist da, wo sich das Herz geborgen fühlt", sagte sie gern, um ihn zum baldigen Wiederkommen zu ermuntern. Dass der Junge von ganzem Herzen ihre Nähe suchte, war nicht zu verkennen.

Die Frau fürs Leben fand Rafael an einem Ort, der ihm schon einmal Glück gebracht hatte. Im Notariat von Dr. Hernandez Besteiro arbeitete am Empfang eine ansehnliche junge Frau, und er kam ihr jedes Mal ein Stückchen näher, wenn er mit einem Klienten dorthin zur Beurkundung ging.

Zunächst war es nur ihr Äußeres, das sein Interesse weckte. Valeria Duarte war schlank und zierlich und hatte eine weibliche Figur. Ihr schwarzes Haar trug sie im Pagenschnitt. Ihre Mimik spiegelte meist gute Laune wider, und gern zeigte sie beim Lachen ihre weißen Zähne, die wie Perlen an der Kette aufgereiht strahlten. Einige Sommersprossen über ihrer Stupsnase ließen sie äußerst keck in die Welt blicken.

Bald war es nicht nur ihr Aussehen, das Rafael anzog, er lernte vielmehr ihre aufgeweckte Art schätzen. Valeria wusste für jedes Problem eine Lösung, war höflich, aber bestimmt. Sie war eine Frau, die sich nie devot unterordnete, eine richtige Partnerin für ein gemeinsames Leben.

Der junge Mann nutzte ihre Zusammentreffen, um Valeria zu umwerben. Wie sie sich dabei verhielt, gefiel ihm. Sie sagte zu seinen Einladungen nicht Nein, ließ ihn aber doch eine gehörige Zeit zappeln. So durchströmte ihn großes Glücksgefühl, als sie sich endlich bereit erklärte, einen Abend mit ihm zu verbringen.

Rafael traf sorgfältige Vorbereitungen, denn er wollte ihr gefallen. Er reservierte unten am Hafen von Puerto einen Tisch und sorgte im Gespräch mit dem Besitzer dafür, dass am besagten Abend alle Leckereien vorhanden waren, die er Valeria empfehlen wollte. Dann erwartete er das Treffen in großer Ungeduld.

Der Abend verlief nach seinen Vorstellungen. Das Ambiente gefiel Valeria, und die Speisen waren perfekt. Die junge Frau erzählte ihm freimütig aus ihrem Leben: „Ich bin Vollwaise. Meine Mutter starb bei meiner Geburt und mein Vater im Bürgerkrieg aufseiten der Franco-Truppen. Ich wuchs bei meiner Großmutter auf, doch auch sie ist vor einigen Monaten gestorben. Nun leben meines Wissens nach nur noch eine Tante und ein Onkel von mir auf dem Festland, doch wir haben schon seit Jahren keinen Kontakt."

Was Rafael ihr von sich erzählen konnte, war nicht minder traurig. Valeria zeigte ihre lebensbejahende Art und zog aus ihren ähnlichen Schicksalen einen positiven Schluss: „Nun, dann haben wir ja beide früh gelernt, für uns selbst Verantwortung zu übernehmen. Wie gut täte es, jemanden zu finden, an den man sich etwas anlehnen könnte."

Rafael blieb der kleine Wink nicht verborgen. Wie sollte er reagieren? Auf dem Heimweg nahm er sie an der Hand, und beim Verabschieden flüsterte er ihr ins Ohr: „Ich wäre gern der, an den du dich anlehnen kannst."

Indem sie sich kurz an ihn schmiegte, deutete Valeria ihre Zustimmung an.

Die Zeit des Werbens dauerte nicht lange. Bald fühlte Rafael die Gewissheit, dass Valeria ihn mochte, und er hielt um ihre Hand an. Sie willigte strahlend ein. Ihre spontane Zustimmung machte Rafael verlegen. Er wusste nicht, was er als Nächstes tun sollte. Da fiel ihm ein Satz seines Großvaters ein, und er sprach ihn aus, um seine Verlegenheit zu überspielen: „,Wenn du in den Krieg ziehst, bete einmal; wenn du zur Familie gehst, zweimal, und wenn du heiratest, dreimal', war eine der vielen Weisheiten meines Abuelos. Der Krieg ist Gott sei Dank vorbei, eine gemeinsame Familie haben wir noch nicht, also muss ich mich wohl an das dreifache Beten gewöhnen."

Valeria quittierte den Satz mit einem Lächeln und flog in seine Arme.

Rafaels Mutter mochte Valeria auf Anhieb. Ihr konnte die Hochzeit nicht schnell genug gefeiert werden. Sie wollte unbedingt noch Enkelkinder um sich haben.

So standen die drei eines Sonntags in der kleinen Kapelle bei Icod, und das junge Paar gab sich voller Zuversicht das Jawort.

Musste die Gestaltung des Festes bei den Navarros als sparsam gelten, so war sie bei den Moyas spartanisch, aber Donna Maria war seit Langem mal wieder glücklich. Bei Valeria und Rafael erfüllte sich wie bei Fernando und Elisenda der Bibelspruch: Seid fruchtbar und mehret euch!

Der Riemenschneider fällt den Häschern zum Opfer

Selbst zwanzig Jahre nach Bürgerkriegsende waren die Säuberungsaktionen der Falange auch auf den Kanaren noch nicht beendet. In besonderem Maße stellte sie den Untergrundkämpfern nach, die durch ihre kühnen Taten und den Erfolg, sich zu verbergen, beim Volk den Nimbus von Helden erreicht hatten. Sie waren das Rückgrat der andauernden heimlichen Rebellion und mussten weg. Zu diesen

Männern gehörte an vorderster Stelle Juan Garcia, El Corredera, der Riemenschneider.

1958 war es so weit. Der berüchtigte Rebell wurde bei einer Schießerei von einem Förster, der ihn erkannte und stellen wollte, schwer verwundet. Zwei herbeigerufene Polizisten nahmen ihn fest. Er war schon fast tot, als sie ihn dingfest machten. Aber die Franquisten wollten sich mit einem so wenig spektakulären Tod nicht abfinden, sie wollten an El Corredera ein Exempel statuieren. Ein Ärzteteam in Las Palmas flickte ihn wieder zusammen und päppelte ihn auf.

Maria Moya verfolgte die Berichterstattung über sein Schicksal in großer Aufregung in der Zeitung. „Ich habe es vorhergesehen", sagte sie vor sich hin und hoffte, dass es Pedro wirklich bis Venezuela geschafft hatte. In ihrer kleinen Familie verlor sie über diese Gedanken kein Wort, suchte vielmehr Trost bei ihrem geliebten Enkel, der nun schon neun Jahre alt war. Dankbar hatte sie akzeptiert, dass ihm seine Eltern die Vornamen Manolo Maria gegeben hatten.

Kaum wieder gesundet, wurde El Corredera trotz vieler Petitionen und Unterschriftensammlungen zum Tode verurteilt. Da selbst der Papst sich für ihn einsetzte, spielte das Militärgericht auf Zeit, um einem Gnadenakt von höchster Stelle noch eine Möglichkeit einzuräumen.

Die Richter eines Militärtribunals wählten für die Hinrichtung das Würgeeisen, die Garrotte, wohl wissend, dass es auf Teneriffa keinen Henker gab, der ein solches Gerät besaß oder bedienen konnte.

Die Garotte wurde 1882 letztmalig bei der Exekution zweier Mörder in Puerto de la Cruz eingesetzt. Das Instrument war zwischenzeitlich fast überall aus dem Verkehr gezogen, denn es arbeitete besonders grausam.

Es bestand aus einem senkrechten Pfosten, der in Nackenhöhe des sitzenden Delinquenten eine Stahlbandschlaufe hatte. Die Schlaufe konnte von hinten mithilfe eines Drehrads zusammengezogen werden. Kurz oberhalb der Schlaufe befand sich am Pfosten ein eiserner

Keil, der beim Zuziehen die Wirbelsäule des Verurteilten durchtrennen sollte. Wie grausam die Hinrichtung wirklich wurde, entschied allein der Henker durch die Schnelligkeit, mit der er am Rad drehte. Hierbei wurde viel Schindluder getrieben!

Trotz aller Bitten um Begnadigung, sogar vom Heiligen Vater, bestätigte Franco das Urteil und verweigerte jede Milde. Er ließ sich selbst von der grausamen Hinrichtungsart nicht beeindrucken und befahl, aus Sevilla eigens einen geeigneten Henker in Marsch zu setzen.

Der Henker kam, richtete das Gerät auf die vermeintliche Körpergröße des Verurteilten ein, und im Morgengrauen des 19. Oktober 1959 sollte das Urteil vollstreckt werden.

Der Riemenschneider nahm mit unbeweglicher Miene auf dem Richtstuhl Platz. Der Henker hatte jedoch seine Größe überschätzt, das Würgeeisen lag El Corredera fast um die Stirn! Alles sah danach aus, als müsse die Hinrichtung auf den nächsten Tag verschoben werden. El Corredera hatte jedoch nach langem Leidensweg mit seinem Leben endgültig abgeschlossen und drang auf ein schnelles Ende. Er bat, man möge ein paar Kissen und Decken bringen, auf die er sich setzen wollte. Der Henker erfüllte seinen Wunsch, und mit der so gewonnenen zusätzlichen Höhe stand der Hinrichtung nichts mehr im Wege.

Die Zahl der Zuschauer war groß. Alle beteten für die Seele des Verurteilten und bewunderten still seinen Mut.

„El Corredera ist wirklich tot", flüsterte Donna Maria, als sie von seinem Ableben erfuhr.

Die Falangisten hatten wieder einmal ihr grausamstes Gesicht gezeigt, aber die Exekution durch ihre schreckliche Ausgestaltung zu einem unvergesslichen Ereignis gemacht. Sie schreckten mit der Untat niemanden ab, sondern schufen einen Märtyrer. „El Corredera" hat seitdem für die gesamte kanarische Gesellschaft eine unverrückbare Dimension erhalten. Das Leben und Sterben eines einfachen Mannes, der für sich und seine Leute gekämpft hatte, der sich über zwanzig

Jahre lang verstecken musste und der mit Würde starb, machten ihn unsterblich.

Noch heute heißt der Gerichtete auf den Inseln „Juan El Nuestro" – Juan der Unsere.

1960 bis 1970: Die Zeit der wirtschaftlichen Erholung

Anfang der 1960er-Jahre öffnete General Franco die Grenzen für ausländische Urlauber und legte damit den Grundstein für den heutigen Massentourismus auf Teneriffa. Überraschenderweise waren anfänglich sehr viele Schweden unter den Gästen. Aber schon 1959 landete auch das erste deutsche Charterflugzeug.

Mittlerweile machte die Tourismusbranche bis zu achtzig Prozent des Bruttoeinkommens der Insel aus, und Rafael Moya vermittelte die ersten Häuser an Touristen.

Auch bei den Navarros zeigten sich wirtschaftliche Erholungen. Das Konzept mit den Feriengästen auf der Plantage lag im Zeitgeist und hatte Erfolg. Fernando Navarro erfüllte die Hoffnungen seines Vaters und wurde dessen äußerst tüchtige rechte Hand.

Miguels Liebe galt jedoch der neunjährigen Enkelin. Seine Kinder hatten ihr, zum Leidwesen seiner Frau Laura, wie er es sich gewünscht hatte, den Namen Dolores gegeben!

Die kleine Dolores und Manolo Maria Moya begegneten sich das erste Mal in Icod unter den Riesenbäumen an der Kirche San Marco. Sie langweilten sich beide zwischen den Erwachsenen.

Dolores ergriff die Initiative: „Wir gehen gleich in die Kirche." Selbstsicher, fast herrisch setzte sie hinzu: „Und dass du dir ja nicht erlaubst, dich auf unsere Plätze zu setzen."

Manolo Maria war irritiert. Was erlaubte sich dieses Mädchen ihm gegenüber? „Wir gehen niemals in die Kirche", antwortete er patzig und ließ sie stehen.

Die beiden Kinder wussten nichts von der Feindschaft ihrer Familien, aber instinktiv war Streit zwischen ihnen vorprogrammiert. Die höchst unterschiedliche Sicht der Dinge sollte sich in ihrem weiteren Leben noch viel stärker ausprägen.

In diesem Zeitraum wurde der Süden Teneriffas touristisch erschlossen, und erste Ferienhäuser entstanden auch dort. Playa de las America wurde mit aufgeschütteten Sandstränden zum neuen Ferienzentrum der Insel.

Adiós Venezuela!

1970 kehrte sich der Auswandererstrom nach Venezuela um. Eine starke Rückwanderung auf die Kanaren setzte ein. Teneriffa wurde plötzlich wieder zum Einwanderungsgebiet. Grund dafür war eine wichtige Gesetzesänderung. Die Kinder der Emigranten erhielten bei einer Rückkehr nach Spanien auf Antrag die spanische Staatsbürgerschaft und hatten so viel leichter Zugang zu der gesamten Europäischen Union. Seit Jahren zum ersten Mal wieder wuchs die Bevölkerungszahl der Insel.

Maria Moya wartete voller Hoffnung auf Pedros Rückkehr, doch ihre Hoffnung blieb zunächst unerfüllt. Sie war inzwischen 71 Jahre alt. Die Härte ihres Lebens hatte deutliche Spuren hinterlassen. Tägliches Kochen, Fegen, Wassertragen, Wäsche waschen und die vielen anderen Tätigkeiten in Haus und Garten gingen ihr längst nicht mehr so leicht von der Hand wie früher. Es war nicht nur Glück, sondern Notwendigkeit, dass Rafael ihr mit Geld unter die Arme griff. Der alten Frau blieben fürs restliche Leben nur ihre Liebe zu den Kindern, ihre Träume und Hoffnungen.

Pedro Moya hatte bei seiner Flucht Venezuela wirklich wohlbehalten erreicht. Mit einigen anderen Einwanderern verschlug es ihn in eines der Hauptölfördergebiete des Landes, das Orinoco-Delta, das zweitgrößte Flussbeckensystem Lateinamerikas.
Die Männer arbeiteten zunächst hart an der notwendigen Infrastruktur der Ölfelder. Dies ging einher mit der Zerstörung des Lebensraums der Warao, der Ureinwohner, die schon seit vielen Tausend Jahren auf Stelzenhäusern an den Flussrändern wohnten.
Auch der Tod einer Vielfalt von Land- und Wassertieren und unwiderrufliche Schäden am Ökosystem der Pflanzenwelt waren die Folge. Immer größere Lichtungen für Zufahrtsstraßen und Landeplätze wurden gerodet. Künstliche Kanäle wurden angelegt und Flussarme vertieft. Schon bei den ersten Probebohrungen kamen giftige Substanzen zum Einsatz.
Bald begann sich der Stamm der Warao gewaltsam zu wehren, und die Eindringlinge befanden sich ständig in Todesgefahr. Sie antworteten mit dem Bau von Elektrozäunen und dem Vergiften der Flüsse. So hatte sich Pedro sein Leben in der Neuen Welt nicht vorgestellt.
Um der Mutter keine Sorgen zu bereiten, gab er nach Hause kein Lebenszeichen ab, sondern litt allein. Er wollte sie auch durch eine Nachricht nicht in Schwierigkeiten bringen.
Das strapaziöse Leben am Ölfeld ließ sich nur in einer verschworenen Gemeinschaft aushalten. Pedro freundete sich mit einem gleichaltrigen Madrilenen an, der in dem Etagenbett unter ihm schlief. Sein Name war Felipe Balasco, und er war, anders als Pedro, aus reiner Abenteuerlust ins Land gekommen. Mit ihm teilte Pedro sein Heimweh, träumte, trotz aller Unbill, von einer goldenen Zukunft und wehrte sich gegen die Gefahren des täglichen Lebens.
Gerade dieser Freund sollte auf tragische Weise dafür sorgen, dass Pedros Leben eine Wendung nahm. Eines frühen Morgens platzte

unter dem Druck des Öls direkt vor dem jungen Mann ein Förderrohr und riss ihm den Kopf ab. Pedro war ganz in seiner Nähe, blieb aber unversehrt.

Nachdem er den ersten Schock überwunden hatte, arbeitete sein Gehirn auf Hochtouren. Felipe war ihm äußerlich sehr ähnlich, er wurde im Heimatland nicht gesucht, und Pedro beschloss, seine Identität anzunehmen. Schnell eilte er in die Schlafbaracke und eignete sich Felipes Papiere an.

Der Tausch blieb in der Verwaltung unbemerkt, und in den Akten der Ölgesellschaft wurde von da an ein gewisser Pedro Moya als bei einem Unfall verstorben geführt. Damit eröffnete sich für Pedro die Chance, ohne Gefahr einer Strafverfolgung wieder nach Hause zurückzukehren.

Er ließ noch einige Zeit ins Land streichen, dann nutzte er die Möglichkeit, sich mit dem nächsten Schwung Rückwanderer im Oktober 1971 auf den Weg nach Teneriffa zu machen.

Donna Maria konnte ihr Glück nicht fassen, als er vor ihrer Tür stand. Der Junge war zum Mann geworden und nicht wiederzuerkennen. Erst die Tabaksdose seines Vaters, die sie ihm als Erinnerungsstück mitgegeben hatte, überzeugte sie, dass er es wirklich war, und machte sie selig. Es war ihr nur schwer beizubringen, dass Pedro zu ihrer und seiner Sicherheit unter fremdem Namen bei ihr wohnen musste. Geduldig warnten Pedro und auch Rafael sie vor allzu großen Zärtlichkeitsbekundungen. In ihrem Hause wohnte eben nur ein entfernter Verwandter aus Madrid namens Felipe Balasco!

Die Verwechslungskomödie ging trotzdem nur einige Monate gut. Schon bald hielt sich im Dorf das Gerücht, Pedro Moya sei zurückgekehrt.

Auch Fernando Navarro kam das zu Ohren, und er wollte seinem Vater zuliebe die Sache zur Anzeige bringen.

Die Moyas hatten aber selbst im Umfeld der Navarros Freunde, und Pedro wurde vorgewarnt. Einen Tag vor dem Zugriff setzte er sich ins

Ausland ab. Miguel Navarro schäumte vor Wut und suchte vergeblich nach dem Verräter.

Donna Maria versank nach Pedros erneuter Flucht in völlige Resignation, und ihr sowieso schon schwaches Herz blieb am 27. März 1972 im Schlaf einfach stehen. Sie schlief fest dabei und konnte sich nicht einmal darauf freuen, mit ihrem Manolo wieder vereint zu werden.

Pedro Moya erfuhr in der Ferne nichts von ihrem Tod, und so oblag es Valeria und Rafael allein, für ihre Bestattung Sorge zu tragen.

Manolo Maria stand weinend mit am Grab. Er war inzwischen zwanzig Jahre alt und studierte in La Laguna Politikwissenschaft. Er wollte nach erfolgreichem Examen in der Opposition die Gesinnung seines Vaters vertreten und Journalist werden. Ein solches Bekenntnis war immer noch mit großen Gefahren verbunden, wie ein Ereignis in seiner Universitätsstadt bald belegen sollte.

Dolores Navarro studierte an der gleichen Universität und war in der rechten Studentenbewegung engagiert. Die beiden standen sich bei manchem Streitgespräch auf dem Forum unversöhnlich gegenüber.

Dolores war jedoch mit der Zeit die Versöhnlichere von beiden geworden. Einmal fragte sie Manolo Maria sogar: „Warum verhältst du dich mir gegenüber nur immer so feindlich?"

„Ja, ja, ein Feind der Feder ist schlimmer als einer vom Leder." Er lachte, blieb aber eine richtige Antwort schuldig.

Sie insistierte: „Zwei Vögel auf einer Ähre werden nie Freunde, aber wir haben doch beide genug Platz zum Atmen."

„Du hast diesen Platz geschenkt bekommen, ich muss ihn mir täglich erkämpfen", antwortete er grimmig.

Der Mord an Antonio Gonzalez

Noch am 29. Oktober 1975 wurden mitten in der Nacht in La Laguna Verhöre an politischen Gefangenen vorgenommen.

Inspektor José Matute Fernandez war einer der brutalsten Beamten dafür. Er war Inspektor bei der für die innere Sicherheit zuständigen Brigada Político-Social. Sein Gefangener, Antonio Gonzalez, war Mitglied der kommunistischen Partei der Kanaren, der Partido de Unificación Comunista de Canarias, PUCC.

Der Inspektor war ausgeprägter Kommunistenhasser. Als Gonzalez keinerlei Anzeichen machte zu gestehen, gingen mit Fernandez die Pferde durch. Rasend vor Wut sprang er Gonzales auf den Brustkorb, und der starb qualvoll unter seinem Gewicht.

Die Tat blieb nicht verborgen. Oppositionelle Studenten und Mitglieder der illegalen Parteien sowie der gewerkschaftlichen Organisation der Comisiones Obreras sorgten für eine gerichtliche Untersuchung.

Trotz wütender Proteste wurde diese bis 1977 verschleppt. Am 19. Oktober dieses Jahres wurde Fernandez sogar trotz eindeutiger Beweise nach dem inzwischen in Kraft getretenen Amnestiegesetz freigesprochen. Die Täteramnestie war integraler Bestandteil der Gesetzesnovelle geworden, allerdings von ihrem Sinn her nur als Zeichen der Versöhnung für alte Untaten gedacht. Mit dieser Täteramnestie wurde der zweifelhafte Gehalt von Vergangenheitsbewältigung konterkariert und die Chance versäumt, noch immer herrschende kriminelle Verhörmethoden des Franco-Regimes abzustrafen.

Manolo Maria Moya kommentierte dies als Journalist kritisch bissig und gab in einem Interview dem Vorsitzenden der PUCC Gelegenheit, vom Leder zu ziehen.

Dieser Beweis unveränderter Unversöhnlichkeit beider Seiten blieb kein Einzelfall: Ein Professor an der Universität hatte jedoch mehr

Glück. Obwohl er eine wichtige Stelle in der faschistischen Parteiführung innehatte, hatte er für die linke Sache im Untergrund gearbeitet. 1975 flog er auf, als die politische Polizei jemanden in ihre Reihen einschleuste.

In Handschellen wurde er abgeführt und zu zwanzig Jahren Haft verurteilt. Schon 1976 fiel er unter eine Teilamnestie und erlangte die Freiheit zurück.

General Francos Tod

Der Diktator erlitt, bereits schwer krank, im Oktober 1975 einen Herzinfarkt und wurde ins Madrider Krankenhaus La Paz eingeliefert. Erst am 20. November fügten sich die behandelnden Ärzte dem Wunsch der Familie und stellten die lebenserhaltenden Maschinen ab. Der Diktator war tot!

Unter immenser Anteilnahme seiner Parteigänger wurde der Verschiedene unter der Kuppel der unterirdischen Basilika Santa Cruz del Valle de los Caidos in der Sierra de Guadarrama beigesetzt.

In einem Grab in seiner Nähe lag der 1936 hingerichtete Gründer der Falange, José Antonio Primo de Rivera.

Das Schicksal wollte es, dass dessen Todestag ebenfalls der 20. November gewesen war.

Dieses Datum und diese Grabstätte manifestieren noch immer in jedem Jahr den zeitlichen und räumlichen Treffpunkt der Anhänger des spanischen Franquismus.

Viele im Land erklärten den Tag zum Feiertag, mehr noch diejenigen im Exil.

Genauso viele aber begingen ihn stumm. Sie hatten zu Francos Lebzeiten einen zu hohen Preis gezahlt, um sich freuen zu können.

Der Bourbonenprinz Juan Carlos wurde am 27. November zum König gekrönt. Nach dem Schwur auf Gott und die Prinzipien des Movimiento hielt er als König Juan Carlos I. seine erste öffentliche Rede. Sie bestärkte die Hoffnungen der Opposition auf rasche Reformen. Nach Worten des Dankes und der Verbundenheit an den verstorbenen Diktator stellte Juan Carlos nämlich einen Neuanfang in Aussicht. Die Absicht, König aller Spanier zu sein und die Beschwörung eines nationalen Konsenses stellten die nationale Versöhnung in den Vordergrund. Von Bestrafung und Vergeltung sprach der König als Ziehsohn des Diktators allerdings nicht.

Dolores Navarro durfte zusammen mit ihrem Großvater, dem ehemaligen Artillerieoberst Targa, als Abgeordnete der konservativen Partei Teneriffas die Krönungszeremonie in Madrid miterleben. Don Miguel Navarro war nur wenige Wochen zuvor verstorben. Seine Frau Laura war inzwischen aufs Altenteil gezogen, und Fernando, Elisenda und Dolores lebten im Haupthaus.

Pedro Moyas endgültige Rückkehr

Inzwischen hatte Pedro brieflich zu seiner Familie Kontakt aufgenommen. Ihm ging es gut. Doch als er durch ein Schreiben von Rafael erfuhr, dass ihre Mutter schon am 27. März 1972 gestorben war, konnte ihn kein Risiko davon abhalten, an ihrem fünften Todestag auf der Insel zu sein.
Pünktlich bestieg er den 180 Tonnen schweren amerikanischen Jumbo mit Zwischenziel Gran Canaria. Der Flug verlief ohne Probleme. Die Fluggeschwindigkeit betrug etwa 800 km/h. Der Autopilot war eingeschaltet. Kurs 70 Grad Ost. Als sie kurz vor der Landung waren, kam es zu einer fatalen Bündelung von Ereignissen. Auf Gran

Canaria hatte ein kleiner Sprengsatz die Scheibe des Blumenladens im Flughafen zerstört. Vorsichtshalber wurden alle Flugzeuge nach Los Rodeos auf Teneriffa umgeleitet.

Diese Nachricht erfuhr Pedro über Lautsprecher von der Flugbegleiterin und war froh, dadurch schneller zu Hause zu sein.

Los Rodeos war der Vielzahl der hereinkommenden Flugzeuge schon personalmäßig nicht gewachsen. Unglücklicherweise herrschte auch noch die jahreszeitlich bedingte dichte Nebelsuppe über der einzigen Start- und Landebahn. Als Maßnahme beschloss die Bodenstation, nur noch starten zu lassen. Doch dann musste sie notgedrungen auf die Umleitung der Flugzeuge aus Gran Canaria reagieren. Dabei kam es zu einem doppelten Missverständnis des Towers. Pedros Jumbo landete und rollte auf die Startbahn, als ein Jumbo der holländischen Linie KML, voll betankt und voll besetzt, gerade startete.

Dieser Flieger hatte schon eine so hohe Geschwindigkeit erreicht, dass die Piloten ihn nicht mehr bremsen konnten. Als sie die auf sie zukommende Gefahr in der Waschküche um sich herum endlich erfassten, riss ihre Maschine bereits mit den Triebwerken und dem Fahrgestell das gelandete Flugzeug auf.

Im Tower hörte man einen der Piloten mit den Worten: „Gott steh mir bei!" Man konnte von dort aus immer noch nichts erkennen. Auf dem Voicerecorder war nur ein leises „Klick" zu hören. Offenbar war der fingernagelgroße rote Knopf am Steuerhorn gedrückt worden.

Der startende Flieger erwischte die gesamte Seite der gelandeten Maschine, da diese quer zur Flugrichtung ausrollte. Ihr erster Pilot hatte verzweifelt das Steuerhorn zu sich herangezogen, als er die startende Maschine aus dem Nebel schießen sah.

Der riesige Höhentrimmer stand durch sein Eingreifen auch wirklich am Anschlag, auf „Nase hoch", aber er brachte nur noch einen so trägen Schub zustande, dass das Flugzeug dem anderen nicht mehr ausweichen konnte. Das wurde einige Hundert Meter nach vorn geschleudert und zerschellte brennend auf der Piste. Das zweite Flugzeug brannte ebenfalls lichterloh.

Im schrecklichsten Unfall der bisherigen Luftfahrtgeschichte ließen 561 Menschen ihr Leben.

Pedro Moya war einer von ihnen. Es hatte nicht der Hand eines Navarros bedurft, um sein Leben zu beenden.

Don Miguel Navarro konnte sich über diesen so sehr von ihm herbeigesehnten Tod nicht mehr freuen, er war selbst schon einige Zeit tot. Der Rest seiner Familie hegte nicht mehr den gleichen Rachedurst, den er bis zu seinem Ableben verspürt hatte.

Versuch einer Vergangenheitsbewältigung

Die Wahlen von 1977 eröffneten Ministerpräsident Adolfo Suárez die politische Möglichkeit, mit der Ausarbeitung einer neuen Verfassung Reformen einzuleiten.

Oberstes Ziel sollte sein, Geschichte nicht als Waffe zu benutzen, sondern eine unblutige Versöhnung der tief gespaltenen Gesellschaft zu erreichen.

Im Klerus hatte Suárez mächtige Verbündete, denn die Kirche wollte ihre Unterstützung Francos während des Bürgerkriegs vergessen machen.

Ihren höchsten Vertretern ging das Wort Olvido, Vergessen, leichter über die Lippen als das christliche Perdón, Verzeihen.

Im Oktober brachte man eine Generalamnestie auf den Weg, die im wahrsten Sinne des Wortes an eine „Generalamnesie" geknüpft war!

Der im gleichen Atemzug verkündigten allgemeinen Versöhnung ging keine kritische oder gar strafrechtliche Beschäftigung mit der Vergangenheit voran.

So konnte es geschehen, dass ein Mörder wie José Matute Fernandez in La Laguna trotz seiner Untat freigesprochen wurde.

Gegen den Generalissimo wurden allerdings erste zaghafte Vorbehalte erkennbar:

In Puerto de la Cruz erhielt die Plaza General Franco wieder den Namen Plaza del Charco zurück. Auch andere Städte der Insel tilgten seinen Namen von Straßenschildern.

Picassos Bild „Guernica" wurde erstmals im Prado ausgestellt. Nach den Vorgaben des Künstlers sollte das Bild erst auf spanischem Boden zu sehen sein, wenn dort wieder demokratische Verhältnisse eingekehrt waren. War das ein Omen?

Francos Schatten wird immer schwächer

Die politische Entwicklung nahm ihren Fortgang.
1996 erhielt die rechtskonservative Partido Popular die parlamentarische Mehrheit.

Dieser Umstand beflügelte die Oppositionsparteien, tabuisierte Themen, wie das Unrecht während der Diktatur, in öffentlichen Debatten zu forcieren.

Zur Jahrtausendwende formierte sich im Land eine Bewegung, die sich für das Auffinden und Erinnern republikanischer „Verschwundener" aus dem Bürgerkrieg einsetzte.

2000 gründete sich die Vereinigung für die Wiedererlangung des historischen Gedächtnisses, Asociación para la Recuperación de la Memoria Histórica, ARMH.

Manolo Maria Moya wurde sofort Mitglied.

Die Vereinigung kämpfte für die „Rückgewinnung des historischen Gedächtnisses" und die Exhumierung und würdige Neubestattung verschwundener Franco-Opfer.

Im November 2002 stimmte das spanische Parlament einstimmig einer Verurteilung der Franco-Diktatur zu.

Unter der sozialdemokratischen Regierung von José Luis Rodriguez Zapatero wurde das „Erinnerungsgesetz" verabschiedet.

Weitere Symbole der Franco-Diktatur wurden demontiert. Auch die sieben Meter hohe Franco-Statue auf der Plaza de San Juan de la Cruz in Madrid wurde entfernt. Die letzte Reiterstatue Francos auf europäischem Boden wurde im Dezember 2008 in Santander entsorgt.

2006, zum Jahrestag des Bürgerkriegsbeginns, rief man das Jahr der historischen Erinnerung aus, und ein Gesetz zur Rehabilitierung und Entschädigung der Opfer der Diktatur wurde auf den Weg gebracht.

Die konservative PP sorgte dafür, dass es so kurz wie möglich griff. Das Recht der Exhumierung Verschwundener wurde genauso wenig garantiert wie die Kostenübernahme dafür.

In Madrid brachte der Richter Baltasar Garzón in die Diskussion, dass franquistische Verbrechen gar nicht straffrei bleiben konnten, weil Menschenrechtsverbrechen nach internationalen Konventionen nicht ungesühnt bleiben durften.

Seine Thesen fanden landesweit Beachtung, wenngleich ihn rückwärtsgerichtete Kräfte mit allen Mitteln bekämpften und sogar bestrafen wollten.

Eine „typische Garzonade" höhnten die Kommentatoren der Tageszeitung El Mundo. „Alte Wunden werden aufgerissen", befand der Chef der konservativen Volkspartei PP, Mariano Rajoy.

Im Hinblick auf in 2008 anstehende Wahlen wurde das Gesetz bis in den Dezember 2007 hinein verzögert, immer wieder nachverhandelt und überarbeitet. Erst dann brachte es eine bedeutsame Regelung.

Denen, die unter der Diktatur gelitten hatten, wurde ein Recht auf persönliche Anerkennung und Wiedergutmachung zugesprochen.

Menschen, die in Haftanstalten eingesessen oder Zwangsarbeit geleistet hatten, bekamen Entschädigungsleistungen in Aussicht gestellt.

Immer noch wurden jedoch franquistische Gerichtsurteile nur für illegitim erklärt und nicht annulliert.

Von einer Bestrafung der Täter war nicht die Rede. Es gab einfach noch zu viele, die sich den alten Zeiten verbunden fühlten. So erklärte der ehemalige PP-Innenminister und spätere Europaparlamentarier, Jaime Mayor Oreja, noch im Oktober 2007: „Warum soll ich den Franquismus verurteilen, wenn es viele Familien gibt, die ihn als natürlich und normal erlebt haben?"

Franco-Anhänger gründeten sogar eine besondere Stiftung: „Fundación Nacional Francisco Franco" – „Nationalstiftung Francisco Franco". Sie erhob das Bestreben, Francos Ansehen zu bewahren, zu ihrem obersten Ziel. Sie allein besitzt bis heute umfangreiches Archivmaterial. Die Urkunden wurden nach Francos Tod von Parteigängern aus dessen Amtssitz El Pardo entnommen, anstatt sie in öffentliche Archive zu überführen. Die Stiftung verweigert bis heute noch unliebsamen Geschichtsforschern den Zugang zu diesen Dokumenten.

Die Nachforschung nach Opfern nahm auf dem Inselarchipel Konturen an. In den Pinienwäldern rund um Fuencaliente auf La Palma hatte man einen ersten, bescheidenen Erfolg. Bei Ausgrabungsarbeiten wurden Leichenteile von acht Personen gefunden. Zwei Leichen konnten identifiziert werden. Weitere Ausgrabungen verliefen ergebnislos. Von Massengräbern war danach auf dieser Insel nicht mehr die Rede.

Auf Gran Canaria wurden sieben der vierundzwanzig im Massengrab Montaña Cardones gefundenen Leichen mithilfe von DNA-Analysen identifiziert.

Auf Teneriffa kristallisierten sich die Standorte mehrerer Massengräber heraus: Nach Aussagen von Überlebenden sollen vor allem im Gebiet Las Cañadas del Teide, nahe dem Dorf Maja Bucio, Erschießungen vorgenommen worden sein.

Auf dem Friedhof San Juan von La Laguna vermutete man ebenfalls ein Massengrab.

Mitglieder des Vereins Asociación para la Recuperación de la Memoria História de Tenerife wollten den Friedhof absuchen lassen. Bürgermeister Fernando Clavijo unterstützte die Such- und Bergungsarbeiten, um das düstere Kapitel der Franco-Vergangenheit endlich abzuschließen.

Auf der Insel verfügte man allerdings nicht über das erforderliche Gerät. Ein spezielles Georadarsystem musste vom Festland herbeigeschafft werden. Nur mit einem Ground Penetrating Radar, GPR, konnte man kostengünstig unter der Oberfläche den Boden absuchen. Dagegen wurden Bedenken laut, die man nicht so einfach unter den Tisch kehren konnte: Die Familie des berühmten Dichters García Lorca hatte für Granada mit allen Mitteln versucht, das Exhumierungsverfahren des exekutierten Dichters zu verhindern. Sie wünschte, dass die Gebeine des Poeten in ihrer Ruhe ungestört und das gemeinsame Grab aller Exekutierten unangetastet bliebe. Die anonyme Grabstelle sollte nach ihrer Vorstellung offiziell zu einem „Friedhof" erklärt werden.

Viele Gegner der Nachforschungen bekämpften die Vorhaben bei Weitem weniger intellektuell. Sie beriefen sich in Zeiten schlechter Finanzen auf den hohen, damit verbundenen Geldeinsatz. Diese Gegenargumente, wie auch immer, haben auf Teneriffa gewirkt. Die Nachforschungen sind bis heute nicht weitergegangen.

Dolores Navarro und Manolo Maria Moya erhoben auch dieses Thema zur Grundlage ihrer Streitkultur:

„Es kann nicht richtig sein, eine schuldbeladene Vergangenheit einfach zu vergessen. Wenn jemand sich nicht erinnert, weiß er im Übrigen nicht, wer er ist."

„Doch, ich meine, Vergessen kann sogar zur Grundlage der Versöhnung zweier verfeindeter Lager werden."

„Auf der Basis von Vergessen und Verdrängen kann man keinen funktionierenden demokratischen Neuanfang schaffen. Zu den erforderlichen Bewältigungsaufgaben gehört Genugtuung für die Opfer und die Bestrafung der Täter."

„Jemand Klügeres als ich hat gesagt: Die Politik hat nicht zu rächen, was geschehen ist, sondern zu sorgen, dass es nicht wieder geschehe!"

„Aber nur, wer bereut, dem kann verziehen werden."

„Oh nein, geschehen bleibt geschehen. Reue ist nur Verstand, der zu spät kommt, aber nichts mehr rückgängig machen kann. Auf zukünftiges Verhalten kommt es an!"

„Versuch doch wenigstens einmal das Positive zu sehen, auch wir wollen etwas verändern!"

„Ja, ihr versucht, etwas zu verändern, damit sich nichts ändert. Das ist euer vermeintliches Geschenk an die Demokratie!"

Personenverzeichnis

A

Ahlers, Jakob, deutscher Konsul in Santa Cruz
Alfonso XIII., König von Spanien
Armas, Silverio de, republikanischer Widerstandskämpfer
Avila, Juan de, Figur im Spielfilm La Habanera
Avila, Pedro de, Figur im Spielfilm La Habanera
Azaña, Manuel, Ministerpräsident Spaniens

B

Baez, Marcos, republikanischer Widerstandskämpfer
Balasco, Felipe, Ölarbeiter in Venezuela (fiktiv)
Ballester, Nicolás, Geheimagent
Balmes, Amado, General
Baraibár, Emilio, Oberstleutnant der Guardia Civil
Barrio, Diego Martinez, Ministerpräsident Spaniens
Bebb, Captain Cecil, Pilot
Besteiro, Dr. Hernandez, Notar (fiktiv)
Bethencourt, Francisco, republikanischer Widerstandskämpfer
Boix, Antonio, Zivilgouverneur von Las Palmas
Bolin, Louis, Korrespondent der Tageszeitung ABC
Botella, José Luis, Direktor auf dem Gut von Konsul Ahlers in Tacoronte (fiktiv)
Botella, Susanna, Don José Luis' Tochter (fiktiv)

C

Calderón, Aurelio Matos, Comandante der Artillerie
Campos, Gonzales, Leutnant auf Teneriffa und Gegner Francos
Canaris, Wilhelm, deutscher Admiral
Casado, Oberst
Castillo, Joseph, Teniente der Guardia de Asalto

Cierva, Juan de la, Erfinder
Clavijo, Fernando, Bürgermeister von La Laguna
Coba Cabrera, Juan Jose, CNT-Funktionär
Compte, Alfonso, Ziegenhirt (fiktiv)
Concepción, Sixto, republikanischer Widerstandskämpfer
Condés, Fernando, Sturmgardist
Cotarelo, Pablo, Leinenschumacher (fiktiv)
Cruz, Adolfo, Angestellter von Jakob Ahlers (fiktiv)
Cuadrado, Santiago, einfacher Soldat
Cuenca, Luis, Offizier der Guardia de Asalto
Culi Palou, María, genannt Maruca, linke Guerilla

D

Diaz, Rubio Vincente, republikanischer Widerstandskämpfer
Diaz, Torbio, Militärpfarrer, Oberst (fiktiv)
Dios, Fernández Cruz Juan de, Journalist
Duarte, Valeria, Rafael Moyas Frau (fiktiv)

F

Fernandez, José Matute, Inspektor der für die innere Sicherheit
zuständigen Brigada Político-Social
Fernaud, Antonio Afonso, Fahnder der Polizei
Ferreira, Carlos, Bildhauer
Ferrer, Luis Fajardo, Bürgermeister von Las Palmas
Ferrer, Miguel Cabanellas, General der División V Orgánica in
Zaragoza, Juntamitglied
Figueroa, Luis Rodriguéz, Anwalt auf Teneriffa
Florencio, Afonso, republikanischer Widerstandskämpfer
Francisco, Antonio Camejo, Bürgermeister von Buenavista
Franco y Bahamonde Salgado Pardo, Francisco Paulino
Hermenegildo Teódulo, spanischer Diktator

G

Garcia, Francisco, Schriftsteller
Garcia, Juan, genannt El Corredera, republikanischer
Widerstandskämpfer
Garzón, Baltasar, Richter
Godet, General auf Mallorca
Gonzalez, Antonio, Mitglied der Kommunistischen Partei der
Kanaren
González Gutiérrez, Miguel, republikanischer
Widerstandskämpfer
Gutiérrez, Angel, Fahnder der Polizei

H

Heredia, Andres Saenz de, Cousin des Gründers der Falange, José
Antonio Primo de Rivera
Hernández, Alberto, Chef der Hauptstadtpolizei von Las Palmas
Hernandez, Isabel, linke Guerilla
Herrera, Araneta Franciseo, Kapitän des Hafens von Santa Cruz
de La Palma
Herrera, Mendoza Martin, Deckname von Vidal Arabi
Himmler, Heinrich, Reichsführers SS
Hitler, Adolf, Führer des Deutschen Reichs
Hoyos, Graf Max, deutscher Pilot

I

Ibárruri, Dolores, kommunistische Politikerin
Infant, Francisco, republikanischer Widerstandskämpfer

J

Jerrold, Douglas, Herausgeber der rechtsgerichteten Zeitung
„Catholic English Review" sowie englischer Geheimdienstoffizier

L

Lapuente, Major, Vetter General Francos
Leander, Zarah, deutsche Filmschauspielerin
Llaguno, Acha José, militanter Carlist
Llorente, Carlos, Nationalist aus Icod
López, Dómaso, Diebin und Zuträgerin der Nationalisten auf
Teneriffa
Lorca, Federico García, spanischer Dichter

M

March, Juan, Bankier
Marian, Ferdinand, deutscher Filmschauspieler
Martel, Marcos, Alkalde von Icod
Mendoza, Nestor, republikanischer Widerstandskämpfer
Menendez, Leonor, sozialistischer Aktivist
Modesto, Carballo, republikanischer Widerstandskämpfer
Mola, Vidal Emilio, General des Nordheeres, Juntamitglied
Moya, Antonio, Manolos Sohn (fiktiv)
Moya, Manolo, Bananenarbeiter (fiktiv)
Moya, Manolo Maria, Pedros Sohn (fiktiv)
Moya, Maria, Manolos Ehefrau (fiktiv)
Moya, Mario, Manolos Vater (fiktiv)
Moya, Pedro, Manolos Sohn (fiktiv)
Moya, Rafael, Manolos Sohn (fiktiv)
Müller, Detlef, Prokurist von Jakob Ahlers (fiktiv)
Muñoz, Antonio Alonso, Brigadegeneral
Muñoz, Serrano Francisco, Offizier

N

Nagel, Dr. Sven, Figur im Spielfilm La Habanera
Navarro, Dolores, Miguels Tochter (fiktiv)
Navarro, Dolores, Miguels erste Ehefrau (fiktiv)
Navarro, Fernando, Miguels Sohn (fiktiv)

Navarro, Javier, Miguels Sohn (fiktiv)
Navarro, Laura, Miguels zweite Ehefrau (fiktiv)
Navarro, Miguel, Großgrundbesitzer (fiktiv)
Negrín, Juan, Premierminister Spaniens

O

Oreja, Jaime Mayor, Innenminister
Orgaz, Luis, General auf Gran Canaria
Otero, Capitán, Offizier in Santa Cruz

P

Pado, Carmen, Estebans Tochter (fiktiv)
Pado, Esteban, Bananenarbeiter (fiktiv)
Pardo, Bazán Emilia, Schriftstellerin
Pereira, José Giral, Ministerpräsident Spaniens
Pérez, Daniel, linker Guerilla
Perez, Jorge Feliciano, republikanischer Widerstandskämpfer
Picasso, Pablo, spanischer Künstler
Pla y Deniel, Enrique, Bischof
Pollard, Hugh, Major, Flugnavigator
Pollard, Diana, Tochter des Majors
Polo y Martinez-Valdés, Carmen, Francos Ehegattin

Q

Quinto, Illades Lucio, Lehrer in Los Silos
Quiroga, Casares, Premierminister Spaniens

R

Rajoy, Mariano, Chef der konservativen Volkspartei PP
Ramallo, Juan, republikanischer Widerstandskämpfer
Reyes, Anastasio de los, Leutnant der Guardia Civil
Rial, José Antonio, Schriftsteller
Rivera, José Antonio Primo de, Gründer der Falange

Rocha, Mata Margarita, republikanische Widerstandskämpferin
Rodriguéz, Figueroa Luis, Anwalt, Dichter und liberaler Journalist
Rosa Diaz, Antonio de la, republikanischer Widerstandskämpfer
Rubido, Manuel Otero, Capitán der Artillerie

S

Sáenz, Buruaga Eduardo de, Colonel, Chef der Afrikaarmee
Salcedo, Enrique, Bananenarbeiter (fiktiv)
Salcedo, Luciano, Enriques Sohn (fiktiv)
Saldago-Araujo, Francisco Franco, Generalleutnant auf Teneriffa
Sanjurjo y Sacanell, José, General, Juntamitglied
Santillán, Diego Abad de, Mitarbeiter der FAI und späterer Wirtschaftsminister
Sbert, Tomás, republikanischer Widerstandskämpfer
Serrador, Ricardo, General und Militärkommandant von Teneriffa
Serasols, Treserra, Martin, genannt El Catalán, republikanischer Widerstandskämpfer
Solanas, Colonel der Generalkommandatur Melilla
Solas, Antonio Vila, republikanischer Widerstandskämpfer
Sotelo, José Calvo, rechter Minister und Bürgerschaftsabgeordneter
Sternhjelm, Ana, Figur im Spielfilm La Habanera
Sternhjelm, Astrée, Figur im Spielfilm La Habanera
Suárez, Adolfo, Ministerpräsident Spaniens

T

Talg, Enrique, Hotelier auf Teneriffa
Targa, Elisenda, Enrico Targas Tochter, Fernando Navarros Frau (fiktiv)
Targa, Enrico, Artillerieoberst beim Korps der Militärregierung (fiktiv)

Tejera, Alonso Antonio, genannt Antoñé, republikanischer
Widerstandskämpfer
Tena, Luca de, Direktor der ABC-Zeitung in London
Teslino, Ricardo, Bananenarbeiter (fiktiv)

V

Varela, José Enrique, General
Vidal Arabi, Antonio, republikanischer Widerstandskämpfer
Villabos, Militärflieger
Villaverde, Enrique, republikanischer Widerstandskämpfer

W

Watson, Dorothy, Fluggast in der Maschine General Francos
Weihmayr, Franz, Kameramann (fiktiv)
Wolf, Elsa, deutsche Kommunistin auf Gran Canaria

Z

Zoilo, Afonso, republikanischer Widerstandskämpfer
Zapatero, José Luis Rodriguez, sozialdemokratischer
Regierungschef Spaniens